新編 激動の中を行く

与謝野晶子女性論集

与謝野晶子 著
もろさわようこ 編集・解説

新泉社

はじめに

もろさわようこ

ここに集められた与謝野晶子の「ことば」のおおかたは、いまから百年あまり前のものです。その「ことば」が色あせず、いまも私たちにうなずき深く届いてくるのは、生活実感から生まれた「まことの心」が、世俗を超えた「ことば」の中に生きているからだと思われます。

晶子が生きたのは絶対主義的天皇制時代。政治の主権は「神聖ニシテ侵スヘカラス」とされた天皇にあり、「大日本帝国憲法」では、人びとは「臣民」とよばれています。天皇専制政治を、支えた下部構造が男子中心の家父長制家族制度でした。戸主とされた家父長は、家族に対して絶対的な支配権がありましたが、扶養の義務も課せられていました。もちろん男女差別はあたりまえ、女子教育では、「幼にしては父兄に従い、嫁しては夫に従い、老いては子に従う」ことが、「三従の美徳」として、讃えられていました。

堺の街の老舗和菓子屋の娘晶子は、二〇歳までこの女子教育に縛られ、家事と帳場格子の中で、いじけて暮らしていたと述懐しています。その彼女が「自由」に開眼してゆくのは、ロマンチシズムの新詩歌誌『明星』を主宰していた与謝野寛との恋愛を通してでした。

家父長によって結婚相手が決められることが当然とされていた当時、恋愛結婚は「野合」とさげすまれましたが、それを踏み破った晶子は、「自立・自由」を生活信条とし、女たちの「封建的束縛」をきびしく拒否、「青鞜社」に寄りつどった「新しい女」たちに先立つ「新しい女」でした。

「臣民」とよばれていた人びとが「国民」とよばれ、政治の主権者となるのは、二〇世紀もほぼ半ば、太平洋戦争敗戦後制定された「日本国憲法」からです。

神聖視されていた天皇は「日本国の象徴」となり、「この地位は、主権の存する日本国民の総意に基く」とある新憲法と、旧憲法を読み比べ、「無血革命」そのものではないかと感動おおきくある一方、太平洋戦争で殺されていった「臣民」あまたの、おびただしい血によるあがないがあってこそとの感慨もありました。

「日本国憲法」は、戦勝者側の強制があっての成立が言われ、改憲のうごきが進められていますが、「元始女性は太陽であった」と、女たちの解放をうたいあげた平塚らいてうは、新憲法にもとづいて「個人の尊厳・両性の本質的平等」を法制化した新民法が成立したとき、「いまこそ大きな太陽がのぼる」と喜びに満ちています。このとき晶子はすでに没しており、「自立・自由」を望んでいた女たちと喜びを共にできませんでしたが、支配の側がうなずきがたい「日本国憲法」は、被支配の側にとっては長年渇望していた「解放」の道しるべであり、「自己創出」の拠りどころとして「宝もの」です。

性差別が法的に否定されても実生活ではいまもって当たり前に続き、まかり通っているのは、商品流通によって生活を成り立たせている高度に発達した資本制社会の利潤追求に便利だからでしょう。

知的能力に男女差はありませんが、次世代生産の妊娠・出産機能を肉体に備えている女は、その発現期の肉体労働力は男に及びません。生産手段を所有、労働力を買い上げ、商品生産をする側からするならば、利益を上げるためには性差別のジェンダーを巧みに利用、賃金はじめ組織運営を男中心にしておくのが得策だからです。

家事・育児・社会活動は男女共に平等で担うことが女性解放路線として一九七五年、国連主催の世界女性会議において方向づけられましたが、晶子は早くからこのことを言い、女たちは経済的に自立、結婚を生活手段とせず、男たちを家族扶養の義務から解放、「愛」

を基軸にした結婚生活を理想とし、実践しています。

いま技術革新いちじるしく、産業構造の電子化が進み、肉体労働もＡＩ（人工知能）やロボットが大きく担い、テレワークの展開などコミュニケーション形態もまた大きく変貌することが、世界史的に展望されています。加えて、新型コロナウイルス禍が世界的に流行、その終息がまだ展望できず、未来見えがたい状況です。

人びとばかりでなく生きとし生けるものの「いのち」をはぐくむ自然もまた利潤追求による搾取の対象となって、地球環境の汚染が進んだ結果、私たちは想定外の災禍に相次いでさらされています。

いま在るありようではなく、まだない在りようを創りださない限り、光りある明日は望めそうもありません。そのことにどう真向かうか、「自立・自由」を誇り高く生きた晶子は、北極の星さながら導きのかがやきをいまも宿しています。閉ざされた状況にたじろがず真向い、自分を新しく創りだすことを通し、状況を拓いていった晶子に学び、私たちも自ら発光体となって足許を照らし、人にも自然にも光り温もる新しい状況を創りだしたい。

その願いをこめて本書を編みました。

二〇二一年一月

目次

はじめに　もろさわようこ　003
そぞろごと　抄　012

第一部　女として、人間として

鏡心灯語　抄　016
私の恋愛観　029
愛の訓練　032
産前の恐怖　035
私自身に対する反省　039
考える生活　046
思想の流動と深化　053
愛の創作　057

第二部　婦人問題

母性偏重を排す　066
婦人の堕落する最大原因　079
未来の婦人となれ　087
平塚さんと私の論争　103
婦人改造の基礎的考察　115
私たち労働婦人の理想　131
女子の知力を高めよ　140
生活改善の第一基礎　145
自己に生きる婦人　154
性的特徴について　166
「女らしさ」とは何か　169

第三部　社会・思想・教育

激動の中を行く　184
デモクラシーについて私の考察　198
生活の消極主義を排す　206
平等主義の実現　217
質の改造へ　226
むしろ父性を保護せよ　233
人間性の教育　240
女教師たちに　250
女子と高等教育　254

解説

もろさわようこ
『激動の中を行く』について　262
与謝野晶子をとおして女たちの反戦を考える　279
与謝野晶子年表　290

凡例

一　本書『新編　激動の中を行く』では、原文を尊重しつつ、文字表記を読みやすいものにした。

1　原則として旧字を新字に、旧仮名遣いを新仮名遣いに改めた。

2　常用漢字で転用できる漢字で、原文を損なうおそれが少ないと思われるものは、これを改めた。

3　送り仮名は、現行の「送り仮名の付け方」によった。

4　〔　〕は編注である。

二　今日の人権意識に照らして不適切と思われる語句や表現は、時代背景と作品の価値を考慮し、そのままとした。

三　本書では、一九七〇年に刊行された旧版の章の構成を一部変更している。今回収録した与謝野晶子の評論については、おもに「女性論」のテーマに関連性のある作品を取捨選択し、旧版における以下の一七篇を省略した。「出兵と婦人の考察」「暗黒の底より」「階級闘争の彼方へ」「一切の人間が働く社会」「賃金の標準率」「新人の出現に待つ」「無産者の黎明期」「教育の民主主義化を要求す」「教育界の専制思想」「性の教育」「女子の読書」「有産階級の妻」「不死鳥問答」「生命の芸術」「文化人と自然人」「感情と理性」「若き人びとに」。

また本書では、与謝野晶子の詩「そぞろごと」を新たに抄録している。さらに編集・解説を担当した女性史研究家もろさわようこの「はじめに」も新たに掲載し、巻末には『オルタナティブのおんな論』（ドメス出版、一九九四年）から論考「与謝野晶子をとおして女たちの反戦を考える」を転載した。

新編　激動の中を行く

そぞろごと　抄

山の動く日来《きた》る。
かく云えども人われを信ぜじ。
山は姑《しばら》く眠りしのみ。
その昔に於て
山は皆火に燃えて動きしものを。
されど、そは信ぜずともよし。
人よ、ああ、唯これを信ぜよ。
すべて眠りし女《おなご》今ぞ目覚めて動くなる。

○

一人称にてのみ物書かばや。

われは女《おなご》ぞ。

一人称にてのみ物書かばや。

われは。われは。

○

「鞭を忘るな」と
ツアラツストラは云いけり。

女こそ牛なれ、また羊なれ。

附け足して我は云わまし。

「野に放てよ。」


――与謝野晶子（『青鞜』一九一一年九月創刊号収載）

第一部　女として、人間として

私はもっぱら自由な個人となることを
願うようになった。

そして不思議な偶然の機会からほとんど命がけの勇気を出して恋愛の自由をかち得たと同時に、久しく私の個性を監禁していた旧式な家庭の檻からも脱することができた。また同時に私は奇蹟のように私の言葉で私の思想を歌うことができた。私は一挙して恋愛と倫理と芸術との三重の自由を得た。

その以後の私にさらにまたいろいろの自由を要望する意識が徐々として萌してきた。低落した女性の位置を男子と対等の地位にまで回復することはその随一の欲望であった。

——与謝野晶子「鏡心灯語　抄」より

鏡心灯語　抄

私は平生他人の議論を読むことの好きな代わりに自ら議論することを好まない。議論にはかなり固定した習性がある。すなわち議論には論理を一般人の目に見えるように操縦せねばならぬ。また議論の質を表現するのが目的であるにかかわらず、量的にくどくどと細箇条を説明せねばならぬ。それが私に不得手なことであるのみならず、私自身の表現としては煩《はん》と迂《う》とに堪えない。それからまた網を作るに忙しくて肝腎の魚を忘れるような場合さえある。むしろ世間の議論の大部分はこの最後のものに属している。私はそれが厭《いと》わしい。私はロダン先生の議論――先生においては家常の談話――が常に簡素化され結晶化された無韻詩の体であるのを、私の性癖から敬慕している。私のここに書くものも私の端的な直観を順序に頓着しないで記述する外はない。

私の過去十二、三年間の生活は、じっとしていられずに内から外へ踊って出るような生活であった。私は久しく眩しい叙情詩的の気分に浮き立っていた。しかし今は反対に外から内へ還って自分の堅実な立場を踏みしめながら、周囲を自分の上に引きつけて制御したいと思うような生活が開けてきた。以前は内から蒸発する熱情と甘味とを持てあまし、自分一人ではいたたまらずにだれにでももたれかかりたいような気持ちでいたのに、今は静かな独自の冥想に無限の愛と哀愁と力とを覚えて、外界の酷薄な圧迫を細々ながらこの全身の支柱に堪えていこう、さらにまたできることなら外界を少しでも自分の手の下で鍛え直して見たいというような気持になっている。

上の空でなくて、真剣に、実際に、そして溌剌《はつらつ》として生活しようとする時、人は皆、倫理的になる。倫理は人生の律である。実際の行進曲である。人生の楽譜や図解であってはならない。学問や教育を職業とする人びとの口にする倫理がわれわれの実際生活に何の用をもなさないのは当然である。命と肉と熱とを備えた倫理はわれわれの生活そのものであるから。

生活は季節を択ばずに発芽と開花と結実とを続けていく。新しいことは真の生活の姿である。すでに生活が不断に移っていく以上、私たちの倫理観もまた不断に移らねばならない。永久の真理というものを求めることの愚かさは琴柱《ことじ》に膠《にかわ》するにひとしい。永久の真理というような幽霊に信頼して一方のみを凝視している人が、刻々に推移する人生に対して理解もなく判断もできず、自分が人生の本流に乗ることを忘れ、時代の競走に落伍《らくご》していながら、かえって反感と否定とをもって世の澆季《ぎょうき》を罵ったりもするのである。

永久の真理がないとともに万人に共通する真理もないと私は思う。時間と空間を通じて固定した真理を求めることが実際の人生と相いれぬという不都合のあることに気がつかなかったために、過去の世界が煩悶《はんもん》と懐疑と沮喪《そそう》とに満たされ、在来の哲学と宗教と道徳とが現代に権威を失うに至ったのではないか。例えば「二夫に見《まみ》ゆべからず」という客観的の倫理を建ててこれを婦人の生命――生活の中枢――とすることを強いたのが従来の貞操倫理である。何故に二夫に見えてならないかという説明を付せず、無条件にこの倫理に従わしめようとした点において、まずこの倫理は高圧的に人間の意志を無視することの残虐を敢えてしている。

貞操倫理は愛情と性欲とにわたる問題である。詳しくいえば個人の体質と、天分と、教育と、境遇と、霊性と、性欲と、好悪と、年齢とに関係する問題である。そしてそれらの者が人によって異なっている以上、億兆の人の生活を一片の既定した貞操倫理で律することのできないのは明白である。ある女は一夫に見えることすら自己の清浄を破るものとして全く結婚を嫌っているかも知れぬ。ある女は愛情と性欲の自発がないために全く結婚を望んでいないかも知れぬ。ある女はすでに結婚していてもその結婚に種々の理由から満足していないかも知れぬ。ある女は一人の異性を愛するだけでそれ以外の要求を持っていないかも知れぬ。ある女は一人の男性を愛し合うこと以外の性交は自己の生活の中枢である愛情を濁す行為とし、貞操を自己の愛情の象徴として厳粛に擁護しようとするかもしれぬ――私自身の貞操観が現にそれである――。またある女は多数の男子に性欲観があって貞操観がないように、貞操ということを自己の生活の上にそれほど重大な問題であるとは考えず、極めて冷淡に取り扱っているかも知れぬ。またある女は無情と酷薄とを極めた旧道徳に対する反感から殊さらに貞操を眼中におかないというふうな矯激《きょうげき》の思想を持っているかも知れぬ。

外から一律に万人へ覆っ被せる無理な倫理に愛想をつかして、個人が内から思い思いに実際生活の要求に迫られて随時随処に建てる自然の倫理を推重する私は、貞操についてもまず何より個人のその時々の自由な併せて聡明な実行に任せることを望む者である。

私は特に「自由に併せて聡明な実行」という。真の生活は実行より外にない。そして実行は自由であるとともに聡明でなくては失敗する。ここに「失敗する」というのは社会上の成功不成功をいうのでなくて、個人の生活意志の破滅することをいうのである。内省した自我の上に不充実と不満足との悔いを招くに至ることをいうのである。

すでに貞操が婦人の生活の中枢生命であるとせられた時代は過ぎた。そしていかに質朴な民衆の上に神権主義の道徳が圧力をもっていた時代でも、実際に全婦人をその貞操倫理の金科玉条で支配することはできなかった。二夫に見えた女は地上至る処の帝王の家にもあった。女の再婚はたいていやむをえないこととして現に寛仮《かんか》せられ、もしくは正当のこととしてその父兄が強いる程である。殊に貞操道徳の制定者である男子が好んで多数の女子の貞操を破ることが普通の現象でさえある。今の男子の多数はそういう不倫な祖先から生れ、もしくはそういう不倫な女の父兄であり、配偶者であり、縁者であり、友である。いかに死を嫌っても世に死者を出さなかった一族のないごとく、真に人間を愛する人なら、もはや貞操一点張りをもって女を責めるに忍びないはずである。

私はピカデリーやグラン・ブルヴァルの繁華な大通で、ロンドン人やパリ人の車馬と群衆とが少しの喧囂《けんごう》も少しの衝突もせずに軽快な行進を続けて行くのを見て驚かずにいられなかった。そして自由に歩む者は聡明な律を各自に案出して歩んで行くものであるということを知った。私は貞操倫理のみならず、一般に従来の他律的倫理は現代の生活に害こそあれ用をなさないものであると思う。こういえばとて私は女子の不貞不倫を肯定するのではさらさらない。私などは現に自分一個の貞操について保守主義者中の保守主義者であると評せられても笑って甘諾するくらいに厳粛な実行の日送りをしている。私は自分の肉を二、三にすることを非常に不純不潔なことだと思って、そういうことを想像するさえ甚だしい悪感と全身の戦慄とを覚える。私の生活はこれを世の強者——天才の生活に比ぶればもちろん弱者の生活である。私は世の戦いに自分の牙城を奪われることがあっても、ぜひあくまでも死守しようと思っている本城がある。そして私の貞操はその本城の一部であると思っている。しかしそれは私個人の倫理である。私自身のために建てた私の律である。私は自分の建てた自分のための倫理を尊重すると同時に、他の個人の建てた倫理を尊重したい。そしてそれがお互いに自由と聡明とを備えた実行の律でありたい。そのような実行の律を自ら建てていく人こそ、官学の教育を受けなくても、美衣をつけていなくても、尊敬すべき時代の優良階級である。

新しい生活の律は各自の実際生活の直感と、経験と、反省と、研究と、精錬とから生み出される。貞操のごときも婦人が各自に聡明である以上、それが実際問題として自分に迫ってきた時、何とか自分から積極的にその問題との交渉を片づけ得られるはずである。愛情や性欲の先駆と見るべき異性に対する好奇心すら自発していない少女に早くも貞操を注入するような教育が何の益になろう。私は教育者に向かっては、貞操というような実際生活の細目を一律に説くことの無駄な骨折りを避けて、その代わりに貞操ばかりでなく、どの実際問題に会っても惑わず、沮喪せず、妥協せずに、自分自身に最善を尽くした生活律を建て得る「自由」と「聡明」の精神を養わせる教育につとめて欲しいと思う。また私は学者に向かっては、婦人が貞操のような実際問題に出会った時の参考資料として、実際生活に対する研究の過程と結論とを常に提供して欲しいと思う。そして私たち婦人はまた自分の実際問題として研究の要求を生じた場合に初めて研究して差し支えのないことである。世の中のあらゆる問題は直接自分の実際生活に必要の切迫した時にのみ重大問題なのである。飢えている時は花より団子がわが身に切実な重大問題であるのに、いかなる場合にも団子より花が大切だ、上品だというような融通のきかない迷信があるので、どれだけ人生の健やかな発達を阻害しているか知れない。

私は学者の議論がすぐに人類全体の実際生活を改造することに役立つものであるような誤解を近頃までしていた。そして実際に役立つものでなくてはもはや現代の学問ではないように誤解していた。しかし学者は人生または自然の一方を常に凝視して未知の新事業を発見することに努力し、永遠の時を少しでも早く手繰り寄せて現代の生活に貢献しようとしているものである。学者は永遠の中に住んでいる。現代に住んで現代を超越しているのが学者の境地である。芸術家もまた同様の境地にいる永遠の子である。学者や芸術家の事業にはもちろんそのまま現代の幸福となる種類のものもないではないが、常に永遠の上に一方を凝視して得た思想である以上、それが局限せられた当面の時と、知識の度の千差万別である現代の全人類とに皆が皆適用し難いのは当然である。私は学者や芸術家を尊敬する。しかし学者や芸術家の思想からその現代に実行しうるものだけを選択して自己の生活の改造に資するのはわれわれ自身の自由であり、喜びであると思っている。

学者や芸術家はその純粋を保とうとするほど、おそらく局限せられた実際社会の改造に指を染めてはなるまい。かの人たちも一画にはわれわれと同じ現代の一人である以上現代を最も多く眼中におくことはもちろんであるが、現代のために永遠を犠牲にしてはならない。現代の改造に熱中すればおそらく失敗するであろう。学者や芸術家がその純粋の自我を毀損しないで現代の紛々たる俗争の間に立ち得るとはどうしても想われない。私はオイッケンのような学者やハウプトマンのような芸術家が今度の戦争〔第一次世界大戦〕に牽強の弁疏《べんそ》をドイツのためになさねばならなかったのを気の毒に思っている。そしてまた私はベルグソンがその哲学をフランスの政治問題や社会問題に直ちに適用しようとする様子のないということを聞いて大哲学者の聡明を奥ゆかしく想っている。

学者や芸術家とちがって、政治家、教育家、社会改良家、新聞雑誌記者などの生活は、天才の新思想に刺激せられて常に驚異に全身を若返らせながら、自己のややもすれば一本調子に固定しようとする生活を改造する資料として、その天才の新思想の中からある選択を試みることをたえず心がけねばならぬ。それはわれわれ普通人も同じことである。ただ前者にあっては自己の生活を改造した上に、さらにそれを公人として当面の政治問題、教育問題、社会問題の改造に適用しようとする対他的実行が伴わねばならぬ。私は大隈党の実際政治にも政友会の政治意見にも、ベルグソンやロダンの現代思想とさらに一点の共鳴するところさえ認めることのできないのを遺憾に思う。そしてわれわれ現代の若い婦人が芸術を透した欧州現代の新思想に感激しながら一切の問題を個性の権威に即して判断しようとする大勢を作り出したことに対して、なお空疎な旧日本の他律的倫理をもって威圧しようとしている教育家、社会改良家の大多数を気の毒に思う。

私は二十歳を過ぎるまで旧《ふる》い家庭の陰鬱と窮屈とを極めた空気の中にいじけながら育った。私は昼の間は店先と奥とを一人でかけ持って家事を見ていた。夜間のわずかな時間を偸《ぬす》んで父母の目を避けながら私の読んだ書物は、いろんな空想の世界のあることを教えて私を慰めかつ励ましてくれた。私は次第に書物の中にある空想の世界に満足していられなくなった。私はもっぱら自由な個人となることを願うようになった。そして不思議な偶然の機会からほとんど命がけの勇気を出して恋愛の自由をかち得たと同時に、久しく私の個性を監禁していた旧式な家庭の檻からも脱することができた。また同時に私は奇蹟のように私の言葉で私の思想を歌うことができた。私は一挙して恋愛と倫理と芸術との三重の自由を得た。それはすでに十余年前の事実である。

その以後の私にさらにまたいろいろの自由を要望する意識が徐々として萌してきた。低落した女性の位置を男子と対等の地位にまで回復することはその随一の欲望であった。

そこで私はさまざまの妄想や誤解を抱いた。古今の稀《まれ》に見る天才婦人や、欧州の近代文学に現れた自由思想家の理想的仮設人物である優秀な女主人公やらを標準にして、ある努力次第で一躍すべての女性が——私自身も——男子と対等な権利を得られそうにさえ思われた。表面には出さなかったが、心の中では一概に男子の暴虐に反抗したい気分を満たすまでに思い詰めたこともあった。

しかし人知れず久しい内省に耽った後で、私は女性の位置がこんなにまで低落したのは、その原因を男子の横暴にのみ帰し難いことを知った。女性の頭脳は遠い昔においてある進化の途中に低徊《ていかい》したまま今日に至った観がある。私は女性が本質的に男子に比して劣弱なものであるとは思わない。しばしば天才婦人の現れるという事実が女性もまた男子と対等に進化し得られる素質を備えていることを暗示しているのであるが、さはいえ古今の一般女子を通じてその直観力の浅さ、その理性の鈍さ、その意志の弱さを思えば、とても男子の対等な伴侶となることのできないのはもちろん、男子の足手まといとなって悲惨な屈従の生を送らねばならないのは当然女子自身の受くべき応報であった。私は微力を測らずして一躍男子の圧抑から逃れようとするやせ我慢を恥じねばならなかった。私ははっきりと女性の蒼白な裸体を見ることができた。

私は女性の地位を高めようとするには、女性が互いに現在の自己の暗愚劣弱を徹底して自覚することがその第一歩であると確信するに至った。私は最近四、五年来そのことを筆にして同性の参考に供えたのみならず、まずできるだけ私自身を修めることに励んできた。私は自分の知識欲と創作欲とを私の微力の許す限り充実させることにつとめてきた。

私はまた平安朝の才女たちの生活から暗示を得て、女子の生活の独立は、女子自ら経済上に独立することが重大な一因であると知って、世の職業婦人に同情し、婦人の職業が増加していくのを喜び、教育を受けた若い婦人が進んでそれらの職業につくという新しい風潮を祝福した。そして私もまた自分の職業をもって一家の経済を便じることに苦心してきた。

私は近年欧州へ旅行するまでは、日本という世界の片隅にいて世界にあこがれている一人の世界の浮浪者であった。日本よりも世界の方がより多くなつかしかった。しかるに欧州の旅行中、至る処で私一人が日本の女を代表しているような待遇を受けるにおよんで、最も謙虚な意味で私は世界の広場にいる一人の日本の女であることをしみじみと嬉しく思った。私の心は世界から日本へ帰ってきた。私は世界に国する中で私自身にとって最も日本の愛すべきことを知った。私自身を愛する以上は私と私の同民族の住んでいる日本を愛せずにいられないことを知った。そして日本を愛する心と世界を愛する心との抵触しないことを私の内に経験した。

欧州の旅行から帰って以来、私の注意と興味とは芸術の方面よりも実際生活に繫がった思想問題とに向かうことが多くなった。私は芸術上の述作を読む場合にも芸術的趣味の勝ったものよりは生活的実感の勝ったものをよけいに好むようになった。忙しい中で新聞雑誌の拾い読みをするにも、芸術上の記事を後回しにして欧州の戦争問題や日本の政治問題に関運した記事を第一に読むという有様である。

これは私の心境の非常な変化である。私は最近一両年の間に、日本人の生活を、どの方面からも改造することに微力を添えるのでなければ、日本人としての私の自我が満足しないのを朧《おぼろ》げに感じるまでに変化しているのであった。

痴鈍な私は幾多の迷路を迂回して今頃ようやく祖国の上に熱愛を捧げる一人の日本人となった。

私は高いところから物をいわない積もりである。私は何時でもわが身の分を知って低級な心境から発言している積もりである。楽堂の片隅に身を狭めながら自分相応の小さな楽器を執って有名無名の多数の楽手が人生を奏でる大管絃楽のシンフォニーに微かな一音を添えようとするのが私の志である。

けれどそれは私の意識している私自身の志であって、私の個性から無意識に放射している私の自我には、他から見て柄にない自負や虚栄心が醜く現れているかも知れない。私は常にそれを恐れて反省せねばならぬと思い、またできるだけ反省につとめている。

私は私の自我を堅実にしたい、新しくしたい、増大したいという希望と、その希望を次第に遂行しつつあるという自信と歓喜とを持っているが、私の現在の内生については何程の自負をも持っていない。私にたえずつきまとっているものは自負の反対に立つ不足不備の意識と謙抑羞恥《けんよくしゅうち》の感情とである。

しかし私も時として思いがけない自負を他から激発せられて意識することがある。それは私を理解しない人、もしくは私に反感を持っている人が、私自身に謙抑している以下に私の価値を引き下げて私を是非した時のことである。そういう時に私は単純な本能的の怒りを覚えるとともに、私にも私だけの頼むべき価値を備えていることをその人に対して誇りたいような気持になるのである。けれどその気持と怒りとはたいてい瞬時の後に、よしや長く持続しても一両日の後に煙のごとく消えてしまう。そして私の自覚は、私の怒りが私の生活に必要なために発する公憤でなくて、他人の不誠実と不聡明とに反応する私憤であり、私の自負が私の平生に希望している内生の満足を意味するのでなくて、他人に私の微弱な自我をわざと誇張し、見せびらかそうとするやせ我慢であるのを深くひそかに愧《は》じている。

（『雑記帳』収載）

私の恋愛観

私は恋愛を最も純粋な、最も熱烈な、最も聡明な本能であると実感したことがあった。それから、よほど時をおいて、知者たちが「恋愛は盲目だ」といっている意味が解ってきた。またさらに時が経った。そうして恋愛が盲目なのではない、恋愛を自覚しはじめる年頃の人間が現実を徹して知るだけの経験を持っていないのだということが解ってきた。

初めの頃の私は恋愛を偏重する女であった。その次の私は理性と感情とを同じ位置に上せて争わせる女であった。今はどうやらいずれにも偏らずに、自分の生活に必要な一切のものに、その時その時の必要に応じて均衡を保たせようとしている女である。

人間は植物と同じくずんずん伸びていく。物質的（肉体的）にも精神的にもたえず新陳代謝が行われている。動いて止まない人間の生命、その生命の舞踊である現在生活に刹那の「振《ふり》」の変化はあるが、一定の「形《かた》」の持続はない。ちょうど海の波が、煙草の煙が、また物の芳香がしばらくも静止していずに千変万化の「振」を見せるのと同じである。

ある時、人が恋愛に熱狂し執着するのも生命の内から発する一つの「振」である。その一つの

「振」を誇張し固定させて恋愛中心説を立てたいような気持のすることが、人生のある時期に必ず一度はある。私がかつてその時期に遭遇したことは私の歓喜であり、幸福である。その頃の私の実感は、その歓喜と幸福の上に「絶大の」または「無上の」という最大級の形容詞をつけねばならなかった。私は多く恋愛の歌を詠んだ。何事をも恋愛に引きつけて本末軽重を評価した。人がある発見をした時、ある創造をした時、それによって自分の内に隠れていた力を感得した時に、それだけの驚異と充足と昂奮《こうふん》とを実感するのは自然である。殊に恋愛は若い生命のみずみずしい力を試す処女作であり、人生を支持する重要な柱の一つである以上、まだ現実に対する経験の狭く浅い生命がこれを自己の中心能力であるように速断し軽信するのはやむをえないことである。

けれども、人の生命はその素質が惰弱で臆病でない限り、ずんずんと伸び、拡がり、かつ粗より密へ充実していく。恋愛中心説を立てたいような感情過重の時期は久しく持続しない。次の時期は、経験は理知の開花を促して、人は感情の盲目に気がつく。そうして感情の奔逸を調節し善導しようとする他の能力すなわち理知が生命の内に重要な一席を占めようとする。この時期に、どうかすると人はまた誤って、もう恋愛の感情が冷めたようにいう。生殖本能に根ざしている恋愛は決して一生涯冷めることはない。ただ恋愛を偏重し、もしくは過重した夢が冷めるだけである。恋愛の感情は変化しつつ持続している。この時期に、ある人にはその恋愛がつまらないものであるように誇小して思われるまでに理知に偏重する気分が旺盛であるが、無学な私にはそれほどに理知を過重する実感は経験されずに通過した。

今の私は理知と感情とをその各々の正しい位置につかせて、できるだけ親和させることにつとめ、併せて理知の批判と指示とを経ない感情はなく、感情の抱擁と滋養とを取らない理知はないようにと戒めている。それでもはや恋愛を誇大することもなければ誇小卑下することもない。私の恋愛は私の他の複雑な感情と連合して、理知の太陽にひかれながら有機的に適度な成長を続けている。今の成長した恋愛は私の生活の大切な支柱の一つでこそあれ、最初の恋愛がほとんど私の生活の全部であり、もしくは中心であったように単純でも放縦でもない。もはや私の生活から恋愛だけを切り離して考えることのできないほど複雑にかつ有機的に私の生活の他の要部と繫っている。

けれども、これは私だけの恋愛の過程である。他の人たちには、またその独自の個性と独自の境遇とから作られる独自の恋愛の過程があるであろう。

（『我等何を求むるか』収載）

愛の訓練

愛することは最も人間的な本質から発露する最上の思想であって、同時に最上の経験である。愛することによって思想と経験、霊と肉、理性と情意とは融合一致して活動する。真に深く愛することは真に深く生きることである。愛しない人に自己の生命の尊貴と威力とをしみじみと体験することはできない。愛しない人は人生を断片的に生きるに過ぎない。全体として人生を直感することの喜びはただ愛の中にのみ汲むことができる。愛せずしては一つの美術品とてもそれの美しさを真実に享楽することはできない。まして愛せずして男が女を、女が男を、友が友を、親が子を、子が親を了解することが望まれようか。愛を基礎としない思想は卓越した思想でなく、愛のいきわたらない経験は周到な経験でないのである。

人生は訓練と刻苦の過程を外にしては何物もあり得ない。人生の完成を望んでそれの遂行に努力する者は自分の品性と周囲とを改造するためにいろいろの悲痛に堪えることを要する。むしろその悲痛を楽しみとするだけの覚悟がなくてはならない。この意味で十字架の上のキリストは、初めて人間的な親しみをもってわれわれに迫るのである。

愛もまた必ず訓練されねばならない。愛は成長する可能性を持っている。その可能性をできるだけ増大させるために訓練するのである。母として子を愛するにしても、素朴な本能的の愛のままでは動物の母も能くする愛の程度に止まるであろう。訓練によって聡明と周到と深大とを加えていくので人間の母たる愛が完成される。男女間の愛もそうである。最初から完全な愛を望むのは鶏の卵に時を作れと望むのと同じく不合理である。私は結婚の理想として恋愛結婚を主張する一人であるが、恋愛の危険は媒酌結婚の危険に劣るものではない。第一に恋愛でないものを恋愛であると誤認する場合が多い。詳しくいえば、真実に愛するに至るまでの必然な背景が備わっていないのに、一時の好奇心、一時の衝動、一時の性欲、一時の感激、一時の遊蕩《ゆうとう》的気分などから両人の関係を恋愛であるかのごとく速断し、もしくは自己の良心を欺いて、軽率に結婚を実行してしまう場合が多い。これは仲人と両親とのいいなりになって精神的の理解のない結婚をするのと大差はない。これに恋愛結婚の名を下すのは僭越《せんえつ》である。媒酌結婚と同じく不倫非理の結婚といってよい。殊に放縦な一時の気紛れの結合であるだけにその離散も容易であり、したがって動物的醜態を社会に暴露することが媒酌結婚よりも甚だしい。

恋愛結婚は男女両者の自由意志で選択することを主要な条件とするのであるからには、できるだけその結婚の成立以前を慎重にせねばならない。恋愛の実行者はこれまでたいていこの最も大切な考慮を疎略にして、前述の誤った放縦結婚に陥っている。今後の恋愛はまず理性の協力を待ってその成立以前を聡明に取り扱うことを要する。それがすでに恋愛に対する予備的訓練である。

そうした後に真に愛し合っていることの堅実な自覚を得て結婚し、恋愛生活の第一歩を踏み出したにしても、両者の間の恋愛は決して完成したのでなくて、これから無限にますます成長するものであることを知って、発芽した植物に培養を必要とするごとく、たえずその恋愛を訓練して、より豊富に、より純粋に、より強固にすることの努力を継続せねばならない。恋愛結婚の当事者はやっとの思いで恋愛が成立すると、もう全く恋愛が完成したものと誤解してそれ以上の訓練と刻苦を思わない。恋愛結婚の危機はこの怠慢に胚胎する。あれ程の熱愛によって成立した美しい結婚はないとまで世間から羨望された一対の夫婦が、一両年の後に、かの放縦無恥な乱婚の男女と同じような外形を示して離別してしまうような実例のあるのは、その主要な原因はこれがためである。また媒酌結婚によって成立した夫婦が必ずしもことごとく不幸な結果とならずにその中に立派な熱愛の生活を築き上げている人たちの実例を見受けるのは、結婚の後において、両者の間に霊犀《れいさい》相通じて恋愛の発芽を見、それをたえず深化し醇化《じゅんか》することの訓練と刻苦とを経たからである。

恋愛結婚は愛情の民主主義化である。当事者がみずから選択するとともにみずから責任を負う結婚である。この結婚を完成することは一生の訓練を要する。真に愛することは真に刻苦することである。真の自由な結婚、真の自由な人生は、独りこの刻苦の中から体験することができるのである。

（一九一七年五月、『愛・理性及び勇気』収載）

産前の恐怖

私は今現に分娩期《ぶんべん》に迫っている。私の実感をいうと、いくたび経験してもそのたびごとに新しい不安と恐怖とを覚えるものは分娩の一時である。私はこの前の産に取った近江ドクトルの無痛安産法をこのたびもまた取ることに決めている。それは私のように神経過敏に分娩を怖れる女のために科学が齎《もたら》した唯一の恩恵である。私はその安産法の確実をかつて一たび自ら体験したのである。それでありながらなおこのたびも自分の上に近く迫った産を怖れるのは何故であろうか。

未来は未知である、混沌である、未踏の世界である。その中には過去の経験の総合である習慣と規範とを尺度として想像し推定しうる部分も確かにあり得る。われわれの日常生活が大過なしに推移していくのはそれがためである。この意味において「一寸先は闇」という諺《ことわざ》は決して人生の事実の全部を述べたものでない。しかし人間の知識によって現に想像し推定しうる部分は極めて一小部分である。それをめぐって無量の混沌がある。六十年間馬鈴薯を作ることに熟練した農夫でも、どうしてまだ栽《う》えつけぬ先からこの年の馬鈴薯の豊凶を予断することができよう。「当て事ははずれる」のが人生の事実の大部分である。名医も人の寿命を予言せず、老船長も航海の無事を保証しない。

未来は探険である、また発見である。無限無量の新生活をその混沌の内に蔵《ぞう》している。それ故に未来は恐ろしく、頼もしく、かつ愉快である。私は未来に対してこれだけの識利を持っている。しかしそれは私の理性の上においてである。私の本能と感情とはむしろその理性を峻拒《しゅんきょ》しようとしている。それはこの前の分娩以来しばらく小康に慣れていた本能と感情とが卑怯にも新しい苦痛の経験につくことを怖れるのである。この心理が一方に死を怖れる心理と連合して勢力を増していることは疑うべくもない。近江さんの無痛安産法が今度の私の産においても相変らず私の苦痛を減じ得ることを信頼するに足るものとしても、私の肉体が生理的もしくは病理的の突発の原因——出血の過多または産褥《さんじょく》熱等——によってにわかな死をとることの絶無であることをどうして保証することができよう。他人からその保証を得ても、私自身の本能と感情とがどうしてそのことを確信することができよう。

初産の時は分娩の恐ろしいことをあらかじめ感じることが浅かった。度を重ねるに従って私は分娩の恐怖を予感することが深くなった。また実際に産時の苦痛もこの前の無痛安産を除いては産の度に重きを加えるのであった。私は今ここにまた新しい分娩の経験のために、漠々濛々たる未来の世界へ新しい不安と恐怖とをもって前進することを余儀なくされている。私が死地を突破して新生を開拓するか、死して再び起たないかは推定する限りでない。

私の理性は一方に戦慄しつつある私の卑怯な本能と感情に脅かされながらも、産時に必要なあらゆる科学的の設備を私の経済事情の許す限り私に用意させている。そうして危険の時は容赦なく私の上に迫っている。私の感情は今日になってもなお死刑囚のそれのごとく一日でも時の延びることを望んで、産の回避について卑怯未練の醜態を極めているのであるが、私の理性は身を側《そば》めながらもこれを賺《すか》し導くことを怠らない。

こうして私は今にも絶体絶命一歩も逃れることのできない「人の母」として厳粛な産の座につくのである。その時になって反発していた私の理性と感情とは打成一片《だせいいっぺん》の融合を得、痛苦と、悲鳴と、死生を賭した大勇の中に人間の創造を実現するに至ることを私は望む。この希望の成否はその時が決するであろう。その時までの私は一面において卑怯未練であるのもやむをえない。

感情の力は猛烈である、容易に理性の指導と調節に応じないものである。それでも理性がたえず感情を教えておくことが必要である。感情がいよいよ実行に移る時に至って、教えられるところのあった感情はきっとその幾分なりとも理性と同化して行動するものである。私は主知主義者ではないが、理性に対してこれだけの信頼をかけている。

世間には産の苦痛を大して怖れない婦人がある。また実際に産の苦痛の少なくて済む婦人もある。共に羨ましい。しかし私の産は私一人の新しくつこうとする経験である。真実に私一人の決死的事実である。他人の経験が参考となることはあっても、私の実際の「生みの苦しみ」が一分一厘それによって減ぜられるものでもない。軍人が戦線に立つ時には多勢の戦友の群衆心理に調子づいて自省の力を麻痺しながら吶喊《とっかん》することがあるという。分娩は単身で流血九死の危地に突進することである。私の身に今感じる氷のような戦慄が最も卑怯な武者震いであることを恥とする余裕がもはや私にない。

私はすでに生んだおよび将に生もうとしている自分の子供に対して母であることを少しも誇ろうとは思わない。母は一面にかくのごとく怯儒《きょうだ》な者である。そうしてこの上の決死的努力はもっぱら母としてなすべき事を正しくなしたまでである。

（一九一七年九月、『若き友へ』収載）

私自身に対する反省

私はたいていの場合に自分をよく知っているように思っている。しかし少しでも慎重に内省してみると、それはただ漫然とそう思っているに過ぎないことが解る。自覚ということは非常に狭く制限されている。私の知っているのは自分自身のほんの一小部分である。自己は無限に奥深い、そうして刹那も休まずに変化し錯綜《さくそう》している流動体の迷宮である。知ることの微をもって知らないことの大に比べると、私は概して「わが身知らず」と評すべき状態の中に盲動している。ずいぶんと他人のことに対しては知ったかぶりをいいながら、自分自身のことになると、言葉づかいとか、身振りとかの官能的な癖一つでも他人から注意されるまではたいてい意識しないでいるのが普通である。まして精神上の昏迷《こんめい》や過失を私自身が不用意の中に繰り返すことの多いのはいうまでもない。

私はまだまだ幼稚である。まだまだ浅薄である。私はたわいもないことによく信頼し熱中する。私はずいぶんと安価な涙、センチメンタルな涙を流して、それ以上の涙に乏しい。私はつまらないことが心配になる。私は驚き易く、惑い易く、憤り易く、落胆し易い。私はより多く衝動的であり、より多く感情的であり、より多く習俗的である。

私はこういう自分自身の昏迷、錯乱、動揺、固定を是正し調節し、こういう自分自身の過失を予防し償却したいと思えばこそ他人の理論にも耳を傾け、また敢えて私自身の理論をも構成しようとするのである。

理論は分析し、併せて綜合する。理論は物事の細部を注視し批判させるとともに、全体の組織と均衡とを推定し大観させる。物事の意義と価値とを相対的に併せて全体的に識別させるものは理論である。

けれども理論は直覚の介添に過ぎない。人が物事を体験的に知るのは直覚の作用である。理論は直覚の世界にまで人を導くとともに、直覚によって体験したところのものをさらに洗練し取捨する役目を持っている。理論は物事の客観的価値判断であるが、直覚は物事の内面的価値判断である。

理論によって指示されかつ修正された直覚は、人が最も意識的に真実の生を生きることのはじめである。そうして理論と直覚とによって指示された方針によって自己の生活を実行することは、人が最も意識的に真実の生を生きることの継続である。

理論は作曲である。直覚は目覚めたる音楽である。そうして実行は演奏される音楽である。

しかし理論の推定するところも、直覚の知るところも、万般の中の一小部分に過ぎない。その範囲には制限がある。これを考えると私は非常に心細い。自分自身のことについても他人のことについても、果たしてどれだけの自分の一生に知ることができるであろうか。おそらく人はどんなに努力しても自分自身の全部をすら知り尽すことはできないであろう。人はこうして互いに知らないところがある以上、一つの理由で他人を非難する人はまた別の理由で他人から非難されねばならない運命を持っている。他人の眇《すがめ》を嗤《わら》う人はまた他人から自分の聾《みみしい》を嗤われる人である。

私は他人のことについてはなおさら知るところがない。これまでは、自分の接近している小さな範囲の実在の人たちや、自分の読んだ歴史または文学書の中に出てくる少数の人物やによって得た知識から勝手にある概念を作って、その概念を尺度にして他人を判断していたに過ぎなかった。しかし次第に多くの人と交渉したり、多くの人の言説や実際生活を見聞したりして考えると、世間には千種万態の素質と性格と境遇とを持った人たちがあって、とうてい自分一人の小さな尺度をもって一概に推断し是非することのできないものであることが合点される。他人の真相をどうして知り尽すことができよう。解ったようでもすべてがその人の一小側面を対象とした観察から誇大して、その人の全体を臆測した僭越沙汰《せんえつざた》であるのを免れない。たといそれが天才の筆によって人を首肯させるにしても、一小側面の真実だけが正しく描写された点に首肯されるだけであって、全体としての真実は終《つい》に茫漠《ぼうばく》として知るよしもないのである。

その言説だけを遠方から聞いて偉い人のように想像していた人に接近してみて、かえって失望するような実例のしばしばあるのは実にこれがためである。これは失望する者が自己の透察力を信じ過ごしたのと、対象の人の言説がことごとくその人の全体の象徴になっていると誤解したのとに由来している。たとえその人が自己を全体的に代表させる自覚をもって立派な発言をしている場合にも、その人の実際の行動が、その人の注意のおよばないところで、無意識的にその立派な言説を裏切っている場合も少なくない。その人は立派な言説をもってわざと自分を偉く見せかけようとしているのでない。自分は立派に言説と一致した行動を日常生活に実現していると確信して少しも不安を感じていない。偽善者とか背徳者とかいわれる人たちの中にも、よく注意して見ると、こういうふうに一概に非難することのできない不用意な偽善者や、背徳者を多く発見するのである。

私は結局自分の知り得る範囲に満足せねばならないのか。自分自身についてすら一部分を知るだけで済まさねばならないのか。そういうふうに運命が私を予定しているのであろうか。

私には覚束ないながら一つの理想がある。それは個人的にも人類的にも、私の生活を高く、正しい、かつ豊富と幸福とを具現した価値ある生活にまで拡充するために、私の可能を尽して素質を陶冶し私の境遇を改造しようとする理想である。私はこの理想の遂行に役立つことの外は何事も知る必要のないことを知っている。そのことは空想であり、妄想であり、論理的遊戯であることを私は知っている。私の心細く思うことは、私の知らねばならぬ範囲についてそのすべてを知ることのできないことである。

すでに私の知解と直覚とにおいて欠陥があり制限があるとすれば、したがって私の実行においても欠陥を生じ制限を受けることを余儀なくされるのは当然である。けれどもこれを私は当然であるとして冷淡に見てはいられない。これがために私の生活はしばしば躓《つまづ》く。私はそのたびに不本意の恨みと自己繫縛《けいばく》の悲痛とが身を嚙むのを覚える。

これに対して私は幸いなことにただ一つ小さな気息抜きを持っている。自分の知解も直覚も自分の努力次第で少しずつ成長していくのであるから、今日よりも明日になれば少しずつよけいに知ることができて、少しずつ自分の生活から過失をなくすることができるであろうという信条がそれである。私はこの小さな気息抜きを実は私の生活の重要な力点としている。これがために私は自分を脅かす宿命説から辛うじて一歩離れて生きていくことができるのである。私が教育による個人との社会との改造の可能を信じるのもこれがためである。

けれども、教育が人間の本質の全部を汲み尽すことのできないものである以上、私の努力によって少しずつの成長はあるにせよ、私の知解と直覚とは私の内部生命の無限に比例して無限に成長することは不可能である。私は意識的に少しずつ自分の生活から過失をなくすることができるとともに、不用意の中に無意識的に多少の過失を生ずることの危険は依然として保留されているのである。おそらく同じ過失は再びしないであろう。しかし注意の及ばない所で新しい過失の発生するのを予防する力がどこにあろう。

私自身についての以上の考察を他人に移して思うと、私は人の力で容易に左右することのできない領域が何人の生活の上にもあるのを認める。それは境遇に由来するにせよ、素質に由来するにせよ、厳然たる事実である。それを思うと人に難きを強いることもできない。人の過失を一概に咎《とが》めることもできない。人は互いに恕《ゆる》し合うべきものであり、愛し合うべきものであり、助け合うべきものであることが想われる。人は善を行う天性を持っているとともに不善を行う天性をも備えているのである。前の天性が後の天性を少しずつ克服していく力を持っているのも事実であるが、後の天性が前の天性の外に無限に発生する力を持っているのも事実である。おそらく何人もこの矛盾に生きない人はないであろう。これは前の天性を追求することの喜悦に伴う無限の悲痛である。

私はこの悲痛をも今は私の生活の豊富なる資料の一つに組み入れて考えたいと思う。光を引き立たせるために闇の存在しているのに比べて考えたいと思う。知の世界と、未知の世界と、善と悪と、喜悦と悲痛と、この対象が錯綜し流転しながら近景と遠景とを無限に積み重ねているのが自分の全景なのであろう。

これは私の理性が聡明ぶっていうのである。私は仮にもこんな気休めで安定を得ることはできない。私は自分の理性を贔屓《ひいき》にして久しく愛撫してはいるが、その理性にもある時はよけいに信頼を払うかと思うと、ある時はその無力を軽蔑して白昼の電灯ほどにも思わないことがある。私の理性はまだ虚仮威《こけおど》しである。無力である。

私の理性よ、一例をいえば、そなたは私が常に何によって苦しんでいるかを知っていながら、それから仮にも私を救い得ないではないか。私は創作のためよりも、子供等の教育のためよりも、何よりも、物質的供給の不足のためにたえず苦しんでいる。これは私にとって最も心外な苦悶《くもん》である。理性よ、そなたはいつもこれに対して冷淡ではあり得ないに関らず、終に何の上策も示さないで、ただ不本意な文筆の労働に服せよと私を強制するに過ぎないではないか。そなたの無力に比べると、反対に私を慰め、喜ばせ、鼓舞し、勇気づけるものは私がそれに全力を注ぐことをいようせずにいる良人《おっと》と子供と芸術とに対する私の愛である。

さはいえ、愛によって支えられながら、私はなお乏しい自分の理性に向かって手を伸べる。愛には扈従《こじゅう》を要する。それは理性よ、とにもかくにもそなたである。

（一九一七年十月、『若き友へ』収載）

考える生活

私たちは考える人にならねばなりません。私たちも現に多少は考えている積もりですが、その考え方が正しいか、どうか。私たちがすでに考えている人であるならば、さらに考え直す人にならねばなりません。

私たちの考え方には他人の考え方を模倣しているところが多い。前代の人の考えに妄従しているばかりでなく、新聞雑誌を通し、交友を通し、書物を通し、家族を通して伝えられる現代人の気分や、思想や、感情にも妄従しているところが少なくありません。

極端な例をいうと、現代の学者といわれる人たちの間にも、驚くほど博識であり、非常に述作の多い人たちでありながら、その実質を調べるとかえってその人たちの自説としては何もないというような議論を発見します。

私たちは他から与えられるものに順応ばかりしていてはなりません。受け売りと、模倣と、妄従と、依頼主義とを抛《なげう》たねばなりません。いい換えれば、私たちの考え方が自主的に、自発的に、能動的にかつ創造的になることが必要です。

他の意見や強制に順応することは気楽なようですけれど、その気楽は、人間の精神を麻痺して自己を機械のごとく他人の手に委ねてしまう気楽さです。それは精神活動をもって生活の本質であると考えている、いわゆる自己の尊貴に覚醒した人びとにとっては、気楽でなくて苦痛であり、健実な生活でなくて反対に怠惰極まる生活です。正確なる意味においては生活とはいわれないものです。

今日の人間は、いかに多くかつ速やかに、他から与えられた刺激に順応しようかということに焦燥《あせ》っているように見えます。物質的にも精神的にも流行を追い過ぎます。私は敏感をもって文明人の特長とする者ですが、批判的聡明の伴わない敏感ばかりが発達することは、半身不随症のような病的現象であると思います。

この病気に罹っているか否かを内省したければ、目前のどの問題かに対して自分の意見を立てて見れば解ります。只今の私たちは、互いに怜悧《れいり》そうな顔つきをしていて、何事にも口を出そうとしたがるにかかわらず、案外に自分の意見を持っていないのに呆れざるを得ません。よく論じ、よく語る人ほど、因習思想の蓄音器であり、他人の意見――殊に現代の欧米人の意見の写真機である場合が多いのです。

自分の意見を立てるということは必ずしも自発的でなくてもよろしい。個人の経験には限りがあります。各自の経験から創造した意見を提供し合うことが必要であり、それでこそ人類相互の協力の中に社会連帯の生活を実現することができると思います。ただ忘れてならないことは、その他人の意見を批評した上で、自主的に採否を決することです。無条件、無批判に他人の意見に従うことは自己を失うことですから、常に批評と選択とを心がけねばなりません。

批評と選択とは、他人の意見を材料として、新しく自己の意見を建てることです。それは立派な創造の一つです。

考える人となることは、外の事でなくて、全く創造することです。自己の精神を生かせて表現することです。考えることを忘れた行為はすべて筋肉的、物質的の行為です。活動ではなくて妄動です。創造ではなくて模倣です。

教科書や参考書にのみ依頼している教育は真の教育でなく、先人の手法や型を守っている芸術は真の芸術でないのと同じく、私たちの感情や思想が、古人や今人から与えられたままを襲踏しているなら、それは真の私たちの生活とはいわれません。私たちは自ら考え、自ら肯定し、自ら創造した生活を生活することが大切です。

今は考え直さねばならないことが私たちの上にたくさんにあります。ぼんやりと考える人でなくて、真に徹底して、考える人とならねばなりません。

私たちは引っ込み思案から、依頼主義から、妥協的習慣から、遠慮気兼ねから、臆病から、怠惰から躍り出して、男子と同じ博《ひろ》さ、同じ深度、同じ大胆、同じ熱情、同じ誠実、同じ勤勉をもって考え直したいと思います。

女子が只今のように弱者扱いを受けるに至った最大原因は、考える人としての能力を早く鈍らせたからだと思います。私は女子の経済的独立を唱えている一人ですが、女子がいかに賃金や俸給で自ら衣食して男子の寄生生活から脱することができたにしても、考えることにおいて今のように無能である限り、人間としての完全な独立はできなかろうと思います。

しかし考える生活は自力難行の道です。決して呑気な生活ではありません。考える人のためには、目前の事がすべて問題になります。ロダンの傑作の一つである「考える人」という彫像は、その幅の広い偉大な背に無形な問題の重荷をたくさんに載せてじっとそれに堪えているように感じられますが、私たちの生活もその彫像が暗示している剛毅《ごうき》の精神を学ばねばなりません。どの問題もなかなか容易に解決されるものでなく、幾度か惑い、幾度か行き詰り、幾度か苦しんだ上でなければ正しい解決の得られないものです。たとえ一つの問題が解決されても、続々として新しい問題の突発するのが人生です。人生はいつまで経っても問題の過程であって、考えに次ぐに考えをもってするのが人生の真相であると思います。

人生が考えを生み、その新しい考えがさらに新しい人生を生んで変化し推移します。こうして人生は波のように動くことを本体としています。これをある一つの思想の尺度で計ろうとしたり、ある一つの思想の型に容れようとしたりすることは、最もばからしい不可能を行おうとするものです。人生はそんな窮屈なものでも、そんなけちくさいものでもありません。考える人は、何事をも一つの新しい自己の問題として取り扱い、自分みずから必ず新しく考えてかかるという用意が常に必要です。他人の考えを借用して間に合わせてはならないとともに、自分の昨日の考えをもそのまま今日に何の反省もなく襲用《しゅうよう》してはならないと思います。この意味から私は千古の真理などというものがあろうとは思いません。人生は日々に新たなる事実と、日々に新たなる思想との急流であると考えています。人は常にその考え方と、その考えとを自己流に改造するがよろしい。ちょうど、気候によって衣服を改めるように。またちょうど、その衣服は自分に合せて作った新衣であって、他人からの借り着でないように。

従来の人間は甚だしい考え違いをいくつもしていました。中にも、少数の識者階級の意見がすべての人類を支配しうるものであると考えていたことなどは怖ろしい迷信であったと思います。この迷信のために、少数の識者階級は自分たちの力で万人を救済しうるかのごとくに自惚《うぬぼ》れて、釈迦やキリストをはじめ幾多の哲人が万世の思想的専制君主たる僭越《せんえつ》を敢えてし、一方には無数の人間が自ら思想することの能力を殺して、それらの哲人の考え方に雷同し依頼することの奴隷行為を、かえって非常に嵩崇な行為のごとくに解するまでに堕落しました。

そのような考え方は不自然極まるものです。生々発展して止まない人類各別の心を、どうして少数者のある特定の思想に一致させることが望まれましょう。キリスト以外にキリストのないのが自然であって、キリストと同心一体の信者が一人でもあるということは虚偽であると思います。教師はとうてい生徒を自分と同じ人間には作り得ない。真の教育者の任務が、生徒をして生徒自身の個性に立脚した自主独得の人間的完成を自ら計らしめるために、一個の助産婦たる役目を勤める外はないように、哲人の尊敬される所以は、その思想をもって人類の覚醒を促す偉大な教育者たる点にのみあると思います。

あらゆる教師が古くなって時代遅れの運命を免れないように、哲人の教えもある時代の啓蒙に役立てばその以後は必ず不用に帰してしまいます。既成宗教や、既成哲学や、既成道徳が私たちの生活に対して迂遠なものになってしまったのは怪しむに足りません。

しかるに世間には、まだ聖書とか法華経とかいう昔の書物を最上のものとして珍重し、その一言一句を金科玉条視する人びとが残っています。それらの古典もあるいは私たちの参考書の一つとはなるでしょうが、世界の上に学問芸術の好著が昔も今も多数にある中で、聖書や法華経のみを最上の聖典であるというふうに考えるのは迷信も甚だしいと思います。現代に役立つ上からいえば、現代の識者や芸術家の述作の方がどれだけ私たちに最上の聖典たる功徳を持っているか知れません。

既成宗教から早く解放された私たち日本人は、聖書や法華経に対してこそ今はさまで価値判断を誤っていない積もりですが、その他のことについては、すべてにわたって価値の計算をし直して見る必要が迫っています。中にも、私たちは貨幣の価値を不当に高く見積もって、人格の価値をかえって不当に低く見積もっています。人間自身を営利行為の器械として恥じないまでに考え違いをしています。

わが国の経済は今、地獄の旋風のような恐怖に襲われています。戦時以来の暴富階級の昨今の境遇には、平家没落以上の恐慌と悲哀とが実施されることであろうと想像して同情に堪えません。しかし真実の覚醒は悲哀の中から生じるという意味のことを紫式部はいいました。この恐慌が久しく経済界の特権階級であった人びとに、所有欲と営利行為とが人間生活の上に案外価値の乏しいものであることを反省させ、真に頼むべく求むべき最高最美の生活が果たして何であるかを考えさせる動機となって欲しいと思います。

（一九二〇年五月二八日、『人間礼拝』収載）

思想の流動と深化

世界の何処かで起こった事で、それが人間の文化的成長に役立つ価値を持っている限り、遅かれ早かれ、いつかはわが国にもおよんで来るに違いないという確信を私は持っています。この数年間に、イギリスでも、ドイツでも、ロシアでも、政治上をはじめ、いろいろの方面で男女の同権を確認しましたが、今また米国においても女子の参政権が憲法の上に保障されることに決したようです。大多数の日本人は、こういう事実を遠方のことだと考えているのでしょうが、人生は不断に進行しています。それがわが国の事実となるのは十年の後を待たないでしょう。

私たちの考えねばならないことは、今において、女子が十分に実質的の準備をしておかないと、形式ばかりを世界の女子に模倣して、実力がそれに一致せず、せっかくの機会と権利とを無駄にする恐れがあるということです。男子が何の法治国民たる実質的準備もなくて議会政治を実行したために、第四十三議会の今日まで、まだ真実の議会政治の効果を挙げず、反対にますます議会の実質を堕落させていることが何よりの参考になります。私たちは他人に依頼する卑怯遊惰な心術を抛《なげう》って、個人個人が互いに自己の改造を第一に心がけねばなりません。

若い女子は中年以上の女子を見て、心ひそかにその時代遅れであることを嗤《わら》っています。いかにも、気分、感情、思想のいずれからいっても、現代を理解することのできなくなっているような中年以上の女子を多く見受けます。その人たちは、境遇のために余儀なくされ、もしくは自分みずから油断をして、いつの間にか新しい時代から落伍《らくご》してしまった気の毒な人たちです。しかし、若い女子たちのために私はいいます。それは決して他人事《ひとごと》ではありません。もしちょっとでも油断をするとあなた方の上にもそういう気の毒な運命が来ます。只今は私がここに述べたように、「激動の中を行く」時代です。すべての物事がずんずんと変化していきます。表面的にはともかく、内面的実質的にはどしどしと改まっていきます。いい換えれば、人間の物の考え方や感じ方や——すなわち生きていく上の心の持ち方が急激に変っていきます。もちろん悪く変わるところもありますが、概して善い方に変わっていきます。この変化をすべて悪いように解釈する人があれば、その人たちは旧思想にしがみついて進化の生活を呪う人たちであるのです。

今日は大多数の人間の思想が、第一に階級的僻見を脱して万人平等の理想の方へ流動しています。デモクラシーとは実にこの傾向の思想をいうのです。これだけでも非常に善い方へ変化しつつあるのです。この変化を喜ばない人たちは、旧式な階級思想に囚われて、自分のみ高く構えて威張ろう、他を虐使しても私欲のみを計ろうとする人たちです。その人たちは、デモクラシーの社会が実現したら自分たちに都合が悪いから反対するのです。

油断をすると、若い女子たちも、そういう人たちと類似した旧思想に停滞して、不断の流動的進行である現代生活の正しい方面が解らなくなります。今日は一か月の間、新刊書はもちろん、新聞雑誌だけを読まないでいても、世界の進歩が解らなくなる気がします。呉服物や活動写真の新しい流行をたえず知っていたからといって、決して現代生活に参加しているとはいわれません。何よりも機敏に自己を教育することが大切です。

昔から「女の浅智慧」ということがいわれる通り、これまでの女子の教育は浅薄な程度で打ち切られているために、物事の一方面だけを瞥見《べっけん》して、感情的に是非を速断してしまう嫌いが一般の女子にあります。語るに足らずと蔑視される一つの理由です。いわゆる「半可通」とも「知ったか振り」とも評される理由です。お互いにこの点に警戒して、物事を広く深く観察しながら、できるだけ理性に支持された感情で是非をいうように新しい訓練を自ら試みねばなりません。この訓練を疎略にするということも、現代人でない一つの証拠です。

私は自分の書いたものに対して、常に世間から批評や訂正をして頂くことを望んでいるのですが、いろいろの人たちから、厚意に溢れた非難や、賛成や、忠告やの手紙をたくさん頂くので、それを嬉しいことに思って感謝していますが、また一方には悪意に満ちた罵言の手紙や恐ろしい脅迫状などをしばしば受け取ります。それらはどういう訳か、すべて無名氏の手紙です。私は同胞のように愛し合いたいと思っている日本人の中に、こうした気の荒い、道理と愛とを無視した人たちのあることを悲しく思います。その無名氏の中には婦人たちもあるのです。

男子たちのものはしばらくおき、婦人たちのそれらの手紙を読むと、すべてが私の書いた物の全部を読まず、ほんの一節だけを見て、それもたいていは意味の取り違いをして、それが気に入らないと、かッとなって、女らしくもない醜汚極まる暴言によって、私を罵られるのです。私は以前からそういう不愉快な婦人たちの手紙を毎月四、五通はきっと受け取っています。最近には特にそれがふえていくようです。それを見て、もう文筆生活を止めようかと思うことさえあります。

右は極端な例ですが、しかしよく反省して慎重に考えないと、私自身にも、それと同じ系統に属する軽率な判断を下して、自己の愚昧を他人に表白する危険がないとはいえません。一知半解は只今の女子に人も我れも共通した欠点です。

（一九二〇年九月、『人間礼拝』収載）

愛の創作

人間の心は感情においても理性においても、幼年から少年へ、少年から大人へと次第に移動していきます。幾千年間に文化生活を築き上げてきた人間は概してよい遺伝の方を多く持っているし、環境も漸次に改善されていきつつあるのですから、したがって大多数の人間の心が悪く移動するものとは考えられません。人間は進化する者です。

人間の心の進化するのに比べると、社会の習慣とか道徳とかいうものは案外に進化の鈍いものであって、それが法外の力をもって人間の進化を妨害する場合が多いのです。

人間の心は移動するのが常態で、移動しないのは病的です。若くして移動しなければ痴呆であり、長じて移動しなければ老衰の兆候です。

花の趣味にしても、食事の嗜好にしても、衣服の好みにしても、少年少女の時から一生の間にいくたび変わるか知れません。それでこそ人間の生活は精神的にも物質的にも進歩があるのです。

孔子が「君子は世と推し移る」と讃美したのも、また孔子が「固《こ》」ということを嫌ったのも、人間が低きより高きへ、粗より精に移るのを善いこととする見地からでしょう。

世人の俗見では、夫婦親子の情愛は移動しないもののように考えています。しかし花や衣服についても変化する心が、どうしてもっと自分に直接な生活について敏感に移動しないでいましょう。

移り気とか変心とかいうことを悪い意味にばかり考えてはなりません。「君子は豹変す」というふうに、人間は好い意味の移り気や変心を持って生きていくべきものであるのです。

私自身の経験をいうと、この二十年間に私たち夫婦の愛情はどれだけ多く変化してきたか知れません。決して最初のままの恋愛をもって一貫し、終始変わることのなかったというふうの固定した静的な夫婦関係ではありません。

私たちは二人の愛情にたえず新しい生気を吹き込み、壊しては建て直し、かつ鍛え、かつ深め、かつ醇化《じゅんか》することに努力しました。今から振り返って見ると、最初の頃の私たちの恋愛は熱烈ではあるが、まだ甚だしく苦労の足りない塩気の乏しいものでした。私たちは久しい間に幾千回の破壊と改造とを自分の恋愛に実行してきたのです。私たちの夫婦関係は毎日毎日新季《しんき》蒔直《まきなお》しを試み、毎日毎日以前にない新しい愛の生活を築き上げているのです。

私たちは昨日の恋愛をそのままに静止させ、その上に糊塗して、「永久不変の愛」というようなものを頼みにしているのではありません。常に大いに二人の愛が進化移動して止まないことを祈っているのです。

それでなければ、恋愛は心の化石であり、退屈と苦痛とを感じないではいられないでしょう。かつてこのことを生田長江さんにお話すると、生田さんも私たちに同感して、「理想的な夫婦は毎日毎日愛の新しい約束証書を交換しているのだ」といわれました。私はもっと適切に自分たちの実感を表白するには「夫婦は毎日毎日愛の創作をしているのだ」といいたいのです。

愛の創作をしない夫婦はいわゆる因習的夫婦です。古臭い夫婦です。その中には新しい愛の生活はないのです。それは名義上、戸籍上、世間的習慣上の夫婦であって、常に溌剌《はつらつ》とした愛の結合を意味する完全な夫婦の実質を備えていない者です。

そういう夫婦は基礎のない夫婦ですから、その精神的結合力は脆弱であって、何かの機会に崩壊すべき危険を内含しているのです。すなわち男子にあっては、その道徳的および経済的自由を利用して他の女に心を移すことになり、妾《めかけ》を持ち、売笑婦に赴くというような変態をも生じます。ただ女子にあっては社会の習慣や道徳に自由を妨げられるのと、経済的独立の実力を持たないとのために、男子のような放埒《ほうらつ》な行為を謹慎しているというに過ぎません。

私は男子が妻の外に愛を分かつ行為――男子の姦通の多い事実を見て、悪い意味の移り気が男子に多いからだとばかりは考えません。そこには夫婦という一対の男女の間に愛の創作を試みる努力が欠けているからだと思います。

夫婦の間にその愛を常に新しく創作する努力がなければ、真の理想的夫婦とはいわれないものです。いったん結婚して同棲さえすれば、永久に夫婦の愛が泰山の安きにあるものと思うのは、何たる幼稚な、何たる怠慢な夫婦でしょう。二人の愛をたえず醇化し建設することをせずにおいて、男は妻の外に、女は良人《おっと》の外に軽率なる愛の満足を求めることは、新時代の男女道徳においても峻厳《しゅんげん》に非難さるべきことでしょう。

私は愛のない夫婦関係は破壊すべきものであると確信している一人です。そういう夫婦関係はいかに物質的に富んでいる階級にあっても最大不幸だからです。

しかし破壊も、改造も、新季蒔直しも、できるだけ現在の夫婦の間において実行すべきであると思います。愛は紙上の抽象問題でなくて、二人の人間に即した重大な事実です。二人の人格を尊重し合わねばなりません。愛の対象を二、三にするということは、自己の内にある純粋性の苦痛とするところであることを反省したいと思います。梅の花が嫌になったから桜の花に心を移すということは大した問題でもありません。それでも人によっては同じ梅の花にも新しい美を発見して愛を続けていきます。人と人との関係は花と人との関係と違って非常に複雑です。双方の真剣な努力によって新しい愛の音楽が鳴り出さないとも限りません。初めはどんなに気の合わない夫婦でも、十年も愛の創作に二人が刻苦したら、たいていは共鳴されていくだろうと思います。もしその努力を等閑にするなら、十年はおろか、百年連れ添っても冷やかな形式的夫婦たるに過ぎないでしょう。

私は離婚を求める人たちに、果たしてどれだけ自分たちの愛の改作と醇化とに苦心されたかを問いたい。その苦心を惜しむ怠け者は新時代の夫婦生活者たる資格がないと思います。

しかしどんなに努力しても気の合わない夫婦のあるのは事実です。そういう人たちは思いきり好く離婚するのが双方の幸福であるのはいうまでもありません。社会もまたつとめてそういう人たちの行為に同情する習慣を作らねばなりません。

そういう愛のない結婚の前轍《ぜんてつ》を見るにつけ、子女を持つ親たちは、従来の媒酌結婚や財産その他の情実結婚の弊害に、その可愛い子女を近づけしめないように特に注意し、愛を第一の基礎とする新時代の結婚に、進んでその指導者となる覚悟を持つべきです。

「愛の創作」の仕方は人によっていろいろでしょうが、私の考えでは、夫婦双方ができるなら同じ仕事に協力するということもその一つです。共稼ぎの中に商量と労働との苦楽を一所にすることは愛の絵のために好い素材です。今日までの有識婦人や有産婦人やが蔑視してきた労働階級の夫婦は――農村においても、漁村においても、市井においても、現に見受けるように、その大多数の夫婦は――この共稼ぎによる愛の創作の実行者です。健康でかつ常識を持った成人である限り、一人も除外例なく、額に汗して衣食するという勤労の生活を共にすることが、夫婦の愛を堅実にする所以であると思います。しかし今日の社会にはこの共稼ぎの生活を忘れている家庭が多くなりつつあるのです。良人の仕事に無関係な位置におかれた妻が有識婦人だの貴婦人だのといわれている有様です。そういう夫婦の実際の関係は主人と妾婦の関係であるのを思わないで、良人がどういう仕事をしているかを知らないような不労遊惰の身分で満足し、かえってそれを得意そうにしている妻さえ少なくありません。

しかし職業によっては良人と同種の共稼ぎができないものもありますから、そういう場合、妻は別の職業をもって共稼ぎの実を挙げるがよろしい。そうして夫婦が互いにその職業に理解を持って間接に助成し合うようにしたいと思います。

右のように職業の共稼ぎも愛の創作には必要です、さらに必要な事は、職業以上の生活において夫婦が苦楽を共にすることを忘れてはならないことです。それは思想と感情との教養を学問や芸術によって互いに深めていき、夫婦自身の実際生活――わが子の教育、家族、朋友、および社会との調和等――にそれをできるだけ実現しようとして協力することの刻苦と享楽とをいうのです。

このことのためには、今日以後の夫婦は互いに同じ書物を読み、同じことを思想し、同じ趣味を体感することに勤勉でなければなりません。思想と趣味と職業とが隔絶していて、それで夫婦の愛の共鳴と進化とを求めるのは無理だと思います。こういう意味から、私たちの雑誌『明星』が男女の性別を顧慮せず、人間としてだれが読んでもよろしいように編集されていることを喜びます。特に婦人雑誌というものが存在しているのは、社会がまだ女子を子供と同様に低級者扱いにしているからで、一般の女子は早くこの侮辱から等しく人間としての尊厳を回復しなければなりません。

（一九二二年一一月二〇日、『愛の創作』収載）

第二部　婦人問題

個性は男女の性別によって優劣の差別を付せられる理由を持ちません。

男子は個性の自由な開展の機会を多く占有していたのに反し、女子はそれらを久しく男子によって拒まれていたという理由から、現状において女子の能力がすべての方面に沈滞し、または畸形化して発育しているという差別を生じているだけであって、本質的に女子が男子に比べて一人前の能力を備えていないという訳ではないのです。

私たちはここに慎重なる反省の結果、自己の生存権の回復と自己の生存権の積極的な実現とを要求しようと思います。

——与謝野晶子「自己に生きる婦人」より

母性偏重を排す

トルストイ翁に従えば、女は自身の上に必然におかれている使命、すなわち労働に適した子供をできるだけたくさん生んでこれを哺育しかつ教育することの天賦の使命に自己を捧げねばならぬと教えられ、またエレン・ケイ女史に従っても女の生活の中心要素は母となることであると説かれる。そうしてトルストイ翁では男の労働に対してする余力ある女の助力が非常に貴いものであるとして許容せられるに反し、ケイ女史では女が男と共にする労働を女自身の天賦の制限を越えた権利の濫用だとして排斥せられる相異がある。またトルストイ翁では男女の生活の形式は異なっていても一般の天賦においては全く平等であると見られるのに反し、ケイ女史では自然が不平等に作った男女の生活を人間が平等にしようとするのは放縦であると見られる相異がある。しかし体的労働と心的労働が男に属する天賦の使命であって、女にはそれが第二義の事件であるという思想は二家共に一致している。

こういう二家の主張と、これを継承し、または期せずしてこれと同調の思想を述べる主張が世にいう母性中心説である。私はこの説に対して疑惑がある。

誤解をひかないためにあらかじめ断っておく。私は母たることを拒みもしなければ悔いもしない、むしろ私が母としての私をも実現し得たことにそれ相応の満足を実感している。誇示していうのでなく、私の上に現存している真実をありのままに語る態度で私はこれを述べる。私は一人または二人の子供を生み、育て、かつ教えている婦人たちに比べてそれ以上の母たる労苦を経験している。この事実は、ここに書こうとする私の感想が母の権利を棄て、もしくは母の義務から逃れようとする手前勝手から出発していないことを証明するであろう。

女が世の中に生きていくのに、なぜ母となることばかりを中心要素とせねばならないか、そういう決定的使命が何によって決定されたか。私の意識にはこの疑問がまず浮ぶ。そうしてトルストイ翁のこれに対する答えは「人類の本務は二つに分かれる。即ち一は人類の幸福の増加、他は種族の存続。男は後者を履行することができないようにされているので、主として前者にまで召命されている。女は彼らのみがそれに適しているので、全然その後者に召命される。……その本務は人間によって発明されたものでなく、物事の本性の中にあるのである」（加藤一夫さんの新訳『我等何を為すべきか』に拠る）といわれる。

この答えを得てかえって私の疑惑は繁くなった。それはおそらく私の思慮の足りないせいであろうが、私にはトルストイ翁のこの答えの中に重大な誤謬《ごびゅう》が含まれているように思われてならない。翁は男女の本務が物事の本性の中で予定されているといわれる。「物事の本性」とは男性は男性の本質、女性は女性の本質の意味であろう。私はそれを考察してみた。そうして私は「物事の本性」が男性女性という外面的差別の奥に「人間性」というもので全く内面的に平等であることを見た。そうして人類の本務はトルストイ翁の説かれるように二つを大別されていない。ただ一つ「人類の幸福の増加」いい換えればよりよく生きていこうとする根本欲求の実現の外に何もないのを見た。これが人間性の全部である。

私の考察が間違っていないなら、この唯一の根本欲求には人間の万事が含まれている。トルストイ翁のいわれた「種族の存続」もその万事の内の重要な一大事として私には見られる。そうして人類の本務――人類の幸福の増加――にはすべての人間が平等に参加し、男女の性によって外面の状態に差別はあっても、本質的には男も女も平等の人間として人間性の完成に力を合わせているように私には見られる。もちろん、世の中には男女の協力が不均衡になり、中にはほとんど男女いずれかの力の加わらない事実さえ存在している。平等を欠いたそれらの事実はすべて「人類の幸福の増加」のために無用または有害な事実ばかりであり、それによって世界の調子を失い、進歩を遅滞し、悲惨を簇生《ぞくせい》している。例えば男性ばかりで計画された戦争という殺人事業のようなものがそれである。人間の万事は男も女も人間として平等に履行することができる。それを男性女性という形式の方面から見れば、その二つの異なった形式に従っていろいろの異なった状態が履行の上にあるいは生じたり生じなかったりするだけである。具体的に言えばトルストイ翁は男は種族の存続を履行することに与《あずか》り得ないようにいわれたが、それは何人にも明白な誤謬である。人間は単性生殖をなし得ない。男は常に種族の存続に女と協力している。この場合にただ男と女とは状態が異なるだけである。男は産をしない、飲ますべき乳を持たないという形式の方面ばかりを見て、男は種族の存続を履行し得ず、女のみがそれに特命されていると断ずるのは浅い。性情の円満な発達を遂げた父母の間に子に対する愛が差別のないのを考えても内面的には男女の協力が平等であることが思われる。

私はこうしてトルストイ翁のいわゆる「物事の本性」を私の力の及ぶ限り透察した。そうして私は人間がその生きて行く状態を一人一人に異にしているのを知った。その差別は男性女性という風な大摑みな分け方をもって表示され得るものでなくて、正確を期するならいちいちの状態にいちいちの名をつけていかねばならず、そうして幾千万の名をつけていっても、差別はさらに新しい差別を生んで表示し尽すことのできないものである。なぜなら人間性の実現せられる状態は個々の人によって異なっている。それが個性といわれるものである。健かな個性は静かに停まっていない、たえず流転し、進化し、成長する。私はそこに何が男性の生活の中心要素であり、女性の生活の中心要素であると決定せられているのを見ない。同じ人でも賦性と、年齢と、境遇と、教育とによって刻々に生活の状態が変化する。もっと厳正にいえば同じ人でも一日の中にさえ幾度となく生活状態が変化してその中心が移動する。これは実証に困難な問題でなくて、各自にちょっと自己と周囲の人びととを省みれば解ることである。周囲の人びとを見ただけでも性格を同じくした人間は一人も見当らない。まして無数の人類が個個にその性格を異にしているのはいうまでもない。

一日の中の自己についてもそうである。食膳に向かった時は食べることを自分の生活の中心としている。ある小説を読む時は芸術を自分の生活の中心としている。一事を行うたびに自分の全人格はその現前の一事に焦点を集めている。このことはだれも自身の上に実験する心理的事実である。

このように、絶対の中心要素というものが固定していないのが人間生活の真相である。それでは人間生活に統一がないように思われるけれども、それは外面の差別であって、内面には人間の根本欲求である「人類の幸福の増加」によって意識的または無意識的に統一されている。食べることも、読むことも、働くことも、子を生むことも、すべてより好く生きようとする人間性の実現に外ならない。

ある一事を行うたびに生活の中心がその一事に移動して焦点を作り、他の万事は縁暈《えんうん》としてそれを囲繞している。こうして人間性が無限無数にその中心を新しく変えていけばこそ人間の生活が活気を帯び、機勢《はずみ》を生じ、昨日に異なった意義と価値を創造して進むことができる。これが人間生活の堅実な状態である。そうして人間にはこれと齟齬《そご》する病的な状態がある。すなわち物を食べていながらこの事に熱中し難くて食べている物の味を享楽することができないような状態である。何事も沈滞していて中心となるまでに焦点を作らない状態である。それが人間の根本欲求と分裂している病的な状態であることは、人間がその状態に満足しないのみか、それを不純、怠惰、卑怯、姑息《こそく》、頽廃《たいはい》、堕落というような自覚をもって自ら憎悪し、自ら愧《は》じ、自ら苦しみ、自らできるだけそれを脱しようとして焦燥《あせ》るので明らかである。

今一つの病的な状態がある。しばしば無用または有害なある一事に生活の中心が集まり易いことである。例えば女が低級な虚栄心――栄誉心――を中心として常に行動するような場合は決してそれが女自身の上に真実の幸福を持ち来さない。かえって女自身の生活を人間の根本欲求に反して不幸に導くものである。こういう場合には人間の本務を標準としてその悪性な中心要素を批判し、それを一掃して、他の必要有益な中心要素の起伏する堅実な生活状態につかねばならない。

私は母となった時に初めて母としての実際生活が私の上に新しく創造されて来たのを経験した。そうして自分の子供を育てることに私の注意が集る度ごとに其処《そこ》に母性が私の生活の中心要素となり、私の自我の全部を統率しているのを経験した。私の子供が私の外になくて私の自我の中に愛をもって抱かれているのを明らかに見た。全く私の子供は私の内に浸透して不可分の関係になっている。私は私のように子供のある女にとって母性が重要なものであることを、子供を持つ他の婦人たちとともに実感することができた。

しかし私が母となったことは決して絶対的ではなかった。子供の母となった後にも、私はある一人の男の妻であり、ある人びとの友であり、世界人類の一人であり、日本臣民の一人である。また思索し、歌い、原稿を書き、衣と食とを工夫し、その他あらゆる心的労働と体的労働とに服する一人の人間である。私はそれらの一事一事を交代に私の生活の中心として、必要である限りそれにじっと直面して専心することを私の生活の自然な状態としている。

私は母性ばかりで生きていない。母性を中心として生きているように見える時にも、私の自我には前に挙げたような私の他の諸性が、ちょうど人が現に見守っている一つの星をめぐって無数の星が群を成しているように回転している。そうしてそれらの諸性の一つが次の時には現在の中心である母性に代わって私の生活の中心となり、さらにまた他のものが次ぎ次ぎに代わっていく。それらの無数に起伏して異なった中心を作る諸性が互いに助け合い、埋め合せ、もしくは互に跳ね返し、闘争して、不断の流転を続けることによって私の自我は成長し、私の生活は開展する。

　もし私が自分の生活状態にいちいち名をつけるなら無数の名が要《い》るであろう。母性中心、友性中心、妻性中心、労働性中心、芸術性中心、国民性中心、世界性中心……それは煩雑に堪えない上にほとんど無用の命名である程に私の生活の中心は相対的無限なものであって、常に起伏し変転している。私は仮に一日二十四時間といえども一つの生活状態にもっぱらであり得ない。まして絶対に母性中心をもって生涯を終始することは私が絶対に芸術性中心をもって生涯を終始するのと同じように不可能である。そうしてこの不可能は私ばかりでなく一切の女の上にいい得ることである。例えば私が自分の子供に乳を呑ませようと注意した時に私の現在は母性を中心として生きているが、次の刹那にまだ自分の乳房を子供の口に含ませているにかかわらず、もはや私の生活の中心は移動して、私はある一篇の詩の構想に熱中していることである。前の私が母性中心の状態にあることはその時私の子供の哺育のために必要である。その必要に用立った後に私の母性が中心の位地を次に登って来た芸術性に譲り、その芸術性の無数な背景の一つとなって私の意識の奥に遠ざかってしまうのは当然である。二つの物は同時に同じ位地を占め得ない。子供を哺育する時にもっぱら母性中心であり、詩を作る時にもっぱら芸術性中心であるからこそ哺育と詩作の二つのことが私の生活に遂げられるのである。私はどうしても絶対的母性中心の生活を営み得る状態を想像することができない。もし一刹那も子供から外に心を移さずにいて生涯をそれで貫徹することのできる女があるなら知らぬこと、人間性は無限の欲求を生み、その欲求の一つ一つをそれが自分の成長に貢献するものである限り、尊重して忠実に履行するのが人間生活の自然であるとするなら、だれも一つの欲求に偏してはいられないはずである。

　世間には自分の生活に公と私、主と客、真実と方便、本務と余技、第一義と第二義というふうな差等を設けている人たちが少なくない。私も近頃までは漫然とそういう二元的な物の見方を模倣していた。けれども真に現在に生きようとする自覚が明確の度を増していくに従い、「人類の幸福の増加」という人間の本務――私の本務――に役立つ限り、万事が一様に自分の真実の生活であり、第一義の生活であるように感ぜられてきた。以前は恋愛や、芸術や、学問や、宗教や、社会改良事業などというものばかりを人間の第一必要品のように思い、みずから衣食住の実際問題に困っていながら、かえって逃避的な支那賢人の虚偽な告白などに騙されて、その衣食住などを第二義の問題のように誤解していたのであったが、近頃はどれも私にとって同じく第一義の価値を持つようになってきた。エレン・ケイ女史などが生活の表面に起伏して中心要素となる無量の欲求が永遠に対立しているこの見易い事実を知っていながら、その欲求の中の母性ばかりを特に擁立して絶対の支配権を与え、いわゆる絶対的母性中心説をもってわれわれ婦人に教えられるのは、対等であるべき無数の欲求に第一義第二義の褒貶《ほうへん》を加える非現実的な古い概念から脱しきらない議論のように私には見える。

人が親となることは、親となる資格を備えている人という制限を越えない範囲で望ましいことである。未成年の男女、不健康な男女、無知な男女、全く経済的自活力のない男女、それらは結婚するのさえ不幸の基である。ましてそれらが親となることはいっそうの不幸が予知せられる。その場合に男には父性の生活を、女には母性の生活を経験せしめない方がかえってよい人たちである。また結婚して親となる資格を備えていても、失恋とか孤独を好む性質とかによって結婚を好まず、職業の関係から学者、宗教家、探検家、教育家、飛行機家、看護婦などのように結婚を避ける人たちがある。その人たちは結婚して親となることにみずから一種の不幸が予知せられ、それを予防する摯実《しじつ》な必要からそれを避けているのであり、あるいは結婚もせず親ともならない方がかえって他の事によって人間の本務――人類の幸福の増加――をより自由に、より猛烈に実現しうる所以からわざと夫妻父母の生活を避けているのである。また夫婦生活を開きながら生理的に親となり得ない男女がある。それは親となることを避けているのではないが、余儀なく男は父性から、女は母性から遠ざけられているのである。それらの夫婦は必ずしも不幸を感じていない。子供のないことによって知らず識らず親としての生活以外に豊富な生活を送っている男女も多い。かえってたくさんの子供を持ったために他の活動を侵害せられて、子供のないのを不幸と感じている夫婦よりも幾倍かの不幸に陥っている男女もある。

親となる多数の男女があるとともに、前述のように親とならないで一生を送る男女も少なくないのが人間の実状である。母性中心説の第二の誤謬はこの実状を看過していることであるように想われる。もし一切の男女がことごとく健康で、教育があって、経済的能力を備えていて、夫婦としての堅実な愛が容易に成り立って、自由と幸福の予想せられる境遇が与えられて、夫婦が必ず子供を持つことができて、そうして親となることを最上の生活と信じてそればかりを望んでいるなら、男は父性中心の生活を、女は母性中心の生活を営むことに専心し、それをもってケイ女史のいわゆる「生れつきの制限」と自信して、父性母性以外の無数無限な人間の活動を第二義とし、方便とし、そうして子供を持つことばかりをケイ女史のように人間の愛の真の目的とすることができるであろう。

人生が空想小説でなくて厳粛な目の前の一大事実である限り、人間は一人一人の性情と境遇とに従って各自の生活方針を変化していかねばならない。トルストイ翁のいわれる「天賦の使命」とか、ケイ女史のいわれる「個人の権利の生れつきの制限」とかいうようなものが私たちのために、そうして私たちの外にあらかじめ一様に決定されていようとはどうしても考えられない。人間は一人一人の生きていく必要から一人一人の権利と義務を——生れつきの制限ではなく——各自が個別にその時その時の必要を制限として自由に伸張しながら履行していく外はないように私には見える。ベルギーの首府の看護婦学校長であった英国婦人エジス・カヴェル女史が去年ドイツ軍のために捕えられて従容《しょうよう》として死刑についたようなことは、母性中心説から見れば当然非難せらるべきことであろう。女史は未婚で終わり、母性を実現せずに国難に殉じてしまったから。しかし女史自身の最後の微笑は自分の権利と義務を世界人類のために正しく履行したことの満足を示している。女史は人の子を生まなかったけれどもその代りに人道の母となった。女史のこの事蹟に尊敬を惜しまない人なら、女の生活として母性のみが絶対に尊厳なものでなく、母性も貴重であるけれども、人間の本務を発揮する尊厳な生活はその外にも無限にあって、それは個人個人の性情と境遇とによって別々に定まるものであることを私と共に同感せられるであろう。

私はたくさん子供を生みかつ育てている。そうして多年の経験から、子供は両親が揃っていてこそ完全に育つものであることや、子供を乳母、女中、保母、里親などに任せるのはたいていの場合両親の罪悪であり、子供の一大不幸であることを切実に感じている。トルストイ翁もケイ女史も何故か特に母性ばかりを子供のために尊重せられるけれど、子供を育てかつ教えるには父性の愛もまた母性の愛と同じ程度に必要である。殊に現在のようにまだ無知な母の多い時代にはできるだけ父性の協力がないと子供の受ける損害は多大である。母親だけが子供を育てることは良人《おっと》が没したとか、夫婦が別居しているとかいうやむをえざる事情の外は許し難いことである。しかしこれくらい自分の子供の教育を重大に考えて取り扱っている私さえ、前に述べたように母性としてのみは生きていない。私のように遅鈍な女の上にもそういう生き方を求めるのは甚だしい不自然である。まして無数の異なった性情と異なった境遇を備えている一切の女を母性中心の型に入れようとする主張は肯定することができないように想われる。

こういっても、私は健康な婦人が良人との間に少なくも一人の子供を養い得るだけの経済的自活力を持ちながら、容貌の美を失ったり、産褥《さんじょく》の苦痛に逡巡《しゅんじゅん》したり、性交の快楽を減じたりする理由から妊娠を厭《いと》い、または生児の養育を他人に託するようなことを弁護する者では断じてない。その女の生活が絶対的母性中心から遠ざかっているという根拠からでなく、その女みずからがより好く生きるのに必要な誠実と、聡明と、勇気とを欠いているのが私には不満だからである。豊富な性情と健康な体質とを持った女は子供も産むがよい、社会的事業にも従事するがよい、その他能うかぎり何事に向かっても多々ますます弁じて欲しいと私は思っている。また私はその女の生活として価値が乏しいので避け得られる限り避けた方が好く、そうして避けようとすれば避けることができた過度の労働を避けなかったために自分の体力を弱くし、妊娠不能となり、または虚弱不具な子供を生むような女に対しても、同じ理由から不満である。しかし、学者、女権論者、女優、芸術家、教育家、看護婦等に従事している婦人の内のある人たちが、その道とその職業とに忠実であり、熱心であるために結婚を避け、したがって母性の権利と義務を履行しないのは、男の側のそれらの道と職業をもって人類の幸福の増加に熱中している人たちの中のある人びとが一生娶《めと》らずかつ父とならないのと同じく、全くその婦人たちの自由に任すべきものであると私には考えられる。そういう婦人たちに対してケイ女史のように一概に「絶対の手前勝手」をもって攻撃するのは酷である。

もし母性を実現しない女がことごとく「絶対の手前勝手」であるなら、前に挙げた不健康その他の理由から結婚を避けしめねばならない女や、良縁を得ないため、または婚資のないために余儀なく独身生活を送る女や、結婚して母たる資格を具備していながら肝腎の子供のない女などをも不徳の婦人として非難せねばならないことになる。それは実際に不合理なことである。そうして現実の世界には性情と境遇を異にした無数の女が存在していて、絶対に母性中心説を適用することの不可能なことがここにも暗示されているように思われる。

わが国の婦人の大多数は盛んに子供を生んで毎年六、七十万ずつの人口を増している。あるいは国力に比べて増し過ぎるという議論さえある。私たちはむしろこの多産の事実について厳粛に反省せねばならない時に臨んでいる。旧式な賢母良妻主義に人間の活動を束縛する不自然な母性中心説を加味して、この上人口の増殖を奨励するような軽佻《けいちょう》な流行を見ないようにしたいものである。

（一九一六年二月、『人及び女として』収載）

婦人の堕落する最大原因

私は一部の若い婦人が素行の貞潔を欠いたり、多数の婦人が奢侈《しゃし》と虚栄に偏したりすることばかりを婦人の堕落だとは考えていません。一般の婦人が過去数千年間、思想的にも経済的にも男子と対等に独立することを得ないでいるのが何よりも甚だしい婦人の堕落だと考えています。この意味で世界の婦人は最少数の優秀な婦人を除いて他はことごとく堕落している人間です。

日本の婦人は他の文明国の婦人と比べて特に独立心を鈍らせています。それにはいろいろの原因を数えることができますが、私は感傷主義に傾いた教育がその最大原因であって、これを除かない以上私たち婦人の向上はとうてい空想に過ぎないと考えます。このことは十数年の昔に福沢諭吉先生がすでに警告せられたところであるのですが、私は今に至って先生の卓見にしみじみと同感を禁じ得ないのです。

わが国において最も早く男女同権説を唱えて婦人の独立を激励せられた偉人は福沢先生でした。すなわち先生の遺編の中の「女大学評論」と「新女大学」とは先生のその主張を最も親切に示されたものですが、この二書が現に三十幾版を重ねてかなり広く世間に読まれているようでありなから、その効果の割合に顕著でないのを私は常に遺憾に思っています。今日は先生在世の時に比べて婦人自身の覚悟も、婦人に対する世間の態度も非常に変化したようですが、しかし諸種の婦人問題について新聞雑誌の上に現れる識者側、特に教育者側の議論を見てもまた女学校の教育を受けた多数の若い婦人の実際生活を見ても、福沢先生の卓見ほどに徹底したところのないのを歯痒く思わずにいられません。婦人の独立に味方する自由思想家の議論にしても、鎌田栄吉、河田嗣郎二氏のごとき先輩たちを除けば、他はようやく今頃はるかに遅れて福沢先生の卓見に追随しようとするくらいの程度であって、先生以上に出ている意見のないのはもちろん、先生の同調の議論さえはなはだ乏しいように見受けます。鎌田氏はさすがに三田学派の後継だけに、福沢先生の精神を祖述して私たち同性のために時流を抜いた正大の意見を常に示されることに私は感謝していますが、惜しいことに氏の意見は断片として発表されるだけで、まだ一部の冊子にまとまっていないために、氏の婦人問題に対する思想全体を私たち婦人が窺おうとするのに不便がありま す。河田博士はここに「婦人問題」の大冊を出して福沢先生以上に現代的な解釈と意見とを発表せられたのですが、浅慮な当局者の誤解するところとなって発売禁止の厄を被り、それがために、後世、日本の婦人解放史上に福沢先生の二著と並んで永久の感謝に値する好著をあたら闇の中に没し去って、真理と誠実と勇気と愛に満ちた博士の最大警告が一般の婦人に普及せずにいます。それは河田氏の不幸よりも私たち同性のために多大の不幸だと思います。

私は一般の親たちと、婦人教育者と、婦人たちとに福沢先生の右の二書をもっと真剣になって読まれることを望む者ですが、日本の婦人の現状に考えて、私たちの特に福沢先生の卓見に聞いて目を覚さねばならぬと思うことは、初めに述べた感傷主義の教育の弊を先生が口を極めて排斥せられた点にあります。先生は婦人堕落の最大原因をそれに帰して、婦人の向上を計るためには理性の開発を主とすることが最大急務であると教えられました。すなわち具体的にいえば在来の国文和歌趣味に偏した感傷的の教育を排斥して、婦人の教育もまた男子のそれと同じく主として物理、化学、経済、法律等の研究に傾倒すべきことを激励せられたのであります。

　福沢先生の卓見は直接先生の遺編について読者の窺われることを望み私はここにそれを紹介することの僭越を避けますが、先生在世の時における婦人界の大弊は依然として先生の没後十五年の婦人界に持続して、ますますその害毒を深くかつ広くしている大弊であることを述べて、私は世人の考慮と批判とを求めたいと思います。

　一言で感傷主義とか感傷的とかいっても、その内容は複雑な意味を持っていますが、これをざっと説明すれば、科学主義に反対である感情主義、実験よりも迷信、真実よりも形式、実感よりも習慣、真理よりも趣味、創造よりも模倣、独立よりも妥協、実力よりも虚栄、団子よりも花、というようなものを尊重する心持ちをひっくるめてかく呼ぶのだと思います。こういう心持ちに偏した生活が、個人にしても、団体にしても、堅実を欠いて浮薄に流れ、雄健を失って繊弱に傾き、節制を忘れて放縦に向かうのはいうまでもありません。

　私は感傷主義に禍せられている婦人界の現状についてほんのその一斑だけをここに述べます。

試みに今日の婦人がどのようにして家庭、学校および社会に教育せられているかというとすでに小学へ入る前からいろいろの「お伽噺」を単行本や少女雑誌の上で読まされもしくは母や姉から読み聞かされます。今日の「お伽噺」は私たちの幼年時代と比べて驚くばかりの大数が無限に出版されます。次に小学へ入って後は以前になかった「少女小説」というものがまた「お伽噺」と同じ方法で、同じように無数無限に出版されて、それを十五、六歳まで、すなわち小学校から女学校に入って一、二年後までも読まされます。私はお伽噺や少女小説をある種類に限り、ある程度まで少年少女のために有用だと考えますけれど、それを読ませるには、親たちが内容を検閲せねばならないとともに、その数をも必ず制限せねばならないと思っています。私はまたもとよりそれらの作物が道徳上の教訓に偏することの誤っていることを知っていますから、直接の教訓味があるかないかを議しようとするのでは毛頭ないのですが、現在の「お伽噺」と「少女小説」はあまりに感傷主義的に書かれています。空想的感激が勝って科学的実証味が欠け、人情世事の自然に背き、不合理と残忍と悲哀とに満ちています。その文章も甚だしく低調賎劣なものが多いのです。経験と見識とに富み、文学的手法に優れた作家の筆になった最少数の作物を除いた外は、子供を持った上の実感も、学術の修養も、社会生活の経験もないような若い書籍製造家の筆になった作物が大多数を占めているのです。

それらの作物は聡明な愛を子女に対して持っている親たちがちょっと注意して読めば、片端からみな有害な分子に富んでいることが発見されます。それらはたいてい、現在の活動写真の過半が男の子供に悪影響を与えると等しく有害であるといってよろしい。それほど積極的に有害でない場合にも、つまらない物を多く読ませて子女の脳力を疲労させるという点で消極的に有害であると思います。

私は長男や二男を育てる頃はもっぱら自分の作ったお伽噺を聞かせましたから、奇怪に対する畏怖とか、酷薄に対する悲哀とかを知らしめずに済みましたが、長女と二女とがふり仮名を頼って物を読む頃になって自分でいろいろの話をしてやる暇がなくなったため、また遠く旅行して留守を人に託したりしたために、余儀なく新刊のお伽噺や少女雑誌の小説やを読ませてしまいました。それも私の時間が許す限りたいてい一度目を通して、良くない種類の物は破棄して読まさないように注意したのでしたが、それを読ませた結果はどうでしょう、二人とも神経質に傾くとともに、空想に偏し易く、ちょっとしたことにも僻《ひが》んだり、恨んだり、泣いたり、怖れたりすることが非常に目立つようになりました。兄たちとちがって、妖怪というふうな物の存在を信じるらしく、どうかすると暗い所を怖れる気味があり、またある時は悲哀の空想を追究して白昼に湯殿に隠れて継子がするように涙を流したりすることさえありました。これは一つは女の遺伝的習慣性や模倣性にもよることでしょうが、私は二人の男の子に比較して考えて、お伽噺と悲哀小説との感化の恐ろしいことを呪わずにはいられないのです。

これらの学校外の読物に勝るだけの興味と利益とが小学校で与えられるなら好いのですが、同じく感傷主義的な教育を受けた女教師の多い小学校の修身談というものがそれらの読物と大差のないたわいもないものであることはいうまでもありません。修身談ばかりでなく、歴史の話一つにしても不精確と迷信との分子が非常に多いのです。概して伝習のままを教えておけばそれが高等歴史の事実と背いていようが、近代の科学思想と相いれないものであろうが関わりはないという教え方です。天孫が雲を分けて降りられたことや、宇佐の神託やを読本に書かれてある通りに無条件でそれを事実として教えてしまうのです。そういうように空想的、迷信的、飯事的、妥協的に教えられるのですから、女教師の下にある小学の女生徒は特に天性の優秀な子供でない限り、男の教師に教えられる男の生徒ほど数学や理科に対して興味を持たず、能力をも発揮しないのが普通です（もちろん優秀な女教師に教えられる例も稀《まれ》にはあります）。

女学校へ入れるようになると女教師ばかりでなく男の教師にも教えられますから生徒の知識がやや精確を得る点もありますが、しかし賢母良妻主義の教育が感傷的な旧道徳を中心として他の一切をそれに従属させている上に、国語という科目が不当な分量を占めている。近代的の思想知識に最も乏しい教員がその国語を担任して、国文学の本来の弱点である消極趣味を注入しますから、いっそう非現代的、非科学的、伝習的な女ができ上るようになります。それに学校外の読物が下級にあっては例の小学時代からの悲哀小説を継続し、上級にあっては婦人の感傷趣味に迎合して編集された諸種の低級な婦人雑誌に引きつけられます。女学校の女教師が概してまた感傷的であることは小学校の女教師と同じであり、女学校の男の教師といってもその在職年月の久しいほど一種の女性化した人たちが多いのですから、ただ柔順に、ただ常識的にと教育するだけで、女の理知を十分に開導して女の病源である浅薄な感情を一掃しようと計るようなきびきびとした教育はどこを向いても全く施されないことになります。

さらに学校以外で受ける諸種の教育と感化とがますます若い婦人に感傷主義を煽《あお》ります。遊芸、挿し花、茶の湯はいうまでもなく、近頃流行する浮世絵の稽古にしても、それらはすべて非現代的な模倣的、低級的な感傷趣味を基調としないものはありません。一般の婦人に喜ばれる芝居にしても、〔徳冨蘆花の〕『不如帰《ほととぎす》』類似の小説にしても、講談類にしても、婦人の安価な涙と低級な笑いとを誘導する以外に概して何らの近代的思想を期待することのできないものばかりです。たまたま素質の良い若い婦人が思想問題の書物を読んだり、科学的の研究に耽ったりすると、世間は「哲学娘」と呼んで滑稽視したり、家庭は縁談の妨げになるといって止めさせたりして、ただ二葉の中に枯死させてしまうような悪習があります。既成宗教というものが近代思想に置き去りにされた前代の遺物で、全く感傷主義の塊《かたまり》ですから、教会や寺院に出入する婦人があっても、今の教育の大弊をそこで補正されるという見込みはもちろんありません。

こういう空気の中に教育されているのですから、多数の女学校を毎年卒業する多数の若い婦人が依然として甘い、微温《なまぬる》い、浮ついた感情中心の世界に低徊《ていかい》しています。物質的には近代的であっても、その精神は日本在来の感傷主義を脱し得ないでいます。それですから、今の女は乃木大将夫妻の自殺というような事件に対しても、何の考察もせず、何の思想の根底もなしにただ迷信的に感激してしまいます。それですから今の女は愛国婦人会や、花の日会や、その他の大きな団体の婦人会へ、慈善とか、衛生とか、国家とかの何の意味も徹底せずにいて、ただ虚栄と模倣心とのために集まります。一部の若い婦人の素行が私娼もしくは妾婢《しょうひ》と択ぶところのない現象を呈するのも、その内心が理性の調御を経ない、浮草のような感傷主義によって動揺しているからだと思います。

この間ある人の実験談に、ある女学校で五年生を集めて、現に世界ではどんな大事件が起こっているかということを問うと、すべて戦争が起こっていると答えたそうです。次にその敵味方に属している国の名を挙げよと問いましたら、完全に答え得るものは一人もなかったということです。それはまことに嘘らしいことのように思われますが、事実だから驚きます。ある人はさらに戦争の原因を想像半分にでも述べて欲しいからといいましたらこれには一人の応答者もなかったといいます。このある人というのは新聞が女学生にいかに読まれているかを試験するためにこの問いを出したのだと語りました。女学生ばかりでなく、一般の若い主婦たちが新聞に対する知識と興味もたいていその辺であって、小説と雑報と以外の骨の折れる記事には注意しないのが普通だと思います。つまり感情を喜ばす方面にだけ婦人の注意が向いて、内に眠っている理性を刺激して、観察、比較、推論、判断等の上に独立した自分の思想を創造し、それに指導された力強い自主自由の生活を開こうとする努力が足りないのです。これは人事《ひとごと》でなく、私自身の上にある最大弱点であって、これを思うと層いっそう科学的な教育の必要を切実に感じます。

（一九一六年五月七日、『我等何を求むるか』収載）

未来の婦人となれ

過去を偏重して何事にも過去の法則、制度、習慣を応用しようとする旧式な婦人は次第に減じていきます。過去にも耐久性を備えた好いものが豊富にあってわれわれの生活の参考となることはいうまでもありませんが、過去を偏重する婦人は迷信の徒であって選択の能力を持っていないのですから、それらの婦人のありがたがる過去は害こそあっても益はないものであると断言してよろしいでしょう。老婦人の間にはなおそういう時代遅れの考えを持った者が少しばかり残存しているようですけれども、しかしその人たちは実社会の上にもはや何程の権威をも示さなくなりました。

このことの喜ぶべき代わりに、現実を偏重する傾向が一般の婦人に浸染しつつあることに対して私は寒心せずにいられません。過去の繋縛《けいばく》を脱したのはよろしいが、さらに現実のために囚われるに至っては、環境の奴隷となって自己を萎縮させるものだと思います。

この悪傾向はちょっと注意して見ればだれの目にも映ります。今日の婦人で現実に最上の権威を許さない者がどこにあるでしょう。どの女もみな目の先の苦労利害ばかりを考えて動いています。過去の権威には盲従しませんが、現実に盲従しています。

試みに高等女学校卒業程度の現代教育を受けた婦人に対して、その偽らない告白を引き出すことができたら、どの婦人も識者が見て「精神的である」と評価するに足るだけの欲望を確かに持っていないことが明白になると同時に、どの婦人も、現実の物質文明をそのままに肯定して、それに追随しうるか否かを生活の中枢問題としていることが明白になるでしょう。具体的にいえば、その婦人が未婚者であれば、どんなに現代の若い女らしく一身を装飾しようかという程度の欲望に全力を集めています。したがってその欲望を満たし得るだけの財力の保証ある男子を良人《おっと》とすることを結婚の重要条件としています。富家に育った若い女は持参金つきの好餌をもって男の物質欲を誘い、その男を良人として後も、自分の持参金の保証の中に――現代の物質生活に追随していかれるだけの保証の中に――住もうとしています。これは婦人自身が現実の物質的勢力に屈服するのみならずその良人をも併せて物質的勢力に屈服せしめるものだと思います。

これはもとよりわが国の女子教育の根本精神が間違っているからでもあります。良妻賢母主義の教育はその名を聞くと立派ですが、その良妻賢母の実質はどんなものかといえば、結婚の基礎であるべき恋愛を全く排斥して顧みない物質的結婚によって妻と呼ばれ、ただ良人たる男子に隷属してその性欲に奉仕する妾婦となり、併せてその衣食住の日用を便ずる台所婦人を兼ねることがいわゆるわが国の良妻であり、妻が子を生んでわずかにその子の乳母たり保母たるだけの役目を果たすことがいわゆるわが国の賢母であるとして教育されているのです。このごときは、良人に対してもわが子に対しても物質的に奉仕する婦人たるに止まっていて、精神的の妻でもなければ精神的の母でもありません。こういう婦人が果たして真実の意味の賢母良妻といわれるでしょうか。もしわが国の女子教育が良妻賢母主義を徹底しようとするなら、私たちに何よりもまず自由平等の思想を教えて、男子に寄生し男子に屈従する不自然な関係から婦人の独立することを激励せねばならないはずです。また恋愛を排斥するどころか、反対に、良人と真の精神的結合を遂げるため、併せてわが子を真に教育するために最も大切な愛情の深化と訓練とを私たちに激励せねばならないはずです。また個人として、良人と協同生活をする伴侶として、国民の一人、世界人類の一人として、自己を独立させかつ他人を理解しうるために、男子と同等の教育を私たちに施さねばならないはずです。しかるに、家庭教育においても、学校教育においても、私たちはそれらのことを少しも顧慮しない低級な教育によって、私たちの生命の教育を阻止されています。こういう教育は婦人を人格視せずして物質視し、男子の遊楽の道具、人類生殖の器械として、もっぱらそれに適応するように婦人を——例えば食用獣のごとくに——養成しているとしか思われません。

家庭と学校との教育は右のように高尚な愛情を除外し、博大な知識を拒否し、婦人の独立を圧抑しているのですから、その他に処女会、婦人会というような婦人団体が一万八千もあり、百万の団体員を包容しているにしても、それらを指揮するものは同じく良妻賢母主義や軍国主義を喜ぶ男子であって、彼ら男子は家庭と学校との圧迫をもってなお足らずとし、それ以上の物質的教育をあらゆる種類の婦人に強制して男子の手足たらしめるのに都合の好い現代的な新奴隷を養成しようとするのです。トルストイが「奴隷制度という言葉だけは廃棄されたが、その悪弊は残っている」といったことが現代の日本婦人の上に最も痛切に響くのを私は感じます。

未婚婦人が現実的、物質的であるばかりでなく、既婚婦人もまた同じくこの悪傾向に囚われています。若い未婚婦人の間にはまだ少数の夢想家や理想家があって低級であり幼稚であるにしても精神的な欲望を未来に持っているのですが、既婚婦人に至ってはほとんど皆が皆、理想のない日送りをして、眼前の物質生活を追随し享楽することに没頭し、もしくは眼前の物質生活の不満に煩悩を燃やし続けているといっても過言でないでしょう。

男子は最も悪性な男子といっても、たまたま事にふれて自分を正視しながら羞恥と懺悔《ざんげ》と発憤との中に、自分の生活を人類最高の目的の方へ一歩でも近づけようとする聡明な自省の瞬間がしばしばあるといいます。それはすぐに忘却の淵に消え去る泡沫の瞬間であるにしてもなきに勝るといわねばなりません。私は疑います、各地の婦人の中の代表的な奥様だといって、現に尊敬されている婦人たちに、果たしてそういう尊い自省の瞬間がしばしばあるでしょうか。否、仮に一度でもあるでしょうか。おそらくその人たちは「現代の思想において、何が人類最高の目的であるか」ということすらも知らない、かつ考えても見ない奥様たちではないかと思います。

それらの既婚婦人の中で宗教団体に属している婦人たちは、外目《よそめ》には、物質的勢力の旺盛な現実の世界に屈従しない精神的婦人であるかのごとき観を与えますが、彼らこそ半ば過去を迷信し、半ば現実に盲従する最も見苦しい気の毒な婦人たちであるのです。例えば、キリスト教婦人でいえば、彼らは過去の贅物《ぜいぶつ》である教会内の慣習や神学の伝統を離れて、直ちに自己の心の内にあるキリストの声を聞こうとする真剣なかつ自由な態度をとろうとしません。彼らはトルストイのようにパウロ以前の元始的キリスト教に還ることもできなければ、ユニテリアンのように聖書を自力で解釈する自由主義的な信仰につくこともできない婦人たちであって、その迷信的であることは阿弥陀如来の絵像の前に涙を流す仏教婦人と大差を認め難いのです。このように一方には過去の宗教に盲従の態度をとりながら、また一方には現代の物質主義に降参して、私たちが精神的婦人であるかのごとき期待を全く裏切っています。例えば彼らは彼らが異端視する他の無宗教の婦人のごとくに恋愛の成立がなくて容易に結婚します。その最も露骨な最近の例は救世軍の山室氏の第二夫人がそれです。山室氏が再婚の理由を自叙された「志を述ぶ」の一文には一語も新夫人との恋愛におよんでいません。こういう男女道徳を解しない無恥な男子に嫁するキリスト教婦人のあることを私は遺憾に思います。キリスト教婦人であるだけにその矛盾がよけいに見苦しく目につきます。売笑や売笑婦を庇護する者を平生口ぎたなく攻撃するキリスト教婦人が、彼らの機関雑誌において、一種の売笑行為である一人のキリスト教婦人の無恋愛結婚について今日まで一語もいいおよばないのは、いかに彼らの信仰が非精神的であって、彼ら同教徒の間にある物質的勢力の前にいかにその信仰が無力であるかを示していると思います。

また既婚婦人の中で、種々の公共団体に属して貧民の救済、赤十字社の事業、教育、衛生、その他の社会事業に奔走する人たちがあります。これは確かに過去になかった婦人の活動であって現代に発生した事象の中の好ましい事象であるのですが、その「好ましい」というのは、それが未来にわたって価値を失わない立派な理想——人類最高の目的——の方へ針路を向けた事象であるからこそいわれるのだと思います。しかるにそれらの婦人たちは第一に人類最高の目的が何であるかを知らないのですから、自分たちの行為が果たしていかなる目的に合しているか否かを批判する能力のないのはいうまでもありません。人類社会に対するやむにやまれぬ愛が動因になって、自発的にそれらの公共事業に努力するのではなくて、ある婦人はただ動きたいため動き、ある婦人はただ虚名欲のために動き、ある婦人は団体心理に雷同するために動いているので、要するにただ盲動しているのです。自己の行為に確かな目的と明晰な批判とを自覚しないで行動するのは器械のごとく動くだけです。人間の物質化、器械化です。このことは愛国婦人会とか婦人衛生会とかいう団体に属する多数の婦人たちの間から、学問倫理の基礎を持ったそれらの事業の解説を私たちに示す精神的の婦人が今日まで一人も現れずにいるので証明することができると思います。

愛国婦人会に属する婦人たちのごときは、国家が他の国民に向かって開戦するような場合に、一も二もなくそれに服従して戦時の御用婦人を勤めることをもって無上の栄誉としています。彼らは戦争が法外の暴力であり大袈裟な殺人行為であることについては何らの反省もとらず、何らの苦悶《くもん》をも感じないのです。彼らは正非の見さかいなしに、直ちに現実を謳歌してしまいます。

戦争は現時の国際関係、経済関係、倫理関係等によってまだしばらく避け難いものであるかも知れませんが、それにしても、婦人は人類の半数を占めている協同組合員として、できるだけこれを避けることを男子に要求する権利を持っているのですから、その権利を適当に行使することは婦人が世界人類のため、国家のため、自己のために捧ぐべき立派な義務であると思います。たとい戦争の御用婦人を勤めるにしても、少なくも戦争の真因と目的ぐらいは正しく知っておくべきはずですが、愛国婦人会の人たちは、戦争が突発すればただ軍人の指図のままに戦争を後援し、敵国の人間といえば何の理由も付せずただ虎狼のごとく苛酷に憎悪してしまいます。これは日露戦争の際の言動が実例を示しています。

矯風運動や慈善運動をするキリスト教婦人の間には、演説や文章によってその主張を発表する健気な人たちがあります。私はその勇気と熱心とを尊敬する者ですけれども、その議論の感情的であって合理的でなく、物質的であって精神的でないのに対しては、遺憾ながらその尊敬を減ぜずにはいられません。彼らはただ眼の先だけを見ているのですから、遊廓を廃止さえすれば娼婦の行為は絶えると思い、同志の会員を多くふやしたり、義捐《ぎえん》金を多く集めたりさえすれば矯風や慈善の目的が遂行されると思い、女子大学の数を増しさえすれば女子教育は進歩すると思い込んでいます。彼らは恋愛と男女同権の思想とを基礎とする男女道徳が新しく起こらないためと、社会における富の分配の不公平であるためとによって娼婦の発生を余儀なくしていることを問題の外において、ただ娼婦という毒草の花や葉だけを摘み取れば毒草の根絶ができるように思っているのです。こういう浅薄な考察は物質的の考察というべきものです。彼らと同じ程度に、もしくはそれ以下に無知無理想である婦人の会員がどんなに多数加わっても何の精神的実力をも生ずるものではなく、ただ物質の寄与によって大きな無用の建物の食堂や学校ができたり、物質をもって貧民の一時の急を救って永久の怠惰を買ったりするだけのことに止まります。またキリスト教主義と文部省の良妻賢母主義とを曖昧に妥協させた浅薄な教育は、厳格にいえば教育の精神を失ったものです。それに女子大学の美名を僣してつけたものが現れるにしても、私たちにはただ物質的な大きな校舎が眼に映ずるだけに過ぎなかろうと思います（これは新渡戸博士の監督の下に安井哲子女史たちのキリスト教婦人が近く開かれるという新しい女子大学に対する私の不安を述べておくのです）。

多少とも精神的であるように期待される境遇にある、以上の婦人でさえ、その実際の生活を正視すると右のような没理想的であるのですから、まして未婚と既婚を問わず、一般の婦人が物質主義者として現実に服従していることは常に目にあまる事実です。彼らが衣服、化粧品その他身のまわりの粧飾品についていかに年ごとに過度な奢侈《しゃし》を増しつつあるかを見れば、このことは容易に証明されます。私はもとより禁欲主義にも過度の制欲主義にも反対するとともに、ある種の奢侈に対してはむしろ正当の理由をもってある程度までを承認する者ですが、親、兄弟、良人等の男子に寄生している婦人が過度に身分不相応な物質生活のために男子の財力を浪費することに対しては、その無知と不道徳とを憤らずにいられません。

中流以上の婦人の外出するのを見ると、盛装というべき程度に達しない場合でも二百円内外の価格の物を身につけて装飾しています。盛装に至っては一本の帯に千金を費やしている婦人さえあります。結婚に要する衣裳その他の費用は今日その普通なものでも一千円を下らず、少しく派手にすれば三、四千円を要し、その以上万金を超えて停止するところを知りません。それらの大金はことごとく父兄や良人たる男子が負担しているのです。一銭といえども婦人自身の労働から得られたのではないのです。私は途上や電車の中で美装している婦人を見ながら、怠惰にして無知無能な多数の婦人が、その物質的の奢侈をもっていかに極端に男子の財力を偸《ぬす》みつつあるかを考えて、羞恥と腹立たしさとを感じることがしばしばあります。

このたびの九州における製鉄所、鉄道院、鉱務所等の官吏の収賄問題においても、私は官界の男子が彼らの接近する商工業界の黄金万能主義の悪風に感染した結果であると思う以外に、彼らの家族である妻女の物質的奢侈の欲望が彼ら男子の良心を隠然と鈍らせて、大それた収賄の罪悪を犯さしめている他の半面のあることを想像せずにいられません。いわゆる良妻賢母主義の教育が実際生活に無効であることはこの一事でも解ります。女学校で制欲的な質素倹約を極端に教えられ、妻の内助ということを教えられた婦人が、妻となり母となって後の物質的奢侈は、教育の予期と反対の結果を示しています。もし内助の実力があるものならそれらの妻女が良人の不正な金銭の収得を予防し、警戒し、苦諫《くかん》せずにおかないはずですが、一般家庭の婦人にそれだけの実力を備えて常に良人の忠実聡明な伴侶となっている、尊敬すべき妻女が幾人あるでしょうか。今日の日本では男も女も口では黄金万能の現実主義を排斥しているようですが、言行の正直な一致を喜ばない習慣の中に腐敗している国民の実際生活は、ことごとく眼前の物質的欲望に向かって照準されています。中にも男子に比べて教育程度の低い婦人が最も露骨に物質欲の奴隷であることは怪しむに足りません。

私はこの現実偏重の傾向を恐ろしいことに思います。これは確かに日本婦人の生活意思の真面目でないことと弛緩《しかん》していることとを証明しているのです。この結果は婦人自身の頽廃《たいはい》に止まらずして、良人を毒し、一家を毒し、社会国家を毒し、子孫を毒するに至ります。欧米の婦人は近代に入って早くこの点に目を覚ましました。殊に開戦以来は最も緊張した生活を実現することに一生懸命になっています。欧米の婦人にも短所はありますが、あくまでも現実を尊重しながら、現実に盲従しないで未来に役立つ何らかの理想をもって現実を統御し、改造し、批判し、鑑賞していく生活――霊と肉と、精神と物質との融和した一如の生活――を求めてやまない彼らを見ると、その生活意思の摯実《しじつ》と熱烈とを尊敬せずにいられません。彼らは現在に生きるとともに併せて未来に生きる準備のある婦人です。否、すでに現在において未来を生きている婦人です。何となれば彼らは現在の生活状態を方向舵として未来の生活を間断なく推進しているのですから。私たち日本婦人が遅ればせながら自決すべき生活の転向も実にこの態度をとる外はないと思います。

幼稚ないいかたながら、婦人に必要なことは、まず知慧の眼を開いて現実を批判しようと心がけることです。これによって現実に盲従することから消極的に逃れることができます。現実の生活が間違っていないか、根本と枝葉との軽重を転倒してはいないかという疑惑が生じますと、もう現実に雷同しなくなります。どういう生活を選択したら悔いと無駄との少ない、自分に適した、満足な人生を建設せられるであろうかという向上の欲望と煩悶《はんもん》とが生じます。こういう疑惑や煩悩を持つに至れば、人の内にある獣性に代わって神性ともいうべき優良な人間性が頭を挙げ、人の生活が物質的から精神的へ一歩踏み込んだ境地だと思います。黄金その他の物質がもはやこれまで程の威力を加え得ない境地です。今後の婦人はぜひともこの疑惑や、煩悶を実感する必要があります。今日までの婦人にも疑惑や煩悶はありますが、それは反対に、いかにしたら現実の物質生活に屈服し、妥協して生きていくことができるかという盲動のための疑惑や、煩悶に過ぎないものであると思います。

　さて現実の価値を批判し選択するには確かな標準が必要になります。この標準が理想です。理想とは現在の生活を未来へかけて進化させるための方針ですが、動物には未来の生活をより美しくしようとする欲望がなく、したがって生活に予定の方針を持ちません。これが人間と動物との異なるところで、人間にして理想のない生活をする者の動物的であるといわれる所以です。現代の文明は、その物質生活に屈服して盲動する大勢からいえば、トルストイが「すべての誇張せられたる十九世紀の文明なるものは、要するにわれらが舵もなく行方も知らずして漂えるを意味す」といった通りに、正当な生活の方針、すなわち理想を欠いたものであると思います。これは男子も婦人もその内心に問えば明白なる事実です。ただ男子は資本と労働とによって得たる資財をもって物質生活を営み、女子はその男子の資財を盗用し濫費して物質生活を営んでいるに過ぎません。これがために物質生活は非常な勢力で進歩していきますが、反対に精神生活は萎縮して、人は愛を失い、自由独立の気風を欠き、学問倫理の権威が衰え、利己主義、依頼主義、営利主義、黄金万能主義、権力主義等が跋扈《ばっこ》します。婦人がますます売笑婦にひとしい心術を示し、奢侈な粧飾を競うのも原因はここにあります。

教育がすでに物質的な良妻賢母主義をとっている以上、婦人は未来の生活理想が何であるかを今日の学校と家庭とによって学ぶことができません。ここにおいて私たちはこれがために自ら教育する努力が必要になります。そうして自分の生活理想を自ら選択して確かに所有し、現実生活をこの標準に従って調節し改造することに真剣にならねばなりません。

私は生活の理想を下のごとくに考えています。世界の人類全体が愛、理性、平等、自由、労働、享楽、進歩、これらの中に生活することであると。これらのいちいちについて述べることは時間と紙数の許さないところですから略しますが、人間が最も完全な生活を望む以上、その極致はこの広大無辺な理想に達せねばやみません。これは世界同胞主義または世界人道主義をもって呼ばるべき理想です。私欲と私欲の排擠《はいせい》や妥協に行き詰まっている現実生活の狭い局面に比べると、これは茫漠《ぼうばく》として幻想のようにも夢のようにも感ぜられます。けれども人生は宇宙と共に無限悠久です。私たちは現実の生活を物欲の争奪に終始させて、草木のごとく意義もなく短命のままで朽ちていくことの寂しさに堪えません。私たちはこの理想によって私たちの現実生活を無限悠久の事業に参加させることができるのです。できるだけ拡大して、これ以上のものも、これ以下のもののないという、偉大な生活の中に私たちを生かすことができるのです。現実主義のために物質の奴隷となった私たちは、この理想主義の生活によって今日より明日へ、現在より未来へ、自由の人として自ら解き放ちます。

この悠久の理想へ実際の生活を照準してできるだけ多く進めていくことが私たちの生活です。私たちは、一躍してこの理想が実現されると思うような狂気じみた幻想を持ちません。常にこの理想を終極に予想しながら、実際問題としては、われらの現在到達し得べき最善のものは何であるかと批判し選択しながら、その手近い最善のものの実現に努力する外はないのです。リップスが「われらは自己の素質と世界におけるわれらの位地とによって、最も実現するに適する目的にその力を集中する義務を持っている。すべての人は同一ではない。故に個人がそれぞれの地位において社会全体の中に織り込まれ、それぞれに分業をもって全体の文化的使命に貢献する」といい、また「すべての人は、その特殊なる天性と能力とに従って、その力のおよぶ限りの利と善とをこの世界に造り出さなければならぬ」といったのはこの意味だと思います。

こうして根本の生活方針が定まって見れば、実際問題において批判と選択が容易に行われて、疑惑と煩悶とに心力を浪費することが少なくなります。物質生活は精神生活の機関であるということが分明して、ますますその物質生活を有益に利用しながら、人は常に物質の主人たる位地を守ろうとするに至ります。

結婚にしても、この理想の中に住む婦人は、在来のような性交および台所用の奉仕をもって男子に寄生する物質結婚を陋《ろう》とし、この理想の一致の中に夫婦としての愛の共鳴を確認した精神的結婚を要求せずにおかないでしょう。トルストイが「結婚は男女双方の人生に対する目的の一致したる時においてのみ幸福を齎《もたら》すべし」といい、また「結婚せんとする者に告ぐ。君たちは従来よりもさらに深く思索して、現に生活しつつある目的のどこにあるかを明確ならしめざるべからず」といい、また「君たちの一生の目的は結婚の喜びにあらずして、君たちの一生によって世界により多く愛と真理とを招致することならざるべからず」といったことは、かくして事実となっていくでしょう。

婦人の高等教育、職業開放、参政権等の問題にしても、この理想を標準として批判すれば明らかにその正当であることの解決がついて、ただいかにしてこれを実行するかという事実問題が残るだけになります。中にも教育と職業との自由を男子と平等に婦人が均霑《きんてん》されることは急務だと思います。教育を高めずして、婦人の感情と理性とを陶冶することはできません。婦人の愛が理性の協力を欠き、婦人の理性が低級であれば男女の平等な進化は期待されないことになるでしょう。婦人が自栄自活の道を塞がれている以上、「爾《なんじ》の額の汗によりて爾の麵麭を得べし」という労働の平等と自由は婦人に得られないことになり、それがために婦人がいつまでも現在の寄生状態から脱せられずして、やむをえず男子に屈従して非人格的結婚に甘んじるようになるでしょう。

今やわが国は自発的にかあるいは連合国の慫慂《しょうよう》によってか、とにかくシベリアへ出兵する準備ができているということです。かような問題に対して、これまでの婦人は何の考察もせず、ただ男子の一存に任せているのが習慣となっていましたが、しかし人類の半数を占めている婦人が、人類の理想生活に参加して、平等にその苦楽を負担しようとする自覚を持つ上からは、いかなる社会国家の問題に対しても意見を述べる権利があります。前に申した通り戦争は国家の凶事であるとともに家庭の凶事です。国民の栄辱問題であるとともに私たちの良人、兄弟、子孫の生命に関わる問題であり、やがて私たち婦人の消長に関わる問題です。たとえ昔からの蛮気を失わずにいる好戦的な男子が一斉に出兵を歓迎するにしても、婦人は人間生活の理想に照して大胆に思索し批判して、いうべきだけのことをいう必要があると信じます。これを公衆の前に発言しないまでも、家庭の男子に対して述べるだけの熱心と勇気とがあって欲しいと思います。

出兵の有無にかかわらず、わが国の経済状態は早晩世界的影響を受けて破天荒な困難に陥るでしょう。これは私の直覚からいうばかりでなく、福田徳三博士のような専門家のしきりに警告せられるところです。こういう切迫した実際問題から考えても、日本婦人はその眼前の物質偏重主義から目を覚まして、高遠正大な理想の指示する方へその生活を緊張させなければならないと思います。手近い方法の一つとしては、消極的には無用の奢侈を廃するとともに、日常の必要品をできるだけ廉価に購入する工夫をめぐらし、相互の体質の強健を計るために、衣服や家庭よりも食物に財力を多く用い、贅沢費の代わりに婦人自身をはじめ家族小児の教育費を支出し、積極的には何らかの心的または体的の労働をもって経済的収穫を計り、いかなる婦人も男子の保護によらずして自活することを原則とする習慣を作ることであると思います。特にこの後の方のことは早くから多数の農業婦人や工場婦人が実行しているところであり、また次第に増加する女教師その他の職業婦人が実行しつつあるところですが、自分の労働の成果である金銭で一冊の書物や一掛の襟でも買うことは、男子の金銭を浪費していた時代に比べて、どんなに気安くかつ愉快であるか知れません。私もこの十余年来少しく持っている自分の労働の実験からこのことを裏書きしたいと思います。多くの家族の生活費を戸主たる男子一人の労銀で支持している一般の家庭を見るたびに、私はそれらの男子の負担のあまりに過大なのを気の毒に思わずにいられません。婦人が私のいう未来の生活理想に生きようとするなら、第一に男子のこの負担を軽減するためにも独立の精神を振るい起こすことが急務であると思います。

(『心頭雑草』収載)

平塚さんと私の論争

私は女子の生活が精神的にも経済的にも独立することの理想に対して、若い婦人の中の識者から反対説が出ようとは想像しませんでした。それは、この理想の実現が人生に真の幸福を築きはじめる第一の基礎であることがあまりに明白なことだからです。しかるに平塚雷鳥さんが、最近に私の主張する女子の経済的独立に抗議を寄せられたのは非常に意外の感に打たれました。

平塚さんは、私が『婦人公論』誌上に載せた断片的な感想の中で、「男子の財力をあてにして結婚し、および分娩《ぶんべん》する女子は、たといそれが恋愛関係の成立している男女の仲であっても、経済的には依頼主義を採って男子の奴隷となり、もしくは男子の労働の成果を侵害し盗用している者だと思います。男女相互の経済上の独立を顧慮しない恋愛結婚は不備な結婚であって、今後の結婚の理想とすることができません」と述べ、したがって、妊娠分娩等の時期にある婦人が国家に向かって経済上の特殊な保護を要求しようという欧米の女権論者の主張が、私たちの理想と背馳することを思って、「すでに生殖的奉仕によって婦人が男子に寄食することを奴隷道徳であるとする私たちは、同一の理由から国家に寄食することをも辞さなければなりません」と述べたのがお気に入らなかったのです。

これに対して、平塚さんは「母は生命の源泉であって、婦人は母たることによって個人的存在の域を脱して、社会的な、国家的な存在者となるのでありますから、母を保護することは婦人一個の幸福のために必要なばかりでなく、その子供を通じて、全社会の幸福のため、全人類の将来のために必要なことなのであります」という理由から、「母体に妊娠、分娩、育児期における生活の安定を与えるよう、国庫によって補助すること」を主張されております。これによって見ると、平塚さんは母性を過大に尊重しておられることが解ります。私は人間生活の高度な価値を、父たり母たることに偏奇させて考えることを欲しません。私が賢母良妻主義に反対するのも一つは同じ理由からです。もちろん、父たり母たることに、人生の重要な内容の一つとして相対的の価値を認めることは、何びとにも譲らないつもりでおります。しかし必ずしも「婦人が母たることによって」特に最上の幸福を実現しうるものとは、決して考えておりません。人間はその素質と境遇と、それらを改造する努力とによって、なしうるかぎりの道徳生活を建設することが最上の幸福であると信じております。もし平塚さんの主張の通りにすれば、エレン・ケイ女史が人の妻ともならず、人の母ともならずに、著述家をもって一生を送りつつあるごときことは、平塚さんのいわゆる「個人的存在の域」を脱しない不幸な婦人といわねばならないことになるでしょう。

私は平塚さんとは異なった立場から、もとより正当に母性を尊重します。さればこそ、女性の尊厳を維持しつつ、できるだけ順当な母性の実現を期するためにも、私は女子の経済的に独立することが必要であると述べておるのです。これについては一条忠衛さんが近刊の『六合雑誌』で「夫婦の扶養義務について」と題して書かれたところとまったく同感です。一条さんは学者としての研究的態度から、その議論が周到深切をきわめております。その一節に「蓋《けだ》し人間が男女に分れているのは分業であって、その第一の目的は生殖的個性の発揮であり、第二の目的は精神的個性の発揮であって、この二つを兼ねて、男子は男子として、女子は女子として、その特殊的境遇の中に普遍的な人格を完成しなければならぬ者である。而して夫婦なる者は、実にこの分業を道徳的に誓約した至誠的和合であるから、その経済的生活に関しては協同的のものであって、主従の関係で無く、相本位的に同一の目的の下に、婚姻より生ずる一切の経済的費用を相互で自弁しなければならぬ関係者である。夫が妻を養うのでも無く、妻が夫を養うのでも無く、自ら自己を養いながら互いに互いを養う自他一体の有機的な経済的生活者である。……要するに、経済に関する夫婦間の生活費用は、扶養義務の形式において夫婦の共同生活を完成するための諸費であるから、その共同生活に必要なだけの費用を得ることに関しては夫婦は偕《とも》に生産者となり、労働者となってそれを負担すべき義務者であり、一方にのみこの重荷を負わせる訳にはいかない」といわれたのは、今後の夫婦生活の理想として、まことに合理的だと考えます。こういうふうに経済の保障が確立している夫婦生活の中でなければ、母性の順当な実現はおぼつかないことだと思います。

平塚さんが「母の職能を尽し得ないほど貧困な者」に対して国家の保護を要求せられることに

はもちろん私も賛成します。しかしそのことをもって、私が「老衰者や廃人が養育院の世話になるのと同一である」といったことを、平塚さんが「間違っている」といわれるのは合点《がてん》がゆきません。老衰者や廃人の不幸は、あるいは不可抗力的な運命によってその境遇に追い入れられると も考えられるのですが、貧困にして母の職能を尽し得ない婦人の不幸は、私たちの主張するように、経済的に独立する自覚と努力とさえ人間にあれば、その境遇に沈淪《ちんりん》することをあらかじめ避けることのできる性質の不幸だと思います。私たちはその不幸を避けるために、女子の経済上の独立を主張し、「今後の生活の原則としては、男も女も自分たち夫婦の物質的生活はもちろん、未来に生るべきわが子の哺育と教育とを持続し完成しうるだけの経済上の保障が、相互の労働によって得られる確信があり、それだけの財力がすでに男女のいずれにも貯えられているのを待って結婚し、かつ分娩すべきものであって、たとい男子にその経済上の保障があっても、女子にまだその保障がないあいだは、結婚および分娩を避くべきものだと思います」と述べているのです。そうして、これは一条さんもいわれたように、「生活費用の計算において、夫婦は月末に同額を支出すべしというような乱暴な意味ではなく、ただ夫婦は各自の実力に従って自己の家庭のためには自弁者たるべしという意味である」のです。

平塚さんは「現にあること」と「まさにあるべきこと」とを混同しておられます。現在の多数の婦人が経済的に独立していないからといって、未来の婦人がいつまでも同様の生活過程を取るものとは決っておりません。私たちは一つの理想に向かって、未来の生活を照準し転向しようとするのです。妊娠、分娩、育児等の期間において国家の保護を求めねばならぬような、経済的に無力な不幸な婦人とならないようにという自覚をもって、女子が自ら訓練し努力しようとするのです。したがって、国家の特殊な保護は決して一般の婦人にとって望ましいことではなく、ある種の不幸な婦人のためにのみやむをえず要求さるべき性質のものであると思っています。このことを平塚さんが識別されるなら、私たちの主張に賛成して、私たちの議論の形式的に不備な点を補修されることはあっても、私たちの根本思想に反対されるわけはないはずです。それとも平塚さんは、すべての母は国家に保護される権利を持っているから、必ずしも経済的に夫婦相互の独立を計る必要はない。妊娠、分娩、育児の期間は良人に妻子の扶養を要求し、良人が無力であれば国家にそれを要求すればよい。したがって、経済上の無力から生ずる不幸が十分に予見されていてもかまわず、恋愛さえ成立すれば結婚して、養育の見こみの立たない子女を続々と挙げるのが、今後の世界に認容される夫婦生活の公準であると主張されるのでしょうか。

平塚さんは「十分な言葉の意味で、母の経済的独立ということは、よほど特殊な労働力ある者の外は全然不可能なことだとしか私には考えられません」といわれ、併せて私の主張のように経済的に無力な婦人は結婚を避くべきものだとすれば、「まず現代大多数の婦人は生涯結婚し分娩し得る時は来ないものと観念していなければなりますまい。……かくのごとく今日の社会においては所詮実行不可能な理想を要求し、結婚年齢にある婦人を、健康な子供を産み得る婦人を、生涯もしくは長期間、独身者として労働市場におこうとすることは、婦人自身の不幸はいうまでもありませんが、国家にとっても種々なる意味で大損失でなければなりません」といわれました。私は、平塚さんが現実のみを――ことにその一面のみを――固定的に眺めておられるのを歯がゆく思います。現在の労働制度がわれわれ人間の力で改造されないものときまっているならともかく、男子も女子も心的に体的に何らかの労働に従事することをもって物質生活を持続することが、普通の状態となるに至れば、今に幾倍する摯実《しじつ》と熱心と勇気とをもって、一般の労働制度をわれわれに最も適応したものに鋳なおさずにはおきません。そうなれば、勤勉な労働婦人は、その妊娠、分娩、育児に要するある時期だけ労働を休んでも、平生と同じ物質的の報酬を得ることもでき、また平生の報酬の剰余を貯蓄しておくことによって、その期間だけ労働を休んでも、夫婦相互の扶養と、子供の哺育及び教育に当てるだけの物質に不足しないでいることができるにちがいありません。こういう労働制度の改造も、男女相互の経済的独立心が旺盛にさえなれば、実現され得べき事実です。平塚さんのように、「大多数の婦人は生涯結婚し分娩し得る時は来ないものと観念」するにもあたりません。反対に、大多数の労働婦人が安全に結婚し分娩し得る幸福な時代は、富の分配を公平にする制度さえ人間が作れば、容易に実現されうるものであることが予想されます。

現実の一面が固定的に膠着《こうちゃく》した状態にあるからといって、私たちの主張を「所詮実行不可能の理想」といわれるのは、平塚さんにも似合わない臆断です。理想は現実を改造することを常に予想しています。そうして、現実の大部分は常に多少とも変動しつつあるものです。それに正当な方向の指導を与えて、統一した推移を図るものが理想です。固定的に見える現実の一面ばかりを注視するなら、平塚さんも唱えられ、私たちも要求している恋愛結婚にしても、「今日の社会においては所詮実行不可能な理想」といわねばならないでしょう。この理由からして、平塚さんがその恋愛結婚の理想の主張を放棄されたとも聞きません。むしろ一面に媒酌結婚が頑強な勢力を持っていればこそ、他面には恋愛結婚に対する憧憬が鬱然として盛んな機運を作ろうとしつつあり、従って平塚さんのような先覚者が、この機運の順当な開展のために最善の指導を与えようと努力される必要があるのではないでしょうか。

平塚さんは、私の主張の中に独身者の増加の予想されることを、婦人自身の不幸、国家の大損失だといわれましたが、現在のように、経済的に無力な大多数の女子が、それらのことをほとんど顧慮しないで同棲《どうせい》を急いでしまう軽率放縦な結婚が、媒酌結婚にせよ、恋愛結婚にせよ、どれだけ婦人自身はもちろん、良人および子供の不幸となり、それから生じる種々の道徳上及び物質上の欠陥が、どれだけ社会の迷惑となり損失となっていることでしょう。平塚さんは此方の不幸と損失とを、独身者の一時的増加による損失よりは小さいものとして、この経済的に無力な女子の軽率放縦な結婚をこのままに肯定し、かつ持続させておこうとされるのでしょうか。

私たちは、現在の女子が経済上の方面にも一つの自覚を起こして、労働を常則として独立する積極的の実行にとりかかり、これによって現在および将来の不幸から自ら解き放つことを主張するものですが、もし平塚さんのように、私たちの主張を拒まれるとすれば、現状のままに放置された無理想、無解決の大多数の女子は、ますます男子の寄生者として屈従の生活、一種の売淫生活を送る者の増加するとともに、男子に寄生しえないで、平塚さんにおいては正当なる権利の主張として、私にとっては養育院の世話になる老衰者や廃人と同じ不幸な依頼主義者として、国家の特殊なる保護を要求する者が層いっそう繁殖してゆく結果となるでしょう。

さなきだに、私は、近頃の都会において、売笑を職業とする婦人以外に、普通の家庭にある女子で、男子の注意を引くことの意志を最も露骨に示した、厚化粧と、過度な派手好みの服装と、厭《いと》うべき媚態とを備えた、娼婦型の女子の目立って増加したことについて、ひそかに顰蹙《ひんしゅく》している一人です。それらの女子は精神的にはもちろん、経済的に無力なために、労働をもって独立しようとはせずに、廉恥も名誉も忘れて、ただ身をもって男子に売ろうとしつつある者としか考えられません。これは男子の成金気質に付随して発生した一時的現象かもしれませんが、不完全ながらも現代の教育を受けた女子が、こういうふうに頽廃《たいはい》した傾向を示すことは恐ろしいことだと思います。時代遅れの寄生的気分に満ちた、こういう懶惰《らんだ》な遊民的女子の将来がいかに不幸であるかは、平塚さんも認められるでしょう。彼らが他日「母の職能を尽し得ないほどの貧困」に陥る危険が予想されているにかかわらず、その危険の時が来たら国家が彼らを保護する義務を当然持っているからといって、現状のままに放擲してよいでしょうか。

平塚さんは「国家」というものに多大の期待をかけておられるようですが、この点も私と多少一致しがたいように考えます。平塚さんのいわれる「国家」は、現状のままの国家ではなくて、もちろん理想的に改造された国家の意味でしょう。それなら、個人の改造が第一の急務でなければなりません。改造された個人の力を集めなければ、改造された国家は実現されないはずです。平塚さんは私への抗議の中で、なぜ「国家」を多く説いて、一言も個人の尊厳と可能性とにおよばれなかったのでしょうか。平塚さんの見識が、もし個人の改造を首位に置かれたなら、女子を警醒して経済的に独立の精神を訓練させることが、私たち各自の人格改造にもっとも急要な事実の一つであることを、私たちとともに同感されたであろうと思います。

「国家」の場合にだけ改造された国家を予想しながら、未来の女子と社会状態については改造されたそれらをまったく顧慮しないで、「我が国のごとく婦人の労働範囲の狭い、その上、終日駄馬のごとく働いても、自分ひとり食べてゆくだけの費用しか得られないような、婦人の賃銀や給料の安い国」や、「生涯を通じて働いてもなお老後の生活の安全が保証されない、またはそれだけの貯蓄をなしうるほどの賃銀が得られないような経済状態にある現社会」が、いつまでも人間の力で改造されずに固定して存続するもののように平塚さんの考えておられるのが、何よりの誤解だと思います。恋愛の自由を主張される時には、エレン・ケイ女史と同じような立場から、自由思想家として理想主義的な議論をされる平塚さんが、私たちのいう意味の婦人の経済的独立に反対される時には、どうしてこうまで運命論的、自然主義的な、行き詰まった消極論を述べられるのでしょうか。

また平塚さんは、私が現代の理想として、こうした婦人の経済的独立を尊重し、かつ要求するなら、それに先だって「婦人の職業教育奨励、職業範囲の拡張、賃銀値上げ問題等」になぜ大いに努力しないかというふうにいわれましたが、これなどは私の素養と、境遇と、精力とに対してはなはだ思いやりのない、いわゆる「難きを人に強うる」注文だと思います。人は分業的に協力して、社会生活に寄与するものです。平塚さんのような注文が正当なら、人はことごとく万能を完備しなければなりません。私とても、平塚さんが挙げられたような問題について、微力のおよぶかぎり注意もし、研究もしております。それらについて「大いに努力」こそしませんが、心では大いに努力したい希望を持っていて、機会があれば文筆の上でも述べております。平塚さんが私の書いたものに対して、「観察があまりに狭隘であるばかりか、ややもすれば事実その物の観察に出発せず、かつ事物の広くして深い関係を無視し、単独に一つの事件なり現象なりに対して是非の結論を急ぐ傾向が見えます。この欠点は氏が社会問題を論ぜられる場合に殊に著しく目立つところで、複雑な関係の上におかれている社会問題も、氏によっては単独孤立的なものであるかのごとく取り扱われ、甚だしきは現社会の事実をまったく無視して、自分ひとりを標準としてきわめて主観的な判断を大胆にも下しておられます」といわれたのは、虚礼的謙遜を避けて私がいえば、それはかえって平塚さん御自身に適用すべき非難であろうと思います。少なくも私への抗議に現れた平塚さんの態度には、この非難を下し得る遺憾が明らかにあります。

平塚さんは、私が『婦人公論』に載せた、あの一篇の短い感想だけを読んで、私という個人全体の欠点を非難されました。これが「事実そのものの観察」に出発して「事物の広くして深い関係」を考え、一つの事件を、「単独孤立的」に取り扱わず、慎重な観察をもって「社会の事実を無視」しない人のなすべきことでしょうか。私は今、憚《はばか》らずにいう必要を感じます。この七、八年間の私が、乏しい時間の中でもっとも親んでいるところの、かつできるだけ広く読もうと心がけているところのものは、文学の書物よりも、むしろ政治、経済、教育、労働問題等のそれであることや、それと同時に私が男女のあらゆる職業に対して実際にどれだけ注意し、踏査し、かつ他人の経験に聞きつつあることやは、私の日常の実際行為として平塚さんの耳目に触れないのは当然ですが、平生文筆によって私の公開しているものについて、もし平塚さんが通読の煩を厭われなかったなら、たとい結果は一知半解の独断的意見が多くなっているにもせよ、私の取り扱っている題目の範囲のかなりに広い上に、私の態度が私の微力の能う限りにおいて社会事実の有機的関係を広く深く観察するとともに、その全体と核心と部分との統一と本末軽重を無視するどころか、常にそれを顧慮し高調していることにお気がつかねばならないはずです。私の書いたものから特に欠点のみを拾って揚げ足を取ろうとする悪戯的気分や、小人的敵意に満ちた人はともかく、私に多少の愛を持って私の長所を発見し、それを助成しよう、補導しようとする人ならば、私が凡庸な素質と、迂遠な独修的教育と、乏しい経験と、狭い知識とからできる限り固陋《ころう》な自己を破って、正大自由な理想と苦行的な実行との中に自分の生活を建てよう、さらにこの理想を述べることによって、私たちの同性の自奮自発を促す万一の貢献をしたいと焦心していることに一顧を払われるであろうと思います。平塚さんが、私の幾冊もない詩集と文集とのいずれをも読まれることなしに、私が「事実の観察に出発せず」、これに加うるに「事実の関係をまったく無視して、きわめて主観的な判断を下す」といって、私の文筆生活に現れた私の人格全体を非難されたのは、それこそあまりに主観的な、大胆きわまる判断だと思います。

平塚さんの私に対する抗議が以上のようなものであってみれば、これはもはや第三者の位地にある人たちの公平な批判に一任しておいてよい性質のものだと思います。それでここに私の述べたところは、平塚さんに寄せる私の答弁ではまったくなくて、第三者たる人たちの裁定の資料として述べたのにすぎません。平塚さんと私との考えのいずれが間違っているかは、それらの人たちが教えて下さるであろうと思います。

（一九一八年五月、『心頭雑草』収載）

婦人改造の基礎的考察

改造ということは最も古くして併せて最も新しい意味を持っています。人生は歴史以前の悠遠な時代に一たび文化生活の端を開いてこのかた、全く改造に改造を重ねて進転する過程です。男子は巧みにこの過程に乗って、その個性を開展し、幾千年の間に男子本位に傾いた文化生活を築き上げましたが、とかくこの過程に停滞し落伍《らくご》する者は女子でした。人生の幼稚な過程に動物的本能がまだ余分に勢力を振っていた時代――腕力とそれの延長である武力と、それの変形である権力とが勢力を持っていた時代――では、すべての女性が男性に圧制されて、従属的地位に立たねばならなかったことは、やむをえなかった歴史的事実だともいわれるでしょう。しかしこれがために女子はその人格の発展を非常に鈍らせ、かつ一方に偏せしめてしまいました。それは蜂の女王が生殖機関たることに偏した結果、それ以外には畸形的無能力者となったのに例えても好いような状態に堕落してしまいました。『時事新報』の一記者が近頃その「財界夜話」の中で引用されたリバアブウル大学副総長の言葉の如く「国家が人民の半分だけを（すなわち男子だけを）社会的、経済的、並びに公共的の業務につかせている限り、強かるべきはずの者（すなわち女子）も弱く、富むべきはずの者（すなわち女子）も貧しいのだ」という状態になったことは、女子ばかりの不幸でなく、ひいて人類全体の不幸であったのです。
今は世界の女子が前後して自覚時代に入りました。今日にいうところの改造は全人類の改造を意味し、これに女子の改造の含まれていることはいうまでもありません。ただ問題はいかに改造すれば好いかという点から始まります。

この点について、私は初めに「自我発展主義」をもって改造の基礎条件の第一とする者です。人間の個性をあらかじめ決定的に一方へ抑圧することなく、それを欲するまま、伸びるまま、堪えるがままに、四方八方へ円満自由に発展させることが自我発展主義です。人間の個性に内具する能力は無限です。一代や二代の研究でその遺伝質が決定されるものでなく、その人の自覚及び努力と、境遇の変化とで、どんなに新しい意外な能力が突発し成長するかも知れません。ラジウムと飛行機との発明を見ただけでも、過去において予測しなかった創造能力を現代人が発揮したことに驚かれます。殊に女子は未だ開かれざる宝庫です。過去において、その自我発展を阻止されていただけに、男子本位の文化生活に見ることのできなかった特異な貢献を齎《もたら》すかも知れません。今日のように非戦論が勢力を持つ時代となっては、男子の腕力に代わって、女子の心臓の力が大いに役立つことになっていくでしょう。それはいずれにもせよ、私は実にこの新理想的見地から、旧式な良妻賢母主義にも、新しい良妻賢母主義――すなわち母性中心主義――にも賛成しない者です。

誤解されないためにいっておきますが、これまでからも私の述べている通り、私は妻たり母たることを決して軽視している者ではなく、私が私の理想の下に行おうとする一切のことは、それが私の自我発展の具体事実としてすべて尊重し、すべてできる限りの熱愛と、聡明な批判と、慎重な用意とをもってこれを取り扱いたいと祈っています。人間の事項にはほとんど同時になし得るものと、なし得ないものと、志が余っていながら境遇その他の事情の許さないものとありますから、おのずから本末前後の関係は生じるのですが、しかしその関係は流動的のものであって、私には固定的に見ることができません。例えば、私自身が大病を煩っている場合に、私は先ずその病気を治療することに私の生活の重点をおいて、その他のことはその重点をたよって遠景的に暈影《うんえい》を作るでしょう。数年前に亡くなった友人のH氏は、粟粒《ぞくりゅう》結核菌が大脳を冒して残酷な疼痛《とうつう》を起こした時、看護していた奥さんがお子さんの事について何か相談されると、氏は悲痛な声を出して「今は子供のことなんか考えていられない。そんな場合でない。自分の苦痛で俺は一ぱいだ。子供には健康がある」といわれました。そうしてH氏は二週間もその苦痛を続けた後に没せられたのですが、病院へ見舞に行き合わせて氏のその悲痛な言葉を聞いた良人《おっと》と私とは、一つの厳粛な人間的教訓をH氏から受けたということを感じました。人生はこういう突き詰めたところまで考えねば真剣であるとはいわれないかと思います。親として最愛の子供を思っていられない程せっぱ詰まって目前の小さな自己を抱かねばならない場合もあるのです。人情の真実に徹しない人たちは、このH氏の場合を見て「子の愛の浅い親よ」というでしょう。私はそれに与《く》みすることができません。

H氏の例は極端なようですが、人間は平生だれでもこれと類似した生活をしているのです。飢えた者は何よりもまず食物を求めて、その他のことを後回しにします。儒教では父母のある間は遠方へ旅行しないということを道徳としています。それだからといって、人は食物中心主義とか孝道中心主義とかに一生の重点を決めてしまう訳にはいきません。

三月の『婦人公論』を読むと、山田わか子女史は、私が屋外の労働や、屋外の女子参政権運動をしないのを咎《とが》めて、それらの実際運動を他の婦人に盛んに奨励しながら、私自身には常に否定しているといわれましたが、私が屋外の労働に服さないのは、それを避けるのでも否定するのでもなく、私には久しく屋内の労働を持っているからです。私はいかなる婦人に対しても、もっぱら屋外の労働を盛んに奨励した覚えがありません。それと同時に、私にももし屋内の労働がなくなれば屋外の労働に進んでつきます。私は以前から述べている通り、新聞記者とも、事務員とも、女工ともなることを辞しません。また屋外の政治運動にしても、幼年期の子供をすべて小学へ送るようになれば決して辞するものでないことは、早く私の著書の中に明言しています。

ついでに申し添えます。山田女史は近頃その評論の中で、私に対してしきりにこういう類の臆断を敢えてされるようですが、他人の意見を全部的に評される時には、その人の著書を一通り参照されるだけの用意を持って頂きたいと思います。私が屋外運動をしないということに対し、さらに女史が「私は子供が大切で可愛くて、とても家庭を離れる訳にはいかない。けれどお前さん達はどうでもいいだろう。なぜこぞって屋外労働に従事しないか。なぜ政治運動に飛び出さないかと、晶子氏がいっているように私には思います。そして、何という不人情な事を仰っしゃるだろうと思います」といわれた一節などは、あまりに甚だしい無反省な物の言い方でないかと思います。私は母性保護問題について意見を異にしている山田女史とこの上論争する考えを持ちませんが、こういう女史の臆断については女史に対して反問せずにおられません。第一に私が実際運動を「いつも否定している」とは何を証拠にいわれるのでしょうか。次に私はいかなる場合に、すべての婦人にその子女の養育を抛《なげう》ってまで屋外の労働と政治運動とに飛び出すことを奨励したでしょうか。また私の十余年間の著述のどこに、婦人に対して「お前さん達はどうでもいいだろう」というような愛とデリカテとを欠いた「不人情」な気分を持った発言を敢えてしたでしょうか。それから「不人情」の一語は何よりも私の全人格を転覆せしめるものです。最も同情と礼意のあるべき女子と女子との意見の交換に、女史がこういう言葉を用いられたのは、女史の倫理的意識に省みて疚《やま》しくないだけの御自信があってのことでしょうから、私はそれを立証して頂きたいと思います。あるいはこれは私が「母性の国庫保護説」を主張される女史たちに対して「短見者流」という評語を加えたることによって憤激されたのかも知れませんが、女史たちの主張が短見であり幻想であることは、一条忠衛氏が本年一月の『六合雑誌』で明晰に論断しておられます。女史たちが一条氏のあの議論をまだ今日まで論破されない限り「短見者流」の評語は不当でないと信じます。

筆が思わず側道へ入りました。山田女史が右のように私を非難されたのは「与謝野晶子もまた家庭が主で、文筆を持っての社会的奉仕は副産物でないか」といって、女史たちの母性中心説へ引きつけられる積もりでしょうが、私も時にある事件に対しては——従来もいっているように——家庭を主とする場合があるのは事実です。すなわち「妻は病床に臥して子は飢に泣く」というような場合、家庭に大病人がある場合、そうして私の現在のように、大家族を擁して、夫妻ともどもそれの物質的供給に追われるとともに、今しばらく手の離せない幼年期の子供のある場合がそれです。それだからといって、私は「常に家庭を主とする」という考えは少しも持っていません。屋外の運動というような行為に対しては屋内の行為の方を主として考えねばならぬ境遇にいますが、文筆を通して実現する私の生活の上には、決して家庭を主としてはいません。例えば私が人類生活について思索している場合には、私は主として人類生活をしているのです。家庭も、国家も、その他の何事も、その時の重点となっている人類生活を取り囲んで有機的に繋がっているのです。私の心理的実証を平明に述ぶればこういう外はありません。私は宗教家たちが四六時中に神や仏を持念するというような事を信じ得ない者です。いわんや女子が常に新良妻賢母主義を中心として生活するなどということは実際に不可能なことだと思います。言葉を換えていえば、人間は母性と母性的行為とがその全部でなく、母性と交渉しない無限の性能があり、それらの性能が発展した無限の種類の行為があるからです。例えば女子が田の植え付けをしたり、化学の実験をしたりする場合、それらの行為は少しも母性と関係を持たず、男女の性別を越えて、男子とともになしつつあることです。それとも母性中心説の支持者は、田を植え付ける時にも、試験管を覗《のぞ》く時にも、良妻賢母の意識をはっきりと持たなければならないというのでしょうか。また田を植え付けたり、試験管を覗いたりする時の女子の心理をたぐって突きつめると、それが母性中心説へ達せねばやまないものであるというのでしょうか。

次に私は「文化主義」をもって人間生活の理想とすることを、改造の基礎条件の第二とする者です。自我発展主義だけでは、人間の活動が動物に共通する自然的、受動的、盲目的運動の域から一歩脱して、わずかに自発的、創造的、有意的活動の端緒についたというだけで、まだその目的が一定しないのですが、文化主義の自覚を持って初めて自我発展主義に「眼」もしくは「魂」を入れたということができると思います。

私は文化主義について、さきに阿部次郎さんの訳述されたリップスの『倫理学の根本問題』から多く啓発せられたのですが、近頃は高田保馬さんと左右田喜一郎博士の論文とからさらにいろいろの教えを受けたことをここに感謝します。

文化とは、人間が自発的、創造的、有意的の努力の結果として作り上げた事象の全体をいい、その内容としては、高田さんに従えば「一は吾人の心理的内容及びこれに伴随する動作にして、人為を待ちて成立し、従いて価値を認めらるるもの、宗教、科学、芸術、哲学等より、言語、道徳、法律、習慣、風俗等の内容に及ぶ。他は外界の事物にして、しかも人間の努力を加えられるがために価値を有するに至れるもの、謂《いわ》ゆる経済的財はほとんど皆これに属する。猶《なお》この外に第三の種類として社会組織を挙ぐべきかとも思う」といわれるものがそれです。そうしてこれらの文化内容を創造し増加することによって、リップスのいわゆる「絶対的な道徳的、社会的、全人類的有機体すなわち世界国の完成」に資することがすなわち「文化価値」であり、この「文化価値」を実現する過程を「文化生活」といい、人間の思想と行為との一切帰趨を文化価値におくことを「文化主義」というのだと思います。

人間は文化価値実現の生活に参加して、初めて完全に自然人の域を脱した人格者ということができます。文化主義が最高唯一の生活理想であることは、文化内容のいずれを採って調べて見ても、その帰趨を文化主義におかない限り徹底した解釈がつかないので解ると思います。例えば芸術のための芸術とか、良妻賢母のための良妻賢母とかでは、それの絶対価値を定めることができません。芸術至上主義や母性中心主義が中途半端なものであって、とうてい文化生活の全体を一貫した理想の標語となり難いのはこれがためです。芸術も、母の行為も、学問も、政治も、あらゆる人間の活動がすべて「文化主義」を理想として、初めて文化生活の上に意義と価値とを持つことができると思います。

次に私は「男女平等主義」と「人類無階級的連帯責任主義」とを、改造の基礎条件の第三、第四とする者です。前者については、これまでからたびたび私の感想を述べましたから、今は簡単に、男女の性別が人格の優劣の差別とはならず、人間が文化生活に参加する権利と義務の上に差別的待遇を受ける理由とはならないものであるというだけに止めておきます。

後者は自我発展主義と、文化主義と、男女平等主義とに促されて起こる必然の思想であって、文化生活を創造するには、すべての人間が連帯の責任を持っています。私たち女子も公平にそれを分担することを要求します。貴族と軍閥と資産階級とがこれについて階級的の特権を持つことが不法であるように、文化生活が従来のように男子本位に偏することは、文化価値実現のためにする女子の自我発展を男子の利己主義と階級思想とによって拒むことに外ならないのです。

左右田博士が、「文化主義は、あらゆる人格が文化価値実現の過程において、それぞれ特殊固有の意義を保持するを得、その意義に於いて何《いず》れかの文化所産の創造に参与する事実を通じて、各個人の絶対的自由の主張を実現し得ることを求むるものである」といわれ、また「各人格は一部的文化所産の創造によってその全き人格を発揚し、かくて一切の人格によって相互に補充的且つ協働的に文化一般の意義をその窮極に於いて顕彰し云々」といわれたのは、男女、貧富、貴賤、黄色人と白色人というような差別を超えたところの無階級一律的の要求であると思います。

この男女平等主義と人類無階級的連帯責任主義との上に立って、私たち女子も男子と等しく教育の自由、参政の自由、職業の自由等、人間の文化生活に必要な限りのすべての自由を要求します。これらの問題については、以前から他の機会でしばしば述べていますから、今は略しますが、ただ文化主義の学者たちが女子のためにこれらの要求を奨励される一証として、次にリップスの言葉を引用しておきたいと思います。

リップスは教育についていいました。「われらは女性に対して高等なる精神的教養を拒むべきでない。それが人間の教育である限り、それは各人の能力に従って男女の差別なくすべての人びとに与えられなければならない。精神的能力の優秀な女性はその能力の低級な男子よりも、この教育を受くべきいっそう多くの道徳的権利を持っている。人間の精神的能力が開発されなければならないのは、それが男や女に属するからでなくて、それが（すなわち精神的能力が）存在するからである。自己の内面から出て開発されることを望んでいる事柄であるからである」

また女子の参政権問題についていいました。「婦人の政治的権利を承認するは、両性の差別を無視するものでなくて、いやしくも婦人もまた男子と共に人間であり、人類の一員であることを認める限り、むしろ両性の差別がこの承認を要するのである。……婦人には婦人独特の利害と、欲求とがある。そうして国会においては、あらゆる方面の利害が代表されていることを要求するが故に、そこには婦人もまた代表されていなければならない。……人は女性の政治的未熟を力説するかも知れない。なるほどこれは男性の平均程度に比べてもいっそう甚だしいであろう。しかし、それならば人は女性の政治的教育に骨を折るが好いのである」

職業の問題に対する女子の要求についてリップスのいったことは後において引用しようと思います。

最後に私は「汎労働主義」をもって改造の基礎条件の第五とする者です。これについても私は、最近に公にした種々の感想文においてかなり多く述べていますから、ここにはただその補充として少しばかり書いておきます。

私は労働階級の家に生れて、初等教育を受けつつあった年頃から、家業を助けてあらゆる労働に服したために「人間は働くべきものだ」ということが、私においては早くから確定の真理になっていました。私は自分の家の雇人の中に多くの勤勉な人間を見ました。また私の生れた市街の場末には農人の町があって、私は幼年の時から其処《そこ》に耕作と紡織とに勤勉な沢山の男女を見ました。私はそういう人たちの労働的精神を尊敬する余りに、人間の中にその精神から遠ざかっている人たちのあるのを見て、その怠惰を憎悪せずにいられませんでした。私はすべての人間が一様に働く日が来なければならない。働かない人たちがあるために他の人たちが余計に働き過ぎている。その働かない人たちの分までをその働き過ぎる人たちが負担させられていると思うのでした。これは私の家庭で、私とある一、二の忠実な雇人とが余りに多く働きつつあった実感から推して直観したのでした。

以前から私の主張している汎労働主義は、実にこの直観から出発して、私の半生の生活が断えず労働の過程であるために、これがますます私の内部的要求となったのですが、私のこの要求に対して学問的基礎を与えてくれた第一の恩人はトルストイです。

私は文化価値を創造する文化生活の過程は全く労働の過程であると考え、人は心的または体的に労働することによって初めて自我の発展が出来るのですから、文化生活は労働の所産であり、人間が一様に労働するということを外にして、決して文化主義の生活は成立たないと思うのです。それで私は、すべての人間が労働道徳の実行者となることを望み、現在のように不労所得によって衣食する階級と、労働の報酬によって衣食する階級との対抗をなくして、労働者ばかりの社会となることを要求しているのです（私の近著『心頭雑草』と昨冬の『中外新論』に掲載した私の「資本と労働」の一文とを参照して下さい）。

最近に出た米田庄太郎先生のいくつかの論文を読むと、今日は「労働」と「労働者」との概念が大いに拡張されて、「手によりて働く生産者」の外に「脳髄によって働く生産者」をも労働者と呼ぶ時代となりつつあるということを教えられます。その上また三月号の『中外』に出た米田先生の論文によれば、現にロシアの学者ミハイロヴスキイは「人格とは労働の発現である」といい、労働する者のみが人格者と呼び得る者であるという風にいって、労働人格説を唱えていることを教えられます。私は自分の幼稚な直観がますますこれらの思想によって確実な支柱を得ることを喜びます。

私はこの汎労働主義の立場から、女子にもあらゆる労働と職業とを要求し、またそれの準備として女子の高等教育をも要求します。私が女子の学問と経済的独立について今日までしばしば意見を述べているのは、実にこの要求を貫徹したいためです。

リップスは労働についていいました。「われらは自己の素質と、世界におけるわれらの位置とによって、最も実現するに適する目的にその力を集中する義務を持っている。すべての人は同一でない。故に個人がそれぞれの地位において社会的全体の中に織り込まれ、それぞれに分業をもって全体の文化的使命に貢献する」と。人間の能力が多種多様であって、適材が適所において文化価値を創造することが望ましいことである以上、個別的に適応した各種の職業が女子にも解放されねばなりません。左右田博士もいわれたように、「一切の人格が、文化価値実現の過程に於いて、たとい其中の一個でもその過程の表面以下に埋没せらるる事なく、悉《ことごと》く皆その表面において、それ自身固有の位置を占め」て、私のいう人類無階級的連帯責任の文化生活を実現しようとするには、職業の自由を一斉に享有することを前提としなければなりません。

世にはこれに対してたくさんの反対説があります。女子の能力範囲を良妻賢母主義に局限して経済的独立の不可能をいう論者があり、また女子の現在の心理、体質、境遇だけを根拠にして労働能力の悲観的であることをいう論者があり、また女子を装飾物や玩弄物と見た男子の迷信的感傷的感情から、女子が職業に就くことを悲惨の行為であるという論者があります。しかし最も古代からの労働的精神と労働そのものとを神妙に維持している農民階級の女子を初め、屋内工業に従事している近代の女子が、今日もその母性に属する労働と共に経済的労働を並行させた立派な成績を示しているのを見れば、第一の反対説は消滅すべき運命を持っています。

平塚らいてう、山田わか両女史はその御自身の経験を基礎として、第一の反対説を唱える人たちですが、両女史が母体の経済的独立が不可能だとされるのは、何か両女史御自身の上に、及び両女史の境遇に、それを不可能にする欠陥がありはしませんか。農民や漁民階級の労働婦人が立派に妻及び母の経済的労働を実証している事実を両女史は何と見られるのでしょうか。甚だ露骨な事をいうようですが、両女史は経済的労働を必要とする家庭にお育ちにならず、従ってそういう労働の習慣をお持ちにならないのではないのですか。

今度の戦争〔第一次世界大戦〕によって、意外にも女子の労働能力が男子に比べて甲乙のないことが確認される機会を得ました。もはやこのことは多くの弁明を要しない事実ですから、右に挙げた第二の反対説も根拠を失ったといってよろしい。第三の反対説は厳粛な文化生活の意義を解しない人びとのセンチメンタリズムとしてただ微笑しておけば好いでしょう。

女子を閨房《けいぼう》と台所とに幽閉することなく、これに職業を与えることは我が国においても早くから実行されていますが、しかしその職業の範囲を男女平等主義によって拡げることについては全く拒まれています。リップスは女子の職業を肯定して「この問題に対する一般的の解答は、すべての人はその特殊なる天性と能力とに従って、その力に及ぶ限りの利と善とを（すなわち文化価値を）この世界に造り出さなければならぬという規則である。この外に婦人の職業を決定すべき特殊なる規則の必要はない」といいました。女子にも一切の職業を解放して、女子自身の実力に応じた選択に任せたなら、そうして今日の女子を奮起させる必要上、特に職業上の自由競争を奨励するなら、山川菊栄女史のいわれたように、日本の婦人界も一人や二人の婦人理学士を珍重がるようなみすぼらしい状態には停滞していないでしょう。

リップスが「人はでたらめに婦人の能力を否定せずに、確実なる経験にこれを決定させる必要がある。そのためには、女性にその力を試し、その力を発展すべき機会と権利とを与えなければならない。これを開展させずに萎縮させておく限り、女性にいかなる力が潜んでいるか、何人も知ることができない。……同時に人はこの問題について、単に女性という一般概念をもって議論を進めることを避けねばならない。女性もまたいろいろである、一人の女性の天性に適しないことで、他の女性の天性に適することもまた有り得るのである」といった真理に、日本の男子も女子も深い反省をとられることを私は熱望します。

以上ははなはだ粗雑な説明となりましたが、私はこの五つの条件の上に基礎をおくことによって、初めて女子の改造が押しも押されもしない堅実性を持つと思います。これらの条件はやがて男子の改造の基礎条件ともなるものであって、女子のために特に選ばれた賢母良妻主義とか、母性中心主義とかいうようなあやふやな生活方針ではないのです。この中でも他の四つはことごとく一つの文化主義に向かって集中し、そうして文化主義は、各個人がその個性の差別に応じ、限られたる範囲に拠って、人類全体の文化価値創造の生活に参加する意味からいえば徹底個人主義であり、人格主義であり、これによって一切の人格が偏頗《へんぱ》なく、依怙《えこ》なく、平等に、円満に、その生を享楽し得る意味からいえば人道主義であり、十二分に現在の人間性と社会事情とを考慮しながら、未来の飛躍の可能を信じつつ合理的の改造を志す意味からいえば新理想主義であり、新浪漫主義であると思います。

（一九一九年三月七日、『激動の中を行く』収載）

私たち労働婦人の理想

私は労働ということの意義を人間の活動という広汎な意義に解釈しています。それですから、労働を狭い意義にばかり解釈し、賃金や俸給の所得を条件として働くことの範囲にのみ制限して議論を立てる人たちとは意見の一致し難いところがあります。

人間が自己の能力を解放してそれみずからの自由な開展を遂げる、いわゆる人格主義の過程は何事かの創造のために心的および体的に活動する外はありません。健康な子供がしばらくもじっと静止していないように、内に実力のある人間は無為に日を送るに忍びません。何事に向かってか自己を試したい、自己の力によって人生に新しい文化内容を増したいという衝動に躍り上がります。それを抑制するということは、あたかも子供にじっと畏まっていることを望むのと同じく、多大の苦痛であって、英雄でなくてもいわゆる髀肉《ひにく》の嘆を禁じることができません。

この活動の衝動があればこそ、人間は太古の自然人から只今の文明人にまで進化して参りました。

しかるにだれも気のつく通り、今日までの文化史的発展は概して男子本位の活動で、女子はまだ男子と対等の活動を示さずにいます。それは男子の腕力とわがままとの下に圧迫されて、女子が妄従の習慣を続けてきたためであることはいうまでもありませんが、今日はいろいろの事情から女子もまた大いに活動の衝動を感ぜずにはいられなくなりました。女子自身の内にある卑屈怠惰な習性から解放されようとするのみならず、男子の圧迫によって妄従を余儀なくされた社会的習慣からも解放されようと望むに至りました。こういう機運を促した原因は、教育の普及にもよりますが、主として現代の女子の目前に迫る物質的生活の必要から生じた経済的独立の活動に帰せねばなりません。

今日の経済状態において、国民の大多数を占める無産階級の戸主は、その一身の労働所得をもって多くの子女を扶養するだけの負担に堪えないのはもちろん、その一身の生活資料にすら不足して苦しんでいるのですから、初等教育を終わるか終わらないかの子女を駆って、屋内の手工業、工場労働、その他あらゆる経済的労働に服させようとします。従来は男子に縋《すが》ってさえいれば物質生活の保証を得られた女子までが、今は反対に、進んで何らかの職業について戸主の家計を助け、もしくはせめて自分の小遣銭だけなりとも稼ぎ出さねばならぬという必要に迫られています。おまけに、男子の経済的独立が不安なために結婚を回避する男子が増加し、女子の未婚者、独身者がふえて、女子自身が男子のように経済的に独立した生活を送らねばならず、甚だしきは男子同様に多くの係累を女子の独力で扶養せねばならぬ事情の中におかれています。

こういう目前の必要から、女子は現在の能力では無理であるか否かを顧慮する余裕もなく、飢えた者が食を貪るように、経済的所得のある方へ競うて集まり、その労働を売って金銭に替えようとします。今や労働婦人といえば、工場労働に従事する女子のみに限った名称でなく、学校の女教師も、女流文士も、女子判任官も、会社商店の女子事務員も、婦人記者も、屋内における女子手工業者も、女医も、看護婦も、女中も、女芸人も、すべてこの名称の中に含まれることになりました。

女子が一たび自分の実力でわずかの賃金にもせよ収得して、父兄の厄介を少なくする境遇に身をおくに至れば、明らかに意識すると朧《おぼろ》げに感知するとの差はあっても、とにかく、それが刺激となり、機縁となって、前に述べたような活動の衝動を引き出さずにいません。女子も働けば働けるものだということとの自負と、働かずにいることの退屈に比べて働くことの愉快なものであるということとの自覚とを持つに至ります。すなわち労働が単に賃金や俸給の収得を目的とする狭い意義のものに留まらずに、人間性の開展、自我の活動というところにまで拡大されていきます。

この労働の心理を実感しないで、他人のこととして抽象的に議論を立てる人たちは、今日の労働者がただ経済的独立のためにばかり、いい換えれば金銭の収入を目的にばかり働いている者のように臆断し、その労働が苦痛にのみ満ちているかのごとくに論じます。しかし実際に労働をもって生きている私たち労働婦人の実感をいえば、十時間以上二十時間近くまでも過度な労働に服しながら、それをいやいやする場合もありますが、全く苦痛の連続とは感ぜず、苦痛の中に自己を試しつつあることに享楽が混って、大いにその苦痛を緩和しているところもあります。もし私たちが全く職業を失うならば、どんなにか只今以上の苦痛を感じるか知れないでしょう。失職は金銭の収入がなくなるからという理由からだけで苦痛なのではなく、人間として労働しないでいるということは、自分の力を持って余して、生き甲斐のない、寂しい、無為無能の日送りをするという意味においても苦痛であるのです。

わが国の労働者の実状を前提とせずして、欧米の工場労働者の境遇を論議の基礎とする翻訳的評論家は、日本の女子労働者が特に日本の無産階級婦人の生活の平準に比べて劣悪悲惨な生活でもしているように臆断しているのは笑うべきことだと思います。例えばわが国の労働婦人に肺病患者が多いということをもって、工場衛生の不完全な証明にするがごときは、翻訳的評論家の浅見を暴露しているものです。今日の織維工業を主とする大工場においては、多数の男女労働者の家庭よりはどれだけ衛生的設備が施されているか知れません。もし肺病患者となる原因を求めるならば、日本の無産階級全般にわたる家庭の不衛生を挙げるのが第一です。一室に多人数の起臥《きが》することの弊害は工場よりも先に家庭の方が甚だしいのです。それらの大多数の家庭では、狭い一室に多人数が寝ています。黴《かび》の香いのする古い畳の上で、汚れた蒲団の中で寝ています。結核その他のあらゆる伝染病に対して全く衛生的顧慮の欠乏しているのはそれらの家庭です。家庭に比べると、大工場の寄宿舎は、とにかく衛生的意識が払われています。食物にしても、無産階級全体の家庭における女子が極端に粗食をしているのに比べて、工場における弁当および寄宿舎の賄いは、女学校のそれと大差のあるものでないのです。私は女工の食物が滋養価に富んでいることは決して考えませんが、同じ粗食でも家庭に比べるなら、工場の食物の方が少しばかりより衛生的であると信じます。工場の方を家庭よりも特に粗食であるとするのは、一般無産階級の家庭の実状をも、工場の実状をも知らない例の翻訳的評論家の臆断だと思います。

それらの評論家は、欧州の家庭や市街がどれだけ日本の家庭や市街に比べて衛生的であるかを知らずにいます。欧州においては、それだからこそ特に工場の衛生的設備が劣って見えるのです。かれにあって工場の設備をやかましくいうのは理由のあることですが、日本においては、家庭も市街も全く不衛生の中にあるのですから、工場のみを衛生的に危険であるとして咎《とが》めることはできないのです。現に結核患者の数にしても、工場労働者に特に多いという訳でなく、小学教員の結核患者のごときも同じ割合に多いのです。私は小学初めすべての日本の学校が工場と同じ程度に不衛生であると思っています。すなわち不衛生は全国一般の事実です。もっぱら工場の生活のみを悲惨であるとするのは生活全体に対して全く盲目的な人たちの臆断でないかと思います。もし何が悲惨かといえば、一般無産階級の人びとが只今のような家屋に起臥し、只今のような粗食に甘んじ、只今のように砂ぼこりと、伝染病菌と、汚泥とに満ちた市街に住んでいるということが何よりも悲惨であるといわねばなりません。

また工場婦人に全く自由がなく、全く享楽がないように思うのも間違っています。工場婦人の多数は家庭において経験することのできない感情の自由を得ています。彼らの口にする俗謡一つでも日本の家庭では大ぴらに高い声を張り上げて歌うことの許されるものではありません。家庭は女子の感情を押えつけています。社会の習慣も一概に女子を従順に偏せしめて、その動作の上に晴れやかな表情の許されないことになっています。感情の舞踏も歌もない、非熱情的な中に女子を消極的な冷淡なものに固定させようとしています。工場においては不完全ながらも、家庭や社会に比ぶれば自由があります。女子の若やかな感情を俗謡に托してだけでも解放することができます。

そのうえ、工場の仕事は機械的であるとはいえ、そこに技術の優劣、能率の多少を競うことによって、女子の活動を示し得る、いい換えれば、女子の創造能力を具体化して実現しうる余地が開かれています。労働は他から強いられる場合にも、また単に物質的所得の目的にのみ余儀なくされる場合にも苦痛ですが、それが幾分でも自己の個性の活動という意味になれば、その苦痛は大いに緩和されるのみならず、その苦痛の中にも生きがいのある生活をしているという喜悦に、快い人間的昂奮《こうふん》を感じることができます。工場に唯物主義の苦痛と堕落とのみがあると思うのは大間違いです。

もし同じ職業婦人でも学校の女教師と工場の女工とがどちらがよけいにいやいやながら仕事をしているか、どちらが苦痛を多く感じているか、どちらが活動の享楽を多く失っているか、どちらが心的にも体的にも多く疲労しているかというなら、私は躊躇《ちゅうちょ》するところなく小学および女学校の女教師たちを挙げます。女教師の方は体的の労働が少ないにかかわらず、概して女工だけの生気を保有していません。男子の教師に圧迫され、形式道徳の拘束を受け、自己の創造能力を振るう余地の少ない文部省式画一教育の機械人形となっているということが、いかに女子の活動的衝動を鈍らせ、単調と倦怠と屈従との中に女子の精神と肉体とを苦しませ堕落させるものであるかということが想像されます。要するに女教師は女工だけの感情の自由を持っていないのです。感情の自由のないところに人間の活動のないのは当然です。女子の労働を論じる人たちは、女教師と女工との外形だけを見て軽率にその幸不幸を論断してはなりません。

しかしながら、資本主義を中心とする産業制度を維持して、労働者が資本家の被用人たる地位におかれ、働かない階級と働く階級とが支配者と被支配者の関係で対立している限り、すべての労働者が資本家と同じ高度の文化生活を建てられないのはいうまでもありません。この意味において、工場労働者のみならず、すべての労働者が資本家の極度に豊満な生活に比べて、極度に劣弱な生活を送っています。この悲惨な状態から労働者を解放するために、あるいは賃金の引き上げを唱え、あるいは男女の賃金の平等を主張し、あるいは労働組合の公認を要求し、あるいは労働時間の短縮を求めるというような運動には、私もまた大いに賛成して、それに対する協力を惜しむものでありませんが、要するにそれらの運動は目前に迫った必要を臨機に処分することの範囲を出ないものだと思います。それによって、狭い意義の労働、すなわち経済的独立を目標とする労働問題だけでも徹底的に解決されようとは考えられません。のみならず、そういう運動にばかり熱中していると、広い意義の労働、すなわち人間の活動が疎かになりはしないかということを恐れます。

ここにおいて、私は、一切の人間が汎労働主義に立脚することを望まずにいられないのです。この意味は、すべての人間が男も女も活動の衝動を重んじて、営利欲を中心とする黄金万能主義から脱し、すべてが、非経済的にも経済的も労働者となることです。資本家と労働者、働かない人間と働く人間との階級的対立をなくして、ただ労働者の一階級だけある社会――ほんとうの民主主義の社会――を建てることです。これは現在の私たち労働者階級だけが特権を占有して、反動的に他の非労働階級を支配しようという過激思想とは全く異なった思想です。一切の人間がその特長とする能力を提供して、個性的にして同時に協同的に活動しよう、文化生活の理想を実現するために平等の責任をもって活動しようというのです。一人もこの理想の前に活動しない人間のない社会、すなわち一人も怠けずに、また落伍《らくご》せずに、また階級的差別なしに労働しようというのです。

これは最も人間らしい生活をすることです。労働の意義を極めて狭い経済的労働の範囲に局限しないのです。いかなる時代になっても、物質の生産と分配とが人生に必要であることはいうまでもないことですから、人間は狭い経済的労働にももちろん服しますが、それにはすべての人間が服するので、経済的の労働をしない階級という者の存立を全く許さないのです。そうして、各人が物質的条件の要求を自ら満たしながら、さらに等しく精神的の労働に服することによって、文化生活を向上させていこうとするのです。

私の直覚はしきりに以上のような意味の汎労働主義の可能を私に想像させます。これが具体的の方法をどうすれば好いかということは、まだ私にはっきりとまとまった意見がありません。とにかくに只今はこれだけの考えを述べて、私のいわゆる婦人労働問題が、経済的独立のみを目的にしていないということを断っておきます。

（一九一九年五月、『激動の中を行く』収載）

女子の知力を高めよ

私は下のように考えています。「日本の男子は優しくなることに努めなければならず、日本の女子は賢くなることに努めなければならない」と。いい換えれば、男子は倫理的、芸術的に深められることが必要であり、女子は学術的、理知的に鍛えられることが必要であると思うのです。

女子の最大欠点は、あまりに卑近な教育の範囲で人格の陶冶を打ち止めとするために、男子と同じだけの知力も判断力も持っていないことです。今の世界は合理的生活を要求する時代です。行為の前にまず思想するという時代です。道理に合わないことがますます排斥されていきます。こういう時代に感情だけで押し通そうとするほど危険なことはありません。女子が初等教育や中等教育を終われば、もうそれきりでどの学科の書物にも親しまず、新聞雑誌さえろくろく読まないというのは、これから花を開き実を結ぼうとする植物に養料を与えないと同じく、精神上の栄養をたえず十分に取ろうとしないのですから、したがって一人前の人間たる実力と実行とを持つことのできないのは当然です。男子の方の知力が増進する程ますます反対に女子は現代の精神文明から落伍《らくご》する結果になります。

一日十時間以上も体的の労働に服さねばならぬ第四階級の女子は、労働制度の改造によってその境遇が緩和されない限り、はなはだ気の毒なことながら、只今のところ、読書の余裕を望まれませんが、同じ労働階級でも良人《おっと》の賃金や俸給によってとにかく衣食の保証を得ている女子より、それ以上の有産階級の女子にわたって、私は一面に心的体的の労働を勧めるとともに、一面の読書自学の習慣を促したいと思います。

新しく結婚生活に入った若夫婦の家庭で、その妻に時間の余剰の多いのはいうまでもなく、一人や二人の子供を持つ妻でも、心がけ次第で豊富に時間の余裕を作ることができます。若い奥さんが良人の勤務の留守に遊芸や茶の湯や生花の稽古をしたり、園芸に凝ったりする実例はどこにおいても見当ります。それよりも最も多いのは、お化粧と、女中相手の雑用とに貴重な時間をだらしなく消費している奥さんたちです。殊に官吏や陸海軍の将校の奥さんの仲間には、その家庭の雑用にも服さないでのらくらと遊んで暮すことを名誉とし、労働することをもって威厳に関係することのように誤解している女子たちさえあります。またずっと上って貴婦人といわれる特権階級の女子たちになると、慈善会とか音楽会とかいう事柄に虚栄半分、慰み半分の飯事《ままごと》のような行動を折々して、それで一廉《ひとかど》の仕事をしたように満足している人たちがあります。私はそれらの女子たちによってむなしく費やされる時間が惜しくてなりません。

またこういうことについて他の女子たちと違い特に自覚がありそうに見えていながら、案外時間の余裕を尊重しない怠け者の多いのは教育界の女子たちではないでしょうか。小学でも、女学校でも、私の調査して貰った範囲では、概して女の先生は書物を多くかつ博《ひろ》く読もうとする人たちでないように思われます。

良人に対しては良妻、わが子に対しては賢母、学生に対しては良師、社会に対しては男子とともに協同生活の責任を分担すべき公人であるそれらの女子が、今日のように無知、無思想、無能、無独創で用が足るでしょうか。

私は一般の女子が男子と同等の教育の中に進歩することを理想とする者ですが、さしずめ時間の余裕を持っている境遇の女子たちから、読書によって自修する習慣の実行されることを望みます。

これに気がつくと、今日の私たち婦人は先を争って読まねばならぬ書物がたくさんあります。それだけ私たちは現代の婦人として知らねばならぬ事柄を知らずにいるのです。茶の湯、生花、琴の稽古というようなものに側目《そばめ》を振っている時でないのです。近年の流行になっている家政科の専攻というようなことも、私は、前途の発展のある女子をわざわざ愚鈍にする教育だと考えています。女子の精神教育が併行して立派に施されている国では、一方にそういう物質的な卑近な教育も結構ですが、わが国では家政科というものを女子の最上の教育と見て、それを専攻する女子が女子大学生と呼ばれている有様であるのは滑稽です。どの私立大学生でも、男子は女子大学の家政科程度の卑近な教育に甘んじているような意気地なしはありません。わが国の女子も人格の発展を男子と平等に望む以上、その精神修養においても男子と平等に努力せねばならぬことを反省せねばならないと思います。

女学校を新しく卒業した人たちはその結婚までの年月を善用して、家庭もしくは図書館において、あらゆる高等な知識と感情とを種々の高級な書物から自修するのに最も好都合な境遇にある人たちです。私はそういう人たちのために、官私の大学を初めすべての専門学校が女子の共学もしくは聴講を許可する日の近く来ることを望む者です。そうなれば、すでに妻であり母である私たちでも、暇を作って高等商業学校で福田博士や左右田博士の経済学の講義を聴くとか、法科大学で牧野博士の刑法の講義を聴くとかして、できるだけ人格の鍛錬を増そうと努力するでしょう。学問は職業のためにばかりするものでないのですから、教師とか弁護士とか官吏とかになる人ばかりが高等な教育を受けるものだと思うのは大間違いです。

今日は新聞雑誌もその優れたものを選択して読めば、学問的にも社会的にも高等教育の資料となりますが、女子はそれらのものを読むにしてもつとめて硬質な記事――論文をはじめ、思想、経済、政治、外交、労働問題、婦人問題等に関する記事――を読まねばなりません。同じ婦人雑誌にしても現にある『婦人問題』というような高級な雑誌を読んで頂きたいと思います。私は二十余年前から主として男子向きの高級な雑誌を読んでいるのですが、これがために非常に利益を受けていると確信しています。しかし雑誌学問は奨励すべきことでありません。私は男も女もできるだけ専門的に書かれた高級なむずかしい書籍に親しむことが大切だと思います。

私は近頃歌を詠む用意を質問された一人の若い奥さんに答えて「あなたの書斎を豊富になさい。

三年間三越にお払いになる金をあらゆる専門の良い書物にお払いなさい。そうして、万葉集とか和泉式部歌集とかを読む熱心をもって、同じく倫理、哲学、経済、婦人問題等の書物をお読みなさい。それらの物を読みながら、あなたの実生活を少しでも改造しようとなさるなら、きっとそこには歌わずにいられないあなた特有の感動が湧き上がるでしょう」といいました。私は歌を詠むためばかりでなく、女子の人格の円満な開発進展のために読書の気風の盛んに起こることを熱望します。無知ほど現代において危険なことはありません。

（一九一九年三月二七日、『激動の中を行く』収載）

生活改善の第一基礎

日常生活の改善ということは実際問題ですが、さて何から手をつけるかということになると、何人も速答しかねます。むずかしい議論ばかりをしていてもまとまりがつきませんから、各自が手近なところから個別的に改造していく外はないとは、だれも思案の末に一様に考えの向かうところですが、社会は多勢の人間の集団生活であって、個人の分別だけではどうにもならないところが多いのに思いおよぶと、いよいよどうしたら好いか解らなくなり、やむをえず不本意ながら姑息《こそく》な態度をとって、不愉快な気分の中に現状維持を続けていきます。これはいやしくも現状に不満を持っている人である以上、だれもお感じになる煩悶《はんもん》であろうと思います。

例えば私たちは、これまでの小売商の暴利から逃れて、できるだけ正当な価格の品物を買いたいと思うのですが、社会においてそういう設備がまだできないのですから、やむをえず小売商の営利心の犠牲となって法外に高価な品物を買って日々の必要を満たします。消費者が小売商に対抗して非売同盟をするというふうな団体行動に慣れていないのですから、弱い者はますます虐げられて、その小売商の横暴を制裁することができません。都会によっては公設市場というものができていますが、それは言い訳ばかりにできたもので、全く公設市場の実を挙げていず、その売品が小売商の物よりは粗悪であり、その価格はその売品の質に比べて少しも正当でなく、依然として小売商と同じだけの暴利を取っているのです。その上に公設市場で売るものは種類が非常に少ないのですから、わざわざ暇を割いて買いに行っても、一箇所でたいていの必要な食料品が調うのでなく、結局どの点からも市民を益するところがありません。殊に東京市の公設市場に対して私はこの感を深くします。富豪の寄付した百万円の金をこんな有名無実の市場をいくつか作ったことによって無駄遣いをしているのだと思うと腹立たしくなります。

私たちは米価を中心とするすべての物価の暴騰に対して現に困り切っています。この目前の危急のために何とか臨機の手段を取らねばならないのはいうまでもないことですが、さて全く手段の講じようがないというのは、国家も社会もこれに対して適当な処置を取ってくれないからです。こういう放任時代におかれた大多数の無産階級は、ただ最後の窮策として倹約をする外に方法がありません。そうして、無情なる国家と社会とは倹約を奨励します。

私はここに「倹約」ということについて従来の迷信を破ろうと思います。昔と今とは道徳観も経済観も変化しています。倹約が美徳であるとともに必要な処世的行為であったのは、民衆が貴族や、武士や、僧侶や、富豪やの特権階級に支配されて、奴隷的に屈従していた時代の習慣です。富が少数の特権階級に集中せられて、大多数の被支配階級がわずかにその恩恵に縋《すが》って辛うじて生きていた時代には、いかにしてもない袖は振られず、倹約をもって命を繋ぐ外はなかったのです。しかし人格の平等を理解して、教育、職業、政治等の権利について公平な分配を要求する今日の民衆は、同じく富の分配についても公平を要求します。私たちは生産のためにもっぱら労働するばかりで、その生産の資本制度のために他の労働せざる特権階級の手へ九分九厘まで吸収され、それがため私たちが貧乏な境遇におかれて、働いても、働いても、正当な生活ができないということは不条理千万です。デモクラシーといい、人道といい、自由というような思想が善良なものである限り、富の分配の不公平は社会的罪悪といわねばなりません。

私たちは必ずしも奢侈《しゃし》な生活をしたいとは考えません。願うところは、すべての人類に共通する平等な生活、正当な生活がしたいのです。「これを現代における最小限度の生活」と名づけてもよろしい。何人もこれだけは平等に享有しうるという程度の生活です。しかるに「倹約」とはこの正当な生活の水平線から以下に堕落した生活を意味します。みすぼらしい意義と様式とを持った退嬰《たいえい》萎縮の生活です。今日は正当な生活にして初めて現代人の生活と称することができます。倹約せねばならぬという生活は全く生活の名に値せず、人間の頽廃《たいはい》的存在というべきものに過ぎません。あるいはそれも社会一般の生活が余儀ない事情のために頽廃的存在の境遇におかれているというのなら、公平を得ていますから、何人も甘んじて倹約を負担しますが、一方に一夕一人前の料理に百金を費やしたり、大会社の重役であるという理由だけでボーナスに幾万円の不労所得を受けたりする特権階級があるのを目撃する民衆は、富の分配の極端な不公平に対し、最小限度の生活の権利を要求せずにいられません。物価が天井知らずの暴騰を続ける今日に、みすぼらしい物質的所得の下にある民衆は、早くすでに頽廃的存在の窮境に蹴落とされているのです。改めて奨励されなくても倹約に倹約を重ねています。戦時以来の成金気分につれて一般の下層労働者も好景気であるというのは事実でありません。それは一部の筋肉労働者のことであって、大多数の日本人は中層も下層も生活難の極度に陥っています。何よりも食料の倹約のために、民衆は日本人の栄養標準よりはるかに劣った食物を取っています。以前は一か月に一度も生魚を膳に上さないというようなことは田舎のことでしたが、今日はそういう家族が都会の中層階級以下に無数にあります。この結果が国民の体質を粗悪にする恐るべき統計が数年の後に現れることを思うと寒心せずにいられません。

　これに対して社会はしきりに倹約を鼓吹します。これは民衆に向かって、人格者としての弾力を失うことを勧め、資本制度の物質的圧迫の下に、できるだけ喪家の犬のような、飢えたかつ痩せた存在を取れと強制するもので、今日の世にこれくらい苛酷な道徳はないと思います。

　しかるに倹約を最上の方法として迷信する人びとは、廃物利用を説き、代用食を説き、これによってこの物価暴騰時代を切り抜け得るかのごとくに誇張します。これに迎合する者は主として浅薄な現実主義の頭脳しか持たない女流教育者たちです。廃物利用の迂愚《うぐ》なことはかつて私が痛撃したところですからここには省略し、代用食について少しばかり述べます。例えば馬鈴薯の御飯というものが奨励されますが、第一馬鈴薯を細かく切り刻むためにどれだけ労力と時間とが消費されるか知れません。そうしてでき上った御飯は在来の麦飯ほどの調味をも持っていないものです。その上佐伯博士もいわれたように、かえって馬鈴薯の固有する美味を全く失ってしまいます。何も手間や時間を費やしてまずい御飯を作るより、これまでのように馬鈴薯だけを別に副食物として煮た方が好いのです。そうした肝腎の経済の利益はどうかというと、馬鈴薯の価格も法外に騰貴している時ですから、全く利益するところはありません。要するに無駄な骨折りであるのです。こういうことは食べる物のない飢餓時代ならともかく、とうてい今日に行われるものであろうとは考えられません。一体に民衆を正当な生活以下に沈淪《ちんりん》させようとする時代錯誤の倹約説からきた施設は、二食奨励会でも、無菜日でも、廃物利用展覧会でも、豆粕や馬鈴薯の御飯の試食会でも、安価生活法でも、改良服展覧会でも、浪花節を国民教育に応用する床次内相の計画でも、綿服奨励会でも、ただその時きりで立消えとなり、決して一般に普及しないものであることを私は断言します。

私たちが日常生活をまず経済の消費方面から改造しようとすると、社会がこれを裏切って、どの方面にも私たちを合理的に助成してくれる設備がありません。その一斑は以上述べたところで想像されます。私たちは消費者として、一方には資本家と小売商とから暴利を搾取され、一方には奴隷的禁欲主義の因習道徳から倹約説をもって退化しうるだけ生活の水準以下に退化することを強要されているのです。

それから経済の収入方面から改造したいと思って、女子もまた男子のように労働につこうとすると、いろいろの反対説に出会います。中にも家庭の非生産的労働に服するのが「女子の本務」

であるという説が数千年間の歴史的事実を背景とし、賢母良妻主義と舶来の母性保護説とを支柱として、侮り難い勢力を持っています。これが女子の経済的独立を非常に躊躇《ちゅうちょ》させます。しかし目前の経済的圧迫はさらに大きな勢力を持っているのですから、そのような反対説を無視して今は中層階級の女子が工場や田園の労働婦人のように、職業によって収入を獲ようとします。この傾向は本年に入って殊に著しく目につきます。ある社で一人の婦人記者を募集したのに五十人以上の応募者があったと驚いたのは両三年前のことですが、今年九月に亀井孝子さんの催された家庭職業実演展覧会で、種々の内職の申し込みを取り扱うと、中層階級の女子の申し込み者が二日間に二千五百人に上ったと新聞に報ぜられています。鉄道院、警察署、小学校等の職員の妻女に内職を政府から奨励しているのを見ても、必要の前には「女子の本務」を家庭の非経済的労働におく賢母良妻主義の無力であることが解ります。また家庭の内職のみならず、屋外の労働を女子に奨励する運動も各地に起こっています。私はもとより女子の経済的独立を主張している一人として、この最近に勃興した婦人労働の機運を非常に嬉しく思う者ですが、しかしこれについても大いに慎重な考察をとらねばならないと思います。

なぜかといえば、女子の職業を世話する多くの特志な実際家の婦人の思想が、遺憾ながら私たちの要求する日常生活の改造の理想とはだいぶんに距離があるからです。その人たちは、あまりに目前の生活困難を緩和しようとするに急で、先覚指導の任に当る人としてぜひ心得ておかねばならぬ根本の大方針を閑却しています。いい換えれば、自分たちの生活の極致が何であるか、どういう理想を目標にして人間の一切の活動を照準し開展していかねばならぬか、自分たちの活動が人格の独立に必要な愛と聡明と自由と正義とを裏切る結果になってはいないかというような最も大切な反省が全く欠けています。

例えばある一人の活動的な婦人が女子の職業を紹介する会を設けられているのを見ると、その実質は地方の女子を集めて、都会の有産階級の家庭へ女中または臨時の雇女として供給し、その家庭からかなりに高い手数料を「寄付」の名義の下に収めるというに過ぎないのです。これでは昔からある桂庵の職業を繰り返すのであって、ただ異なるところは男女口入所と称する代わりに婦人何々会といい、その営利的経営者が桂庵婆さんの丸腰である代わりに袴をはいて、会長とか理事とかいう名義を用いるだけのことです。私はその無意義な計画に呆れるのみならず、美名の下に有産階級の奴隷をふやして、多くの女子の人格を少しの新しい光明もない職業によって切り売りせしめ、その間に立って世話料を貪る経営者の営利的行為を憎みます。

またある一人の熱心な労働奨励婦人が自ら車を引いて野菜や魚類を街頭に売るような模範を示して、多数の女子に行商の世話をするのを見ると、その熱心と勇気とには敬服するのですが、その行商の秘訣というものを親しく聞くにおよんで、私はどうしても賛成することのできないのを遺憾に思います。それは卸し商人が供給過剰のために品物を持てあましている弱点につけ込んで、非常に不当な廉価をもって投売をさせ、その品物を行商し、原価に比ぶれば全く不当な高価で街頭または戸別的行商によって販売するものです。その利率は二十円の野菜を売って五円の利益があるといい、一円の果物を工場の門前で労働者に立ち売りして一円ないし二円以内の利益を挙げるといい、これに費やす時間は一日に、二、三時間で十分であるということを、併せてその経営者は得意らしくいっています。私はこれに対しても甚だしい失望に憎悪とを感じます。そういう暴利的行為を女子に奨励することがどうして善事と考えられるのでしょうか。私たちは資本家や小売商人の暴利から逃れようとこそ思え、今さら自分でその非人道的な行為を模《ま》ねて、不正な利益を掠取する仲間入りをしたくはありません。その経営者は、殊に行商の顧客を無産階級において、小学教師や筋肉労働者の生活困難を、その廉売によって緩和しようというのですが、その実、資本家や小売商人の持っている同じ心術と、同じ方法とをもって、無産階級の中の特に貧しい下層階級の人びとから、その日その日の過度な勤労の結果である菲薄《ひはく》な俸給や賃金を狙撃し、苛酷な暴利を掠取しようとするのです。おそらくその経営者である婦人は、このことに無関心でいられる程、――すなわちこういう不正な営利的行為を自らも行い、他の女子にも行わせて、少しも良心の苦痛を感ぜずにいられる程――現代の資本制度の人道的に非なることを覚らず、その制度の中から脱しようと心がけない限り、いかなる婦人の経済的労働も資本家の奴隷をふやす結果となるか、自ら資本家や小売商人の模倣者となるかの外はないことに気づかず、ただ目前の生活難を突破すれば好いというところから、手段を択ばないで盲目的に行動されるのでしょうが、今日は盲目的に行動するということが最も危険なことだと思います。

　女子があらゆる職業につくのはもちろんよろしい。しかしながら目前の危急を自ら救うためばかりでなく、その上に、人格の独立という根本の目的を必ず自覚して欲しいと思います。人間は器械ではない、労働は商品でない。自分たちは独立した人格者として、文化主義の生活を何らかの労働によって創造するのである。自分たちは人間を物質の奴隷とする黄金万能主義の因習的生活を打破しなければならないという最も合理的な自負を確かに持つこと、これが日常生活のみならず、全生活にまず必要な第一基礎であると私は信じます。この自負がないならば、改善のための活動もかえって改悪のための妄動になります。

（一九一九年一〇月、『女人創造』収載）

自己に生きる婦人

今は内部の自覚と外部の刺激とによって、私たち日本婦人もまた大いに動揺する時となりました。深く意識すると浅く意識すると、または言うと言わざるとの差異はあるにしても、今日の婦人は決して現状に満足していません。だれも未来に華やかな希望を持って、従来の婦人が経てきた以外の新しい生き方が私たちの前にあるということを予感します。家の内にばかりいた者が初めて旅行に出る前夜のような昂奮《こうふん》と喜悦とを感じるのが今日の私たちの心理です。それと同時に従来の婦人の知らなかった不安と焦燥とを私たちが感じることも避け難い事実です。時勢は加速度をもって変化し、その時勢を培養する新しい思想はいくつも突発します。私たちの新しい生き方は無為にして得られるものでない。この時勢の渦巻に身を投じながら、この新しい思想を批判し、消化して、その上に自己の生活を自己の実力で建てる用意と努力とが必要です。私たちは今や冒険的な一大旅行に出ようとしているのです。もしこの出発を誤れば大変なことになります。これ果たして私たちにどれだけ正確な自覚があり、どれだけ周到な予備機能があるでしょうか。これを思うと、初めて舞台に登る者の感じるような不安の戦慄を感ぜずにいられません。さりとて、私たちは、この冒険を避けて新時代の生活から落伍《らくご》し、旧式な婦人に逆戻りして、男子に寄生しながら奴隷的存在を続けていこうとするには、あまりに多く辛辣な現代的精神にふれました。どうしても私たちはこのままではいられないのです。何とかして自分に適した前途の路を自ら切り開いて勇往しなければなりません。ここに私たちのじっとしていられない、いらいらしたいわゆる焦燥の煩悶《はんもん》があります。

しかしこの不安と焦燥とは決して悲観的のものではありません。私たちが未来に積極的の希望を持てばこそ感じる不安と焦燥です、勇士の武者慄いにも比すべきものです。私は一般の婦人たちに告げていいます。今日において、この意味の戦慄と煩悶とを感じない人があるなら、その人は現代の婦人たる一つの資格を欠いているといってよろしいのです。

ここに私たちが互いに戒心を要することは、この冒険の出発に当って徒らに狼狽してはならぬということです。これまでの婦人に共通していたあらゆる弱点から私たちは解放されねばなりませんが、まず一掃すべきものは雷同と軽躁とであると思います。時勢が急激に変化すればする程、私たちは沈毅《ちんき》と堅実との美徳を十二分に守らなければなりません。狂人が走る時に不狂人も走るというのは醜態です。私たちは狼狽《うろた》えて右往左往することなく、悠揚としてこの時勢の激変を乗り切るだけのおちついた覚悟が大切です。不安と焦燥との中にじっと自己の足場を踏み堅める大人らしい自重を持たねばなりません。この自重の乏しい人は時勢の渦巻に足を奪られて、あたら自己を覆没させる危険があります。

私たちはかつて「新しい女」といわれる人びとが各地に起こるのを見ました。その人たちの自己改造の意識が多くは自発的独創的でなくして受動的雷同的であったために、その最初の方向は必ずしも悪くなかったにかかわらず、中途で挫折して、極めて少数の有力者だけがある程度の価値ある開展を示した以外は、妥協でなければ堕落の径路を取って、今ではその存在さえも社会の水平線上に認めることができなくなってしまいました。そういう結果に至った原因は、保守的勢力の中にある社会がその人たちに同情を持たず、反対に苛酷な圧迫を加えたためにもよりますが、一つは「新しい女」自身の自重が甚だしく不足して、その言動が感情的に偏し、全く合理的秩序を省みなかったことに原因していると思います。私たちは前車の覆轍《ふくてつ》を見て自ら相戒めねばなりません。

「新しい女」ばかりでなく、現に存在する愛国婦人会や婦人矯風会をはじめ、全国の婦人会や処女会に至るまでの新旧の婦人団体が、忌憚《きたん》なくいえば、概して軽躁と雷同との産物です。もしそれらの会員に自重の観念があったら、それらの婦人団体に席をおくことが自己の個性を裏切る奴隷的態度であることに気づいて、とうていその加入を拒絶する外はなかったはずです。なぜというなら、それらの団体は、あるものは既成宗教の迷信に立脚し、あるものは貴族思想の産物たる慈善主義や温情主義に立脚し、またあるものは国家や軍人や官僚やに隷属しています。いずれも自己以外の権威に屈従していることにおいて同一です。それらの団体の唱える道徳は他律的専制的の道徳で、私たちの個性の自由な批判を許さないところのものです。私たちは平等と公平とを求めて、人類の生活に必要なものはことごとく均霑《きんてん》されることを正義としているのに、それらの団体は自己以上に神または人爵と財力との威力を奉戴し、私たちをしてそれに隷属することを強制します。婦人矯風会の人たちよりすれば、私たちのようなキリスト教徒でない者はすべて異端であり罪悪の徒であるのです。彼らと私たちとは明らかに人格的に差別されています。彼らは私たちの同胞のある者を醜業婦人として非人間的に蔑視しているのです。彼らは人類の中に迷信の有無をもって尊卑の階級を立てることに忍び得るのです。彼らの口にする愛なるもののいかに排他的であるかについて私は多年呆れています。さらに愛国婦人会以下の婦人団体を見ると、そこには人爵と金銭の勢力が問われて、人格の価値がはなはだ少なくしか顧みられません。会員はすべて自己を殺すようにして、地位と財力とを背景とする少数の幹部の意志のままに妄動しているのです。それらの団体は、外部に向かって新しい精神的の指導力を全く持っていないのみならず、内部の会員に向かっても精神的に新時代の改造機関たる実力をほとんど全く欠いているのです。直言すれば婦人矯風会以下のあらゆる婦人団体は、現代の新思想から落伍し、未来の新生活の準備について何の建設性をも持っていないのです。私たちは時代遅れのそれらの婦人団体に加入している人たちの雷同と軽躁とを惜しまずにいられません。

私たちは無用の謙遜を抛《なげう》って、各自の個性に内含する人格的能力の無限を自負します。個性は男女の性別によって優劣の差別を付せられる理由を持ちません。ただ歴史的経過の上に、男子は個性の自由な開展の機会を多く占有していたのに反し、女子はそれらを久しく男子によって拒まれていたという理由から、現状において女子の能力がすべての方面に沈滞し、または畸形化して発育しているという差別を生じているだけであって、本質的に女子が男子に比べて一人前の能力を備えていないという訳ではないのです。私たちはここに慎重なる反省の結果、自己の生存権の回復と自己の生存権の積極的な実現とを要求しようと思います。これは私たち婦人があらゆる自己以外の権力から解放されて独立するとともに、自己の個性に根ざして未来の生活をあくまでも円満に創造していこうとする心願の発表です。一言にしていえば、私たちが徹底して自己に生きる婦人となろうとするのです。

私たち婦人は今日まで遠慮ばかりしてきました。また正当に避くべき苦労をも、一つは自己の無知から、また一つは犠牲的精神から避けずにきました。いずれを向いても仕えるべき有形無形の権力者が厳然として私たちを取り巻いています。しかしそれらの一切が今こそ私たちにとって怖るべき何物でもなくなりました。従来の物事の価値が転倒する時がきたのです。宇宙における最上の価値はお互いの個性にあります。個性が、個性のために、個性によって、あらゆる物事を創造し、批判し、価値づけるのが新時代の生活です。個性の開展に役立たず、かつそれを妨害する一切の物事は、個性の聡明にして厳正なる批判によって排斥されねばなりません。家庭も、国家も、社会も、道徳も、法律も、政治も、教育も、芸術も、経済も、軍事も、すべて個性の円満なる開展を公平に保障し、公平に助長するか否かを標準にして是非される時となったのです。個性はそれらの一切のものを自己の必要のために改造します。個性が世界の創造者にしてかつ支配者です。個性は自己以外の何物にも隷属していません。個性は全く自由です。全く解放されているのです。

前述の意味で、解放されたる個性の持主においては、何物にも隷属せず、何物にも自己以上の権威を認めない代わりに、何物をも自己の生活として領有します。解放されない以前の自己は、家庭生活の狭い範囲に束縛されて、良人《おっと》や舅姑や小児に寄生し依頼する奴隷的自己でしたが、今は家庭生活のみならず、国家生活、社会生活、国際生活等に分かれた人間生活の全部を自己の中に摂取して、個人生活より世界人類の連帯生活に至るまでを自己の生活として体験することを要求します。自己の意味がこのごとくに拡大されました。今日において人格的に独立するというのは、この広大な人間生活の全視野を領有すべき個性の持主として生活することをいうのです。

人間はもはや何物にも従属しません。また何物の犠牲ともなりません。私たちは何物にも自己の生存権を侵蝕されずして生きるのです。無数の個性がその一つ一つに独自の能力と姿態とをもって独立しながら、またその一つ一つに人類生活の全体を包容する意味において、内面的にも様式的にも連帯しながら「一」にして同時に「多」である象徴的の生活を建設していくのです。独立した個性はありますが、孤立した個性、虐げられた個性、特権を持った個性、横暴私曲の振る舞いをする利己的個性というような不平等な存在は、もはやこの地上に跡を絶たねばならないようになっています。

私たちは従来の婦人よりも家庭を尊重します。その意味は決して家庭に隷属する意味ではありません。私たちの生活にとって、家庭は、夫婦の愛を擁立し、種族の保存を計り、子女の教育を基礎づける本拠たる以上に、思索、職業、社交より、国家、社会、国際等に至る広汎な生活の策源地として必要な機関であるからです。私たちは自己の機関として以外には何らの迷信をも家庭に持っていません。私たち婦人のみもしくは男子のみの世界というものを知らず、人類の生活は一から十まで男女の協力と連帯とを要するものと考えていますから、家庭生活においても男女の協同を要求し、男子の独裁を拒むとともに、女子の独裁をも排斥します。男子は外において活動し、女子はもっぱら家庭に留まるべきものとする賢母良妻主義や、女子家庭中心説のごときは私たちの非認するところです。あくまでも夫婦の合議、および成年以上の子女があれば、その子女をも加えた家族の合議によって成立した家庭でなければ私たちの要求する新時代の家庭とはいわれません。家庭はかくてこそ愛と平等と正義と自由との中に堅実な成立を遂げていくのです。これを拒んで、男子専制もしくは主婦専制の家庭を今後もなお維持していこうとする人たちがあるなら、その人たちは新時代の家庭生活を建設するのでなくて反対に破壊する人たちです。家庭の平等化と民主化とを私たちが唱道するのはこの意味からです。

私たち婦人の生活の領域は非常に広い。それは男子の生活の領域と全く同じ質と同じ量とをもって広い。男子が家庭生活にのみ跼蹐《きょくせき》しないのは家庭生活を軽視するからでなく、家庭以外の広大な生活をも併せて創造するのでなくては、自己の生活が完成されないからです。そうして、自己の能力が家庭以内だけでは一部の畸形な開展に偏して、全幅の円満な開展が期待されないからであり、また家庭以外の生活を完成するのでなければ家庭以内の生活をも完成することができないからです。私たち婦人が家庭以外の生活のあらゆる分科に関与しようとするのもまた全く同じ理由からです。

もっぱら家庭生活に閉じ込められて男子の歓楽の奉仕者となり、子女の保母となり、ないし家庭職業の労働者となっていた従来の婦人は、その心身の発育が恐ろしく畸形化しています。第一に肉体が都会婦人においてはあまりに人工的に畸形な開展をして、男子のそれとは反対に弱々しくなっています。現在の様子ではとうてい男子と協同して積極的な肉体的活動が実現されそうにありません。男子の性的歓楽に奉仕しつつ奴隷的の遊惰な寄生生活を続けてきた報酬は、このごとく肉体の退嬰《たいえい》状態となって現れています（私はこの意味から古今の浮世絵に描かれた美人の姿態に顰蹙《ひんしゅく》する一人です。浮世絵は日本婦人の娼婦的精神と退嬰的肉体との見苦しい象徴です。遊蕩《ゆうとう》的な男子がそれを喜ぶのはともかく、女子が浮世絵を描きかつ賞玩する風のあるのは自省の足りないことだと思います）。

また、農業や漁業の労働に従事する婦人の肉体も、都会婦人とは異なった方向へ畸形な開展を示しています。都会婦人にはなおあるいは頽廃的な美を認めることもできますが、後者に至っては一見して野蛮人の醜を連想します。これは開展でなくて、むしろあまりに過度な労働のために自然人の領域へ退化しているとも思われます。いずれにしても婦人の肉体は男子のそれのごとくには順当な発育をしていません。殊に明治以来の工場婦人や家庭内職の婦人に至っては、過労と、栄養不良と、病気とのためにその肉体を明らかに頽廃《たいはい》させています。

肉体よりもさらに甚だしいに畸形化を示しているのは、一般婦人の精神的能力です。その水準は男子に比べてはるかに低い程度に停滞しています。このことは敢えて説明するまでもないことです。そうしてこれは全く婦人が久しい間、家庭生活に束縛されて、肉体的にも精神的にも、この機能を活用する機会を失っていたからです。鋼鉄製の器械にしても長らく使用せずにおけば、使用に堪えなくなります。人間の機能も活用し訓練さえすれば、男も女も対等類似の開展を示すに違いありません。

ミレーというフランスの画家は「人は自己に触れなくてはならない」といいました。私たち婦人が一人前の人間として生きていくには、何よりも自己に触れるに限ります。私たちが人生の内容の全部を生活したいと思うのは、それが自己の全部に触れることであるからです。

すでに家庭生活をもって自己の生活の全部だと思わない私たちは、家庭を平等化し民主主義化することによって自己の生活の重要な体系の一つを改造するとともに、さらに政治をも諸種の社会的制度をも、経済組織をも、また国際関係をも改造したいと思わずにいられません。それらのものが同じく自己の生活の重要な他の体系であるからです。ここに注意しておきたいことは、私たちは改造のための改造を試みるのでなくて、そこに改造を必要とする点が多いからです。私たちは改造するにはおよばないものはもとよりそのままにしておくことを望む者ですが、家庭生活にも根本的に改造の必要があるように、家庭以外の広汎な生活にも、人間の個性の円満な開展を妨げる幾多の害悪があるために、根本的な改造を必要とするものが多いのです。

私たちは国家をも、社会をも、常にその不良な部分を改造して、新しく私たちの個性の開展に役立つ快適な機関として充用したいと思います。私たちは家庭を尊重するように国家と社会とを尊重しますが、家庭に隷属しないように、国家と社会とにも隷属しません。国家も、社会も、家庭も、私たちのために、私たちが私たちの実力で建設する生活機関であると確信しています。私たちはそれらの機関を私たちの連帯生活の中に完全に摂取することによって、私たちの各自の個性が平等にかつ自由に正しい開展を進めて、いちいちの個性が十全の生活を建設しうるのだと思います。

私たちがこの意味の要求——人間生活の全部に関与する要求——を政治に向ける時に、当然そこに男子と同じく参政の権利と義務とを分有するところの要求が現れねばなりません。政治から除外されているということは、婦人が生存権を政治生活の上において拒否されていることです。言い換えれば、婦人が政治的に死んでいるということになります。婦人自身からいって、政治から孤立していることは、個性の開展を外部の暴圧によってそれだけ妨害されているのですから、完全な自主的生活——自己に生きる生活——とはいわれず、また一国の政治からいっても、国民の半数を占めている婦人を除外した政治というものは、男子専制の階級政治であって、人間生活の全部に男女の協同を原則とする徹底民主主義を基礎とした政治とはいわれません。

同じ要求を教育に向けると、あるいは小中学より大学および諸種の専門学校に至る男女共学の要求、あるいは賢母良妻主義の代わりに男女平等主義と人格主義とに立脚した創造教育の要求となり、これを結婚に向けると媒酌結婚の代わりに恋愛結婚の要求となり、これを職業に向けると、女子に対する職業の自由解放の要求、男女賃金の能率に比例する平等の要求となり、経済組織に向けると、男子と共同して生産、分配、消費の公正を実現する新組織の要求となって現れずにはいません。さらにこの要求が一段進めば、地理的、歴史的、民族的に分かれた国家の上に、それらの国家を包容して諧調を保っていく国際的協同生活——リップスのいわゆる宇宙的国家——の成立にまでもおよぶでしょう。この最後のものは現に政治的には国際連盟、労働問題では国際労働会議と国際労働婦人会議、交通では万国郵便電信規約、学問では各種の「万国」を冠した学術上の会議等によって、その黄金の片鱗を示しています。

私たち婦人はかくして男子と同じだけの生活を、質においても量においても分有しようとするのです。生活のあるところ、そこには一として男女が協同して関与しないものもないというのが、新時代の聡明な男女相互の要求でなければなりません。

日本婦人の退嬰的な現状のみを注視して立論する人たちは、私たちのこの要求をわが身知らずの誇大安想として嗤《わら》われるでしょう。しかしながら私たちの内にこの要求の萌しつつあるのは事実です。この要求は外部から来る日本の現状の急激な変化に刺激されて、日を追うて伸長するのを感じます。日本婦人の個性はその長夜の惰眠より確かに覚めました。無用の謙遜を抛って、正当に自己の生存権を要求し、その権利に付帯せねばならぬあらゆる協同生活の義務を男子とともに喜んで負担すべく望んでいるのです。これを私たちは日本婦人が新理想主義もしくは新浪漫主義に覚醒しはじめたものとして自ら祝そうと思います。

私たちは欧米の婦人と違い、最も遅れて現代生活の精神と様式とにふれたために、解放と改造との過程を長い年月の間に踏破するのでなくて、その過程の一から十までをできるだけ短時間に一度に経験せねばならぬ境遇におかれています。いうまでもなく、現在の日本婦人にとって過分の重荷ですが、歴史上の日本人は破天荒な転回に妙を得ています。その血統を引いている限り、私たち婦人の自由意志も飛躍の離れわざを楽観してよいでしょう。今私たちは、各自の現在の立場における可能を善用しながら、大急ぎで自己改造の多方面な活動につかねばなりません。

（一九二〇年一月、『人間礼拝』収載）

性的特徴について

これまでの人間生活には、権力者たり支配者たる男子がそれ自身のために都合の好いように作った法則ばかりがありました。文化も男子本位の文化、罪悪も主として男子の作った罪悪でした。女子は第二次的人間として男子に隷属せしめられ、男子の意志のままに適応し服従してきたので、女子の人間的能力は自主的に活動する機会がなかったのです。昔から女子の偉人がほとんど出てないのは、全くその機会を拒まれていたからです。

将来の世界は、初めて公平に男女協力の文化を実現する世界になろうとしています。女子が男子と同等の教育、同等の労働、同等の賃金、同等の参政権を要求する事実がこれを確かに予感させます。旧式な人たちが臆断するような軽躁浮華な出来心からでなくて、人類の生活に女子の能力を加えるということが、過去数万年間の男子本位に偏していた文化にあるものを注ぎ込んで、従来の不備と畸形とを訂正し、別種の新しい文化を創造するに至るであろうと期待されます。

人格の価値において男女は絶対に平等ですが、その人間能力の実現には、男子の性的特徴があり、女子には女子の性的特徴のあるべきことは何人も異議のないところです。たとえば女子の声と男子の声との相違する特徴が、音楽的に同じ創造能力を持ちながらも、前者にはソプラノが適し、後者にはベースが適するというような差別を生じます。この差別があるので人類生活は複雑微妙な光景を呈するのです。

　しかしながら、私は、女子の性的特徴がどのようなものであるかを、あらかじめ決定しておくことを欲しません。何となれば、男子は久しい歴史的生活において、遠慮なく自由に（女子に比ぶれば）その性的特徴を発揮してきましたが、女子は全くそれを試みる機会を持たなかったのです。今日まで、女子の特徴であるように世人も認め、女子自身も認めてきたのは、全く支配者たる男子の意志に迎合して受動的に養ってきたものばかりです。植木師によって鉢の木がその本性を曲げられているようなものです。

　例えば、女子の肉体にしても、何という優柔不活発な畸形発達をしてきたことでしょう。元始人の女子は男子といっしょに山野に馳駆《ちく》したにかかわらず、文化人の典型的女子は男子と同じ歩度で平坦な大道を行くことすら困難になっています。これが果たして、女子の真実の特徴を順当に発達させた肉体美であるといえるでしょうか。これは男子がその性欲的愛玩用に適するよう、繊弱な、神経質の、非活動的な、浮世絵美人を標準とするような、娼婦型の女子に堕落させてしまったのだと思います。

　私の考えるところでは、女子の特徴はまだ開かれずにある宝庫です。この後、女子の能力が無制限に発揮されるに従って、何が女子の特徴であるかも漸次に分明し、それが男子の文化の欠点を補足して、幾段も調子の高い、質の優れた、内容と様式とのより完備した人類生活を実現する結果となるでしょう。

また女子の真実の特徴が自由に発揮されてみなければ、実は男子の真実の特徴も解らない訳です。これまで男子の長所だと認めていたところのものも、案外男女に共通した能力であるかも知れず、それがいっそう女子の長所であるような場合もあるでしょう。とにかく、男女の能力の特徴を今から予定して論断することは大早計であると思います。

男子の性的特徴だとされているところにも、善いものがあり、悪いものがありました。未来の女子に現れる性的特徴にも同様のことがいわれるでしょう。人間は決して完全でないのですから、互いに陶冶し訓練して、その悪い所を切り捨て、その善い所を出し合って協力すればよろしい。

私は女子の能力を自由闊達《かったつ》に伸ばすことのできる環境を望みます。人間の短慮から、女子はやはり子供を生みかつ育てるのが本務であるというふうに家庭と生殖生活との蟬採り網であらかじめ女子の人間的飛躍を抑えてかかる議論には不賛成です。愛と聡明と創造能力とに富んだ未来の女子は、もちろん進んでこれまでになかったような立派な娘にも、立派な妻にも、立派な母にもなるでしょう。同時に人間生活の各部門に参加して、立派な職業婦人にも、立派な弁護士にも、立派な民衆にも、立派な芸術家にも、立派な学者にもなるでしょう。こうして、男子と共に全生活の責任を負担しながら、女子特有の貢献を成すに至るでしょう。

（一九二〇年八月、『人間礼拝』収載）

「女らしさ」とは何か

日本人は早く仏教によって「無常迅速の世の中」と教えられ、儒教によって「日に新たにしてまた日に新たなり」ということを学びながら、それを小乗的悲観の意味にばかり解釈してきたために、「万法流転」が人生の「常住の相」であるという大乗的楽観に立つことができず、現代に入って、舶載の学問芸術のお蔭で「流動進化」の思想と触れるに至っても、動もすれば、新しい現代の生活を呪詛《じゅそ》して、黴《かび》の生えた因習思想を維持しようとする人たちを見受けます。例えていうなら、その人たちは後ろばかりを見ている人たちで、現実を正視することに怠惰であるとともに、未来を透察することにも臆病であるのです。そういう人たちは保守主義者の中にもあれば、似非進歩主義者の中にもあるかと思います。

私のおりおり顰蹙《ひんしゅく》することは、その人たちがしばしば「女子の中性化」というような言葉を用いて現代の重要問題の一つである女子解放運動を善くないことのように論じることです。それはその人たちが女子の人間的進化を嫌う偏見を先入的に持っているとともに、人生を一つの法則、一つの様式の中に固定すべきものと考える静態的な因習思想を維持するために、わざわざ、人のいやがる言葉を掲げて、一方には女子を威嚇してその新しい台頭を抑えようとし、一方には社会の聡明な判断を掻き乱して、女子解放運動に同情を失わしめようとする卑劣千万な論法であるように、私には感じられます。私はそれについて、少しばかり抗議を書こうと思います。

その人たちの言う所をかいつまんで述べますと、女子が男子と同じ程度の高い教育を受けたり、男子と同じ範囲の広い職業についたりすると、女子特有の美しい性情である「女らしさ」というものを失って、女ともつかず、男ともつかない中間性の変態的な人間ができ上るからよろしくないというのです。

私は第一に問いたい。その人たちのいわれるような結論は何を前提にして生じるのですか。一般の女子に中学程度の学校教育をすら授けないでいる日本において、また市町村会議員となる資格さえ女子に許していない日本において、どうして、男子と同等の教育とか職業とかいうことが軽々しく口にされるのですか。女子に対してまだ何事も男子と同等の自由を与えないでおいて、早くもその結果を否定するのは臆断も甚だしいではありませんか。

それよりも、論者に対して、もっと肉迫して私の問いたいことは、女子が果たして論者のいうような最上の価値を持った「女らしさ」というものを特有しているでしょうか。私にはそれが疑問です。

論者は、「女らしさ」というものを、女子の性情の第一位におき、その下にすべての性情を隷属させようとしています。女子に、どのような優れた多くの他の性情があっても、ただ一つの「女らしさ」を欠けば、それがために人間的価値はゼロとなり、女子は独立した人格者でなくなるというのが論者の意見らしいのです。私は疑います、「女らしさ」というものが果たしてそんなに最高最善の標準として女子の人格を支配するものでしょうか。

そもそも、その「女らしさ」というものの正体は何でしょう。わが国では女子が外輪に歩くといって嗤《わら》われます。また女子が活発な遊戯でもすると「女らしくない」といって批難されます。そうすると、内輪に歩くということ、人形のようにおとなしくしているということなどが「女らしさ」の一つの条件であることは確かです。しかし日本ではそうでしょうけれども、欧米の女子はことごとく外輪で歩いています。またわが国でも多くの女学生が只今は靴をはいて外輪に歩きます。また欧米では、戦後にいっそう女子の体育が盛んになり、女学生の帽や服装に男子と同じものを用いてまで、活発な運動に適するように努力しています。そうして、それがために「女らしさ」を失ったという非難が欧米において起こらないのを見ると、論者のありがたがる「女らしさ」というものは、全人類に通用しない、日本人だけのものであるように思われますがどうでしょうか。

論者は、「男子のすることを女子がすると、女らしさを失う」というのですが、人間の活動に、男子のすること、女子のすることという風に、先天的に決定して賦課されているものがあるでしょうか。私は女子が「妊娠する」という一事を除けば、男女の性別によって宿命的に課せられている分業というものを見出すことができません。

紫式部の日記を読むと、この稀有の女流文豪が儕輩の非難を怖れて、平生は「一」という文字すらどうして書くか知らないような風を装い、中宮のために楽府を講じるにも人目を避けてそっと秘密に講じています。女子の学問著述が男子の領分を侵していることのように、その同性の間においてさえ誤解されていて、紫式部がそれを憚《はばか》ったのは、生意気だとして憎まれるからであったのですが、しかしこれがために紫式部を「女らしさ」を欠いた人間であるとは昔も今もいわないようです。

政治や軍事は昔から男子の専任のように思っていますけれども、わが国の歴史を見ただけでも、女帝があり、女子の政治家があり、女兵があり、幕末の勤王婦人等があって、それが「女子の中性化」の実例として非難されていないのみならず、神功皇后は神として奉祀《ほうし》され、その他の女子も倫理的の価値をもって、それぞれ国民の尊敬を受けています。また現在の世界には、女子の代議士、知事、市長、学者、芸術家、社会改良家、教師、評論家、新聞雑誌記者、飛行家、運転手、車掌、官公吏、事務員等があって、従来は男子の領域であるとされていた活動に多数の女子が従事しています。殊に最近の世界大戦には、英国の軍需省附属の工場だけでも二百万の女子が家庭を離れて、戦時のあらゆる勤務に服し、戦場で用いられた弾丸の九分までを女子の手で製造するような空前の活動を示して、平和克復の日に軍需大臣が議会において女子に対する感謝演説を試みた中に、「英国が勝利を得た原因の半は女子にあることを拒むことができない」と述べた程でした。

して見ると、男子のすることを女子もするからといって、「女らしさ」を失うという非難は当らないことになります。もし男女の性別によって歴史的に定まった分業の領域が永久に封鎖されているものなら、男子が裁縫師となり、料理人となり、洗濯業者となり、紡績工となることは、女子の領域を侵すものとして、「男子の中性化」が論じられなければならないはずです。「女のする日記というもの」を書いた紀貫之も、同じ理由から、その「男らしさ」を失った人間として非難されねばなりませんが、歌人として、また国語をもって文章を書いた先覚者として尊敬されているのはどうした訳でしょうか。

論者はまた、「女らしさ」とは愛と、優雅と、つつましやかさとを備えていることをいうのである。その反対に「女らしくない」ということは、無情、冷酷、生意気、半可通、不作法、粗野、軽佻《けいちょう》等を意味するのであるといわれるでしょう。しかし愛と、優雅と、つつましやかさとは男子にも必要な性情であると私は思います。それは特に女子にのみ期待すべきものでなくて、人間全体に共通して欠くことのできない人間性そのものです。それを備えていることは「女らしさ」でもなければ「男らしさ」でもなく「人間らしさ」というべきものであると思います。人間性は男女の性別によって差異を生ずる性質のものでないのですから、もしこれを失う者があれば「人間らしくない」として、男女にかかわらず非難してよろしい。しかるに従来は男子に対してそれが寛仮《かんか》され、女子に対してのみ「女らしくない」という言葉をもって峻厳《しゅんげん》に非難されて来たのは偏《へん》頗《ぱ》極まることだと思います。

わが国の男子の中には、まだこの点を反省しない人たちがあって、いわゆる豪傑風を気取った前代の男子の悪習を保存し、自分自身は粗野な言動を慎まないのみならず、その醜さをかえって得意としながら、ただ女子にばかり、愛と、優雅と、つつましやかさとを要求します。しかし無情、冷酷、生意気、半可通、不作法、粗野、軽佻等の欠点は、男子においても許し難い欠点であることを思わねばなりません。これを女にばかり責めるのは、性的玩弄物として、炊事機械として、都合の好いように、女子を柔順無気力な位地に退化せしめておく男子のわがままからであるといわれても仕方がないでしょう。

以上のように考察してくると、論者のいうように、女子に特有して、それが人間的価値の最高標準となるべき「女らしさ」というものは終に存在しないことになります。論者が「女らしさ」といっているものは、あるものは、一地方的のものであり、時によって変化するものであって、決して私たちの生活を支配するような権威を持っているものでなく、またあるものは、女子特有のものでなくて、人間全体に一貫して完備すべき人間性そのものであることが明白になりました。

人間性の内容は愛と、優雅と、つつましやかさとに限らず、創造力と、鑑賞力と、なおその他の重要な文化能力をも含んでいます。そうしてこの人間性は何人にも備っているのですが、これをできるだけ円満に引出すものは教育と労働です。そのためには、一般の人間に高等教育を受けることの自由と、併せてあらゆる職業の中から、自己に適した職業を選んだ労働につくことの自由とを享有せしめねばなりません。

しかるに、論者が、女子に対して高等教育を拒み、労働区域の制限を固守しようとするのは、全く理由のないことだと思います。男子においては人間性の啓発となる教育と労働とが、女子においては反対に「人間らしさ」を失わしめる結果になろうとは考えられないことです。

論者はこれに対して、現在の女教師や、女学生や、女流文人や、職業婦人やに共通する半可通的な、軽佻な、生意気な、あるいは粗野な習気を挙げて、その自説を弁護しようとするかも知れませんが、私は、かえってそれこそ論者の意見を転覆させるものだと思います。現在のそれらの女子に人間性の陶冶の不足していると見えるのは、私も同感ですが、それは畢竟《ひっきょう》それらの女子に人間らしい教育があまりに少なくしか授けてなく、またそれらの女子に人間らしい労働があまりに狭くしか許してないからです。男子と同じ程度の教育を授けるとともに、男子と同じ位の責任ある位地に立たせて、その手腕を振えるだけの職業につくことの自由を女子に許して御覧なさい。そうして、少なくとも明治以来男子に与えてきただけの激励と設備と年月とを女子に与えて御覧なさい。日本の女子がその内に潜在する人間性を発揚して驚くべき飛躍を示すことは、決して欧米の女子に劣るものでなかろうと思います。男子にしても中学時代が一番生意気盛りのものである通り、今日の婦人に軽佻とも粗野とも見える言動のあるのは、男子の中学卒業にも当らないような貧しい程度の教育で、その人間性の陶治が打ち切ってあるからです。女子の職業範囲が少しずつ広がっていくといっても、まだ女子は小学の校長にさえなれないのです。どこへ行っても、女性であるという理由だけで男子の隷属者となり、実力の優れている場合にも、つまらない男子の下風に立たせられているという有様ですから、女子自らその人間性を鍛え出す機会をも失っているのです。

論者はまた言うでしょう、「子供を生みかつ育てることは女子でなくてはできない。従って『女らしさ』の主要条件は母となることである。しかるに女子解放運動は、女子をしてその母性を失わしめるからよろしくない。新しい女子は母たることを回避する」と。

私はこれに対しても、その母となるということが「女らしさ」という言葉で尽くすべきものでないことを述べて、第一に訂正したいと思います。

いかにも、女子でなければ妊娠することのできないのは事実ですが、これがために生殖のことは女子の独占であると思っては間違いです。妊娠ということが男子の協力に待たねばならないのをはじめとして、子供を養育するにも、教育するにも、父と母との両者の愛、両者の聡明、両者の労力を合せることが必要です。従来はあまりに父性が等閑にされていましたから、母性に不当の重荷を課して、生殖生活は女子のみの任務のように誤解してきましたが、このこともまた男女に共通した「人間的活動」です。形に現れたところの相異を見て、男子には軽微で、女子には重大な任務であると速断してなりません。人の親になることは、両者にとって共に重大な任務であるのです。

したがって生殖の生活を母性にのみ帰してしまって、「女らしさ」の主要条件とするのは不当です。形と作用の上において父と母とに分かれていても、親としての精神は男女同一であって、ひとしく人間性の表現ですから、一方に偏した「女らしさ」という言葉をもって評価すべきでなく、両者を統一した「人間性の表現」もしくは「人間的活動」という言葉をもって称すべきものと思います。

次に女子解放運動が、女子をして、その母性を失わしめると論じるのも理由のないことで、事実を離れた、一種の杞憂《きゆう》です。それは女子が数千年来の奴隷的位地を脱して、独立した一個人格として、あらゆる「人間的活動」を完成しようとする自己改革の運動ですから、生殖の生活に対しても、これを回避するどころか、反対に、愛と聡明と勇気とに満ちた、より完全な母となることを熱望しているのです。

論者は「母性を失う」というような言葉を無思慮に用いられるようですけれども、親となることの欲求は、もとより人間の内部に備っている最も強烈な本能の一つです。すなわち人間性の内容として重要な位地を占めているのです。それがどうして人間の力で失われよう。教育の進歩によって、ただますますそれが動物的の親性から人間的の親性へ醇化《じゅんか》されていくばかりです。現代の父母がいかに前代に比べて、その子に対する愛が進化しているかは、何人にも領解されることであろうと思います。

しかもまた、論者に注意したいことは、人間は必ずしも人の親になるとも定まっていないということです。また、大多数の男女が親になるとしても、その子供を必ず育て得るものとも定まらねば、その子供が必ず育ち得るものと限っていないということです。もし女子が母とならないために「女らしさ」を失うというなら、男子も父とならないため「男らしさ」を失うといわねばならないでしょう。世間には先天的もしくは後天的のいろいろの事情によって、結婚をせず、結婚をしても子供を生まない男女があります。

すでに述べましたように、人間性の中には親となることの熱烈な本能を所蔵しています。高度の教育によって人間性を精錬された男女は、最も理想的な父母となることを意欲しないでおきません。これを抑制し、または回避するような不良な傾向があるなら、それはただ一つの理由、すなわち社会の経済的分配が法外な不公平を示して、過度の労働の下に生産した物質価値の大部分を資本階級によって搾取されてしまった後の私たち無産階級の生活が、子供を育てるどころか、結婚をするにも甚だしく不適当であるという理由に帰する外はありません。現に結婚難は都鄙《とひ》の別なく年を追うてわが国にも増大していきます。病人と不具者とでない限り、だれも好んで老嬢となる者はありませんが、今日は多数の男子が一身の物質生活にさえ欠乏していて、そのうえ妻子を扶養する経済的負担の苦痛を重ねるのに忍びないで、やむをえず結婚を回避している有様ですから、女子解放運動が母性を失わしめるというような非難は全く見当違いです。

また万人に結婚の可能な新社会が出現したからといって、人間は必ずしも結婚して親とならねばならないということはなかろうと思います。「人間的活動」の領域は闊大《かつだい》され、それに参加する自由と機会とを万人が保障されている社会に、男も女も、適材をもって適処につくがよろしい。殊に私たちの期待している新社会では、恋愛が結婚の基礎になりますから、恋愛の対象を発見しない限り生殖生活から遠ざかる男女を生じるのも当然です。しかし男女交際の自由な新社会では、恋愛の対象を慎重に選択する機会も多く、実際の生殖生活から遠ざかる男女は極めて少ないことであろうと想像します。

社会にはまた、昔から、ある種の活動に専心して、わざと家庭を作らない男女もあります。何事も個人の自由意志に任すべきものですから、そういう人たちに生殖生活を強要することもできません。その人たちは、家庭の楽しみ以上に、自己の専門的生活を評価しているのです。それでこそ、その人たちの人間性が完全に表現されもするのです。世界人類の中に、そういう人たちの貢献があるので、昔も今も、どれだけ文化行程の飛躍を示したか知れません。私は、人類の中にそういう人たちのまじっていることを例外とせず、望ましい配剤として、肯定したいと思います。

以上ははなはだ粗雑な考察ながら、私はこれによって、論者のいうような「女らしさ」というものが特に女子の上に存在しないということを突き詰めて知ることができました。「女らしさ」

というものは、要するに私のいわゆる「人間性」に吸収し還元されてしまうものです。女子に特有して、女子を男子から分化し、女子のみの生活というものを基礎づける第一原理となり、最高の価値標準となるものでないことが明白になりました。「女らしさ」という言葉から解放されることは、女子が機械性から人間性に目覚めることです。人形から人間に帰ることです。もしこれを論者が「女子の中性化」と呼ぶなら、私たちはむしろそれを名誉として甘受しても好いと思います。

「女らしくない」という一語が、昔から、どれだけ女子の活動を圧制してきたか知れません。習慣というものは根強いもので、今でも「女らしくない」といわれると、一部の女子は蛇でも投げつけられたようにぎょっとして身を縮めます。しかし現代の女子の大多数はもはや「女らしくない」という言葉くらいに恐れません。それはもっと恐ろしい言葉のあることを直感しているからです。すなわち「人間らしくない」という言葉によって表現される人間性の破滅が、何よりも現代人にとって恐ろしいものであることを思わずにいられないからです。

（一九二一年一月、『人間礼拝』収載）

婦選の歌

与謝野晶子作歌
山田耕筰作曲

一、同《おな》じく人なる我等女性　今こそ新《あら》たに試《ため》す力《ちから》
いざいざ一つの生《い》くる権利《けんり》　政治の基礎《きそ》にも強く立たん

二、我等は堅実《けんじつ》、正《ただ》し、清《きよ》し　女性の愛をば国に拡《ひろ》む
人たるすべての義務を担《にな》い　賢《かしこ》き世の母、姉とならん

三、男子に偏《かたよ》る国の政治　久《ひさ》しき不正《ふせい》を洗い去らん
庶民の汗なる国の富を　明《あか》るき此世の幸《さち》に代《か》へん

四、けわしき憎みと粗野に勝つは　我等の勤労、愛と優美《ゆうび》
女性の力の及ぶところ　はじめて平和の光あらん

「婦選の歌」は、1930年4月27日に婦選獲得同盟主催の下、日本青年会館でおこなわれた第1回全日本婦選大会で発表された。作詞は与謝野晶子、作曲は山田耕筰（なお、深尾須磨子作詞の別の歌もある）。同大会で、ソプラノ歌手の荻野綾子が独唱した。資料提供＝公益財団法人 市川房枝記念会女性と政治センター

第三部

社会・思想・教育

私は個人自身を改造することによって世界人類の改造に参加しようと思います。

私たちは現在の環境の中にいて、どれだけ自分自身が自由にかつ合理的に新しくなっているかを反省しなければなりません。

私たちは人格的に独立した一個の主体であるのですが、果たして自律的に行動しているでしょうか。私たちは自分自身を目的としないで、何らかの自分以外の勢力の手段とはなっていないでしょうか。国家も、家庭も、黄金も、すべて人類共存の機関であるのに、反対に個人がそれらのものに従属してはいないでしょうか。

——与謝野晶子「質の改造へ」より

激動の中を行く

人生は静態のものでなくて動態のものであり、それの固定を病的状態とし、それの流動を正統状態として、常に動揺変化の中にあるものであるということは説明の必要もないことですが、〔第一次大戦の〕戦後の世界は戦前においてさまで優勢でなかった思想が勃興しはじめたために、経済的、政治的、社会的のいずれの方面においても、これまでになかった急激な動揺変化を生じて、それがために人間の思想と実際生活とは紛糾に紛糾を重ねようとしています。すなわち今日の新しい合言葉となっている人道主義とか、民主主義とか、国際平和主義とかいうものは、戦前において学者、詩人、社会改良論者、宗教家等の空想として、大多数の人類から軽視されていたものですが、今はプロシアのカイゼル父子とそれをめぐっていた軍閥者流とが代表として固執していた旧式な浪漫主義に根ざす軍国主義や専制主義がこの度の戦争の末期において頓挫したために、英仏米諸国の一流の学者、政治家、芸術家によって支持される新しい浪漫主義に根ざした人道主義や民主主義の思想が天下の権威であるがごとき外観を呈するに至りました。そうして、今や世界は、この新しい権威である思想に向かってにわかに自己の生活を適応させるために照準の大転換を行おうとして焦燥《あせ》る者と、この思想に反抗して時代遅れの専制的、階級的、官僚的、資本家的の旧思想を維持するために、あらゆる非合理と陰険と暴力とを手段として固執する者と、この急劇な世界の変化に対し、こういう場合に処すべき修養と訓練とをこれまでから欠いていたために、どうすれば好いか、全く策の出ずる所を知らないで徒らに狼狽して右往左往する者と、大体においてこの三種に分つべき人々によって未曾有の混乱状態を引き起こしています。

私はこれをもって人類がやむをえず一度経験しなければならない過程であると思います。母が一人の子を生むにも精神と肉体との少からぬ苦痛を払います。人類が遠く釈迦やキリストの時代から憧れてきた、愛、正義、自由、平等を精神とする最高価値の新生に向かって、大股に一つの飛躍を取ろうとするには、八百万人の死傷者と三千億円の戦費とを犠牲としてまだ足らず、さらに思想的、経済的、政治的、社会的の猛烈な戦争と混乱との中に、激甚な苦痛の試錬を受けねばならないのは理由のあることだと思います。

新しい浪漫主義の代表者であるウィルソン大統領の戦時中から今日に至るまでのたびたびの提議は、一語として新時代を指導する聖経風の金言でないものはありません。古から大国の元首にしてウィルソンのように正大と高華とを極めた提議を、ウィルソンだけの徳望と権威を持ちつつ世界に対して指導的になし得た者があるでしょうか。私はウィルソンの人格の偉大であることを驚嘆しています。しかしそういう特別に飛び離れて偉大な人格が今日もなお世界に存在するごとくに見え、大多数の人類がそういう偉大なと見ている人格によって音頭をとって貰わねばならないという事実が、私の考察では、まだ世界の文化が非常に偏頗《へんぱ》な状態にある証拠であり、したがって大多数の人類がウィルソンの提議に現れたような正大な思想を、何の凝滞も曲解も反抗もなしに、空気を吸い水を飲むように、安々と肯定し、受容し、味解することのできる程度に達していないものであることを思わせます。

民主主義ということは、大多数の人類が平等の機会と、平等の教育と、平等の経済的保証とによって、すべて平等に最高の人格を完成することを、それの極致としているものであると私は解しているのですが、この解釈にして誤っていないならば、大多数の人類がまだ完全に民主主義の意義さえ知らず、人格の差異の甚だしい今日において一躍して容易にウィルソンの提議通りの世界改造が実現されようとは考えられません。ウィルソンのような思想はまだ特別に優秀な人格を持っている少数者の間の思想です。その思想は人類の平等化を目的とする民主主義であっても、その思想の主張者が高い飛び離れた位置にいて、まだ階級的に指導者または支配者という態度をもって大多数の人類に臨まざるを得ない有様である限り、それが果たして勝利を得て、大多数の人類の間に家常茶飯として普及することを疑わないにしても、それまでには多少の期間を要することは免れ難く、その期間には幾多の逆流があり、幾多の故障の起こることを予想せねばなりません。現にウィルソンの思想を講和条件に具体して決行しようとすれば各国の軍備の絶対的撤廃を主張しなければならないはずであるのに、ウィルソンの代表する米国では、反対に自国の海軍の大拡張を声明して、世界の人にその一大矛盾を覆うことのできないような見苦しい現象のあるのは、民主主義の本場である米国においてさえ、国内における複雑な政争関係から、ウィルソンをして敢えてこの一大矛盾を忍ばしめるに至ったことが想像されます。

私はウィルソンだけがただ一人傑出した大人格であると考えていません。ウィルソンぐらいの愛と識見と勇気とを持った人格はわが国の少壮学者たちの中にも幾人かを数えることができると思うのですが、世人がウィルソンとかロイド・ジョージとかだけを特に崇拝してほとんど神様扱いにするばかりに推尊するというのは、それだけ世人がまだ他人に対する公平な批判力を持たず、自己の力量をウィルソンの力量と比較して同等に信頼し得るだけの修養も自覚も持っていないことの反映に過ぎないのです。民主主義の徹底する時代には偶像崇拝の思想の幻滅すべきはもちろんのこと、法外な英雄崇拝の思想もまた自我の退嬰《たいえい》萎縮として峻拒《しゅんきょ》されねばならないことだと思います。

こういうふうに、人類の教養と訓練とに優劣の差が甚だしくあって、思想的には急進派と保守派と無定見派、経済的には富豪と中産階級と第四階級、政治的には官僚と商工業者と労働者、こういうふうに分離して、それが互いに反発し合っている限り、人道主義や民主主義を標準として真実に全人類の生活を浄化するということは、まだまだこれを未来の時日に待たねばなりません。

殊に近代文明の中心から遠ざかっていた日本人においては、これまで久しくそれらの理想とは反対の思想の中に養われてきた者です。現にそれらの反対の思想が日本のあらゆる方面に浸潤して容易に抜きがたい勢力を持っているのです。日本人は個人の魂から深海の魚のように自覚の眼をなくすることのみを強制されてきました。個性の尊貴とか人格の自由独立とかいう普通教育として最も大切な部分は、日本のどの学校においても教えられずにきたのです。教えられる所は、何事も要するにただ少数の権力者と、少数の資本家と、一人の家長とへの奴隷的奉仕に役立つという以外のことはないのです。教育ばかりでなく、宗教も道徳ももっぱら奴隷的奉仕の器械たるべく他律的に日本人を圧抑する手段たるに過ぎません。そのうえに私たち婦人にあっては、一切の男子の下風に立ってそれに奉仕する絶対の屈従を天命とし、無上権威の道徳として課せられているのです。それがためには、特に婦人を愚にして魂の覚醒を禁圧する必要から、男子と対等の教育を私たちに施すことを拒み、名は高等女学校卒業といいながら、男子の中学の二年生程度にも匹敵しない低級な教育を、文明国の体面を保存する言訳だけに授けておくに過ぎないのです。男子とても教育の自由を実際には許されていないのですから、高等教育を受ける男子は少数の経済上の僥倖《ぎょうこう》者に限られ、その少数の男子も卒業の後は官僚となり、財閥の成員ないし奉仕者となる人たちが大部分を占めているのです。したがって大多数の日本人を無学無産の第二次的国民として蔑視する階級思想と、日本の政治、学問、財力のいずれをも少数者の福利のために独占しようとする専制思想とは、次ぎ次ぎにその立派な後継者を得て繁昌しつつあります。

こういう保守思想がまだ優勢を示している日本において、人道主義や民主主義の思想がいれられず、反対に危険思想であるがごとき冤名《えんめい》をこれに着せようとする頑冥な反抗を見るのはやむをえないことだと思います。ドイツという外敵に勝った各国の人道主義者は、これよりさらに、その各々の国内における非人道思想や、専制思想と戦わねばなりませんが、日本人の国内におけるこの意味の戦いは、最も多くの苦闘を覚悟する必要があると私は考えます。

新しい人間生活の方針であるただ一つの理想を、自我実現と愛と正義との方面から見て人道主義と名づけ、人類平等の方面から見て民主主義と名づけたのであると概括して考えている私は、これを一言に簡約して新理想主義と呼びましょう。そうしてこの新理想主義を拒む保守主義者の言動がすでに日本の各方面に起こっていることは、敏感な自由思想家の見逃さないところであろうと思います。その一つをいえば、官僚的教育者の集団である臨時教育会議が、最近に女子教育をもって家族制度の精神に集中せしめたいということ、および国民の思想を統一しようということを政府に向かって建議した事実などがそれでしょう。

かつては家族制度を必要とした未開時代もありました。しかしながら家長一人の力で全家族の衣食と教育とに要する経済的条件を負担することができない上に、個人の欲望が大きくなり多様になって、家族の各々があながち父祖以来の家業を守ることを好まず、何人も適材を抱いて適所に奔《はし》ろうとし、また父祖以来の家業を守ろうとしても、その家業が現代に適しないものであったり、あるいは辛うじて家長一人に属する家族の最小限度の経済生活を支えるに足って、とうていその他の大家族を養うことができなかったりする現代の家庭の経済状態において、どうして家族制度を維持することができましょう。家族制度の今一つの要素となるものは親子兄弟という血縁関係ですが、今日の実際生活においては、第一に前に挙げた経済状態の圧迫がその血縁関係の結合をも解き放ち、その上、各人の事業欲や名誉欲も手伝って、戸主以外の青年男女をその故郷の家に固着させておきません。家族制度を最も遅くまで守持するであろうと思われる農家が、かえって第一にその子女の大多数を他郷の人たらしめねばならない時代となっています。都会における戦後の失職者に帰農を勧誘するようなことは、この理由から、ある程度以上は実行し難い、無理な註文であるのです。家族制度を維持せよと強制することは、一般国民の経済状態を考えない官僚教育者の僻説《へきせつ》であって、人と制度との主客関係を転倒し、制度のために個人の自我発展を阻止し、個人の活力を圧殺して顧みないものだと思います。

高田保馬氏の新著『社会学的研究』の中には、また特殊の見地から家族制度に対する弱点が暗示されています。すなわち人間が家族的ないし民族的というような関係によって小さく結合することは、それが内に向かって強固である程、それだけ排他的精神が強く働き、したがって社会的人類的の大きな結合が困難になるという議論です。私はこの議論に敬服します。家族制度の精神は一種の小さな党派根性です。他と自分とを水と油の関係において分離し、新理想主義の極致たる、世界人類をもって連帯責任の共存生活体と見る精神と相いれないものです。家族制度の排他思想を最も露骨に示すものは、貴族や富豪の家屋が塀を高くし門を堅くして、他に向かって小さな城塞にひとしい威圧を示さなければ満足しないのでも見ることができます。彼らはその家屋と庭園とを公開して民衆と共に楽もうとするような新理想主義的な雅懐を持っていないのです。また家族制度の下に家系に繋がる特殊の栄誉を世襲する彼らは、祖先の美名と現在の爵位とを誇示して、他の一般民衆と分離し、幾段か高い名門貴種の人であることを是認せしめようとします。みすぼらしい家屋に住んで、平凡無能な祖先しか持たず、その上に何らの社会的地位もない私たち大多数の無産者にとって、最も頑固な家族制度の中に旧式な生活を維持している大華族や大富豪ほど四民平等的の親しみを持ち難い者はありません。今は成金と称する新富豪さえも彼らに擬して、その邸宅と日常生活を民衆と区別し、その称呼をも御前様お姫様をもって自ら僭しつつあります。家族制度の結合が固まるほど社会と極端に分離する性質のものであることは高田氏のお説の通りだと思います。

私はまた家族制度によって縛られた生活ほど、只今の時代においては、道徳的に不良な状態にあるものはないということを付け加えずにいられません。この制度の下にあっては、家長の命令が至上権を持っています。父母の保護監督を必要とする少年期にはともかく、それ以上の年齢に達して自由意志を持つ青年男女が、自己の権利と責任観念とによって自主的に自己の欲求する行動をとり難いということは、いうまでもなく非常の苦痛です。彼らはカントのいわゆる自己目的のために存在する独立の人格者でなくて、家長の意思によって左右される第二次的人間として存在せねばならないのです。これがために家長と家族との間に忌わしい反目があり衝突があります。親と子と、兄と弟とが同じ屋根の下に住んで見苦しいかつ悲しい争闘を続けている家庭というものは、わが国の現在において随所に発見することができます。女子が良人《おっと》の選択権を持たず、家長の意志のままに恋愛のない結婚に盲従してしまうのもこの制度のためです。舅姑の勢力が嫁に対して良人より勝っているのもこの制度のためです。男子の遊蕩《ゆうとう》を寛仮《かんか》して妻妾《さいしょう》の併存を認容するのも、男女道徳以上に血統を重視する家族制度の特権であるのです。この制度の中に因習的に住む者が思想感情の乖離と、物質的福利の争奪と嫉妬とによって、常に複雑にして醜悪な小人的の私闘を絶たないことは、家族の延長である我が国の親族関係において特に顕著であって、このことはたいていの人に思い当る所があると信じます。

保守主義者は家族制度をもって孝悌《こうてい》忠信の保育所であるように考えているのですが、実際はたいていの場合これと反対な結果を示しているのです。現に地方から都会に出て独立の生活を営んでいる者は、大学の教授、政府の大官、財界の有力者より工場の女子労働者に至るまで、多くは非常な勇断の下に家族制度の精神に背いて、かつて一度その郷里の家庭から離れ去った人たちであるのです。現代においては、このように家族制度を超越して、父母の膝下を辞し、兄弟相別れて、各自の欲するところに赴いて活動するのが、かえって順当に孝悌忠信の実を挙げる結果になっています。これは決して男女の性別によって相違のあることではなく、現代における経済条件の必要と個性に根ざす独立生活の欲望とは、男をも女をも屋外と他郷との労働に就かしめ、特に男子よりもその数において多いわが国の婦人労働者は、工場におけるその痩腕の稼ぎから生み出した賃銀によって自己の衣食を支え、それをもって家長の厄介を尠《すくな》くしているだけでも、家にあって反目と争闘の中に暮している上流階級の家族制度的婦人に比べて、どれだけ現代道徳の実行者であるか知れません。私が昨年の九州旅行で聞いたことですが、ハワイや北米やその他へ出稼ぎしているかの地方の男女は、毎年少なからぬ額の金を郷里へ送って父母の慰安とし、弟妹の教育費に当てる者が多く、中には家倉を新築させ、田畑を買わしめる者さえあるといいます。もしそれらの男女が家族的制度の下に小さく固まって郷里に留まっていたら、果たしてそれだけの愛情を父母兄弟に寄せることができたでしょうか。

思想の統一に至っては、ここにも官僚教育者たちの画一主義が専制的な威圧を示しつつあることを私は怖れます。ウィルソンはパリのソルボンヌ大学の演説で「大学の精神は自由にあり」ということを述べましたが、大学をすら官僚の牙営に供して、その独立自由を確保しない我が国の教育者は、人間の思想をも官営として一手専売を強いようとするのです。しかし思想の何物であるかを知る人びとにあっては、官僚はもちろん、いかなる偉大な人格が強制的に統一しようとしても不可能であることを識別するであろうと思います。何が世の中で自由であるといっても、人間の心の内に起伏し流動する思想ほど自由なものはありません。顔さえも個別的の特色を備えて真実の意味にて瓜二つというものはないのに、まして、刻々に移動する思想は、個人の自発的なものほど個性の色彩が著しく、たとい他人の思想を受けいれたものでも第二の個性によって着色され変形されないものはないのですから、万人万様の思想が存在するのは当然のことで、それらの思想が拮抗し、比較し、補正し、助長し合って存在してこそ、人類の思想は自浄作用の中に深化と進歩とを遂げるのであると思います。昔から宗教、学問、芸術のいずれでも官営の一種に決まってしまえば、いずれもその本質の腐敗を招かないものはありません。堂上の和歌、聖堂の朱子学、ロダンが罵ったフランス院体派の芸術、その実例はいくらでもあります。殊に官営のよろしくないことはその官権をもって反対の思想を暴力的に圧伏することです。思想の自由を奪うに至っては思想の統一でも尊重でもなく、反対に思想そのものの発展を願わない者のする残忍不法な行為です。

思想は統一されるものでない。兵隊の数に応じて同じ帽を被らせ得るように、人類をして均一に同じ思想を持たせ得るものでない。同じ思想に停滞したり囚えられたりしないで、勝手に優れたものであると自認する新しい思想を提供してこそ、世界人類の創造的進化に参加して各人が実力相応の貢献をなし得るのであると思います。思想が一種に固定してしまったら世界は化石状態となって、人類は自我発展の余地がなくなり、何の生きがいもない退屈な中に退化し自滅し去らねばならないでしょう。

それよりも、今日において、何人も互いに自ら注意すべきことは、思想の統一というような閑問題でなく、この戦後に発生する雑多な思想の混乱激動の中を安全に乗り切ろうとするのに、その雑多な思想のいずれをも観察し、批判する事を怠らず、それがたとえ外観上いかに険峻《けんしゅん》なものに見えようとも、また穏健なるものに見えようとも、必ずその内容の純正か否かを透察し、それを自分の思想の養料として採用することだと思います。生活の理想は他人の指導に盲従してはならない。必ず自分の批判を経て全く自分の思想となったものを信頼せねばなりません。ウィルソンの唱える新理想主義にしても、私はそれの雷同者のにわかに多いことを頼もしげなく思います。

戦争でドイツの負けたのを見て俄《にわか》にドイツ語の排斥を唱えたり、ドイツの学問芸術までを罵ったりする軽佻《けいちょう》な識者の多い日本に、昨日今日威勢のいい民主自由の思想に何の省慮もとらずに共鳴する人のふえていくのは一概に嬉しいとはいわれません。

私もウィルソンを尊敬する一人です。しかしウィルソンの唱えたが故に私は人道主義や民主主義に賛成する者ではないのです。貧弱ながら私の理想は私自身の建てたものです。それがウィルソンの偉大な理想とたまたま似ている所があるというに過ぎません。そうして、私は今日の私に停滞していようとする者でなく、もちろんウィルソンの理想に低徊《ていかい》しているような閑人でもありません。明日はウィルソンが彼の大きな道を選んで前進するように、私は私で自分の小さな道を選んで前進するでしょう。もとより次第に激増する雑多な思想の混乱激動に出会うのは覚悟の前です。

私は一つの比喩をここに挿《はさ》みます。パリのグラン・ブルヴァルのオペラ前、もしくはエトワアルの広場の午後の雑沓へ初めて突きだされた田舎者は、その群衆、馬車、自動車、荷馬車の錯綜《さくそう》し激動する光景に対して、足の入れ場のないのに驚き、一歩の後に馬車か自動車に轢《ひ》き殺されることの危険を思って、身も心もすくむのを感じるでしょう。しかしこれに慣れたパリ人は老若男女とも悠揚として慌てず、騒がず、その雑沓《ざっとう》の中を縫って、衝突する所もなく、自分の志す方角に向かって歩いて行くのです。雑沓に統一があるのかと見ると、そうでなく、雑沓を分けて行く個人個人に尖鋭な感覚と沈着な意志とがあって、その雑沓の危険と否とにいちいち注意しながら、自主自律的に自分の方向を自由に転換して進んで行くのです。その雑沓を個人の力で巧みに制御しているのです。私はかつてその光景を見て自由思想的な歩き方だと思いました。そうして、私もその中へ足を入れて、一、二度は右往左往する見苦しい姿をパリ人に見せましたが、その後は、危険でないと自分で見極めた方角へ思い切って大胆に足を運ぶと、かえって雑沓の方が自分を避けるようにして、自分の道の開けて行くものであるということを確かめました。このことは戦後の思想界と実際生活との混乱激動に処する私たちの覚悟に適切な暗示を与えてくれる気がします。

保守主義者の反抗思想の中にはずいぶんばかばかしいものがあります。ある婦人雑誌に法学博士三潴信三氏が婦人職業問題に反対して「欧米において婦人が何々の職業を与えられているからというがごとき単なる理由の下に、婦人の職業を徒らに奨励するがごときは、家族主義のわが国としては破壊的の考えといわねばなりません。……婦人が進んで家庭から離れようとするごとき考えは決して健全なものと思われません」といわれたごときは、博士こそあまりに「単なる理由」の下に軽率なる断案を下されたもので、博士はわが国の女工八十万の家庭事情が経済的と倫理的の両方面から、彼らを職業婦人たらしめねばおかないという重要な理由を看過しておられるのです。彼らにしてもし工場労働者とならなかったら、餓死するか醜業婦となって堕落するかの外に道はないでしょう。

三潴博士のお説でさらに笑うべきは「外国の事柄を借らずともよい」という単なる理由から、西洋音楽を排斥し、サンタクロースの代わりに大黒様の名を挙げ、家庭においてパパとかママとか呼ばせていることを攻撃し、正月の遊びにも西洋趣味のものでなくて東海道々中双六を用いて欲しいと望んでいられることとです。日本音楽が西洋音楽に比べて非常に劣等な位地に停滞しているものであることは、新進の音楽学者兼常清佐氏の日本音楽論を読まれても解ることです。兼常氏は日本音楽を西洋音楽に勝るとするのは蝙蝠《こうもり》を見て飛行機より偉大であるとするに等しいといわれました。博士は外国の輸入物を嫌われることがまるでペスト菌にでも触れられるようですが、今日の日本の法律が範をドイツに採っているのはもちろん、古くは雲上の御称号の文字を始め、今日の三豬博士の姓氏の文字までが外国からの移植であって見れば、パパといい、ママというのも決して忌むべき理由はありません。博士はチチ（父）ハハ（母）という言葉を純粋の国産だと思っておられるのでしょうが、進歩した言語学ではそれが支那の古代語であることを証明しています。外国産の輸入を嫌っていると、古代人の尊重した鏡までが、日本で発明した「鈴鏡」という鏡を除く以外は、すべて支那へ返さねばならないことになるでしょう。三豬博士のお説は一笑に付し去ってもいいようですが、これを突き詰めていくと、博士のお考とは反対に、古来の日本文明を破壊するとともに、新しい日本文明の建設を阻害する結果となるのを遺憾に思います。これと同様の保守的俗論がなお続々と日本人の間に頭を挙げるでしょう。私たちは独自の見識をもって今後のあらゆる反動思想を批判し取捨せねばなりません。（一九一九年一月、『激動の中を行く』収載）

デモクラシーについて私の考察

「デモクラシー」という標語が今はわが国の隅々までを風靡《ふうび》して偉大な勢力となりました。これには明治の初年に馬場辰猪氏らの間に「共存同衆」という訳語があったのだそうですが、それは普及せずして廃絶し、その後に「民主主義」という正訳が生じたにかかわらず、近年は「民主」という字面を気兼ねして「民本主義」という訳語を作り、「国は民を本とす」という和漢の伝統的政治思想に結びつけるような人たちを見受けますが、国民の栄養素となる思想である限り、広く世界から何物でも大胆に吸収して差し支えないという直覚を持った多数の青年日本人は、訳語に付帯する誤解や妥協的態度を面倒臭く感じて、直接に「デモクラシー」という原語そのままを用いて、自分たちが持っている自由、平等、正義の思想を端的にこの一語でいい表わそうとしています。

本年三月の『丁酉倫理講演集』を見ますと、「デモクラシー」の思想はわが国においてすでに免疫性になったと書かれています。果たしてそうであるならまことに結構です。この思想についても何の説明をも弁疏《べんそ》をも要しないのですから、今はこれをわが国の生活のどの体系にも浸潤させて、もっぱら実行の問題に移していくことが必要だと思います。すなわち社会も、家庭も、学校も、工場も、営利会社も、兵営も、官衙《かんが》も、個人の商店も、恋愛も、教育も、道徳も、労働も、すべて民主主義化していくことが今後の必然の要求だと思います。二十世紀の「デモクラシー」は政治という一方面にばかり跼蹐《きょくせき》する思想ではなくなりました。

これについて現代の人間はその頭脳を全く一新するだけの自己革命を経なければなりません。普通選挙、労働組合、女子参政権、華族廃止、軍備制限、資本主義の絶滅、治安警察法の改廃、こういう問題については、すでに多数の日本人の耳にさまで突飛でなく響くまでに、急激な習慣がこの数か月の間に付くであろうと期待しますが、私はもっと手近な問題に対して何人も頭を入れ変えることに、思い切った刻苦と訓練とを積まなければならないと思います。

電車は各地とも等級を分たずにデモクラシーを実現していますが、汽船や汽車になると、まだ貴賤上下の階級思想を維持しています。床次鉄道院総裁には三等客を主要な乗客として、一等室を廃し、二等室をも次第に縮小する計画があるとか聞きますが、これなどはわが国の汽車がデモクラシーに向かって一歩を進めようとしている現象だとも考えられます。私はその二等室をも全廃する日がきて、そうして、すべての乗客が今の一等室以上の設備をもって一貫した汽車へ均一に乗り得るのでなくては、デモクラシーの思想に徹底した汽車であるとはいわれないと思うのです。そういう汽車ができて、それ以外に特に劣等な汽車のないことを望むように、私は一切の事柄に階級思想の失われていくことを望みます。

例えば労働についていいましても、現に労働者と呼ばれている人たちのみを労働者として見ることは、その人たち以外に労働せずして生きている特権階級を認めることになります。有産と無産、富者と貧者、資本家と労働者、この両者の懸隔を塗り消して、それを一列平等の生活者とするには、すべての人間が労働者の精神と実行とをもって、心的体的のいずれを問わず、自己の天性に適した労働に従い、決して他人にのみ労働を押しつけず、各人の労働をもって互いに補充し協同して生きていく汎労働主義の生活を営む外はありません。すべての人間が一人として労働者と呼ばれない者はない状態において生きること、これが労働の民主主義化です。汽車に一、二、三等の階級的差別があった間は、一等室に乗る人間が何となく尊貴に見え、三等室に乗る人間が特に卑しくも思われるという僻見が存在していたのですが、無階級的均一の汽車ができた上は、その階級的尊卑がなくなってしまうように、人類が一列に労働者の自覚と実行とを持つようになれば、互いに労働者としての自尊と他敬とを平等に備えて、その職業の種類の相違や、労働能率の相違が人格や尊卑優劣には関係しなくなることを私は望みます。

「恋に上下の隔て無し」という諺《ことわざ》を見ると、日本人も昔から恋愛の上には民主主義らしいものを理解していたようですが、実際においては、おおむね社会と家庭との専制主義によって、この恋愛の民主主義も拒まれています。近頃の新しい実例でいえば、ある富豪の令嬢が自家の使用人である自動車の運転手と恋愛関係を生じて、それが新聞記事となった場合に、身分の相違ということを唯一の理由として、社会はその恋愛関係をただもっぱら淫奔沙汰として嘲笑的に取り扱ってしまいました。今日の私はこれに甚大の不服を持ちます。わが国の青年男女が旧来の制度思想に束縛されて、今もなおその自由なる社交権を失っているのはいうまでもなく、殊に窮屈なる形式道徳の中に虚偽の生活を送って、人間らしい真実の情味に渇している上流階級の女子がたまたま接触しうる狭い範囲の男子の感情によってその愛情の自発を促された場合に、世人が見て過失となすところの行為に驀進《ばくしん》するのは、それを咎《とが》めるより前に、その境遇に対して深く同情すべきものがあると思います。のみならず、その男が運転手であるという理由のみを見て一概にその恋愛関係を蔑視するのは、財力または官位その他の特権をもって人格の標準とし、その特権の有無によって人格の優劣を決定する官僚階級、資本家階級の思想です。デモクラシーの思想からいえば、運転手は労働者として人格的の生活を営みつつある者です。この点において、大学の教授、一国の宰相、その他一切の労働者と連帯協同する文化生活者の一人です。運転手であるが故に、その恋愛が不純だとも限らず、その職業が人格の表現である労働でないともいわれません。もしその運転手を非難する人たちが不労所得の悪銭によって衣食し、その操行において一夫一婦主義の新男女道徳に背いた不純な生活を送る人たちであるなら、デモクラシーの社会はかえって他人の労力を偸《ぬす》む賤民、他人の愛情を蹂躙《じゅうりん》する遊蕩《ゆうとう》漢として、その人たちを蔑視するでしょう。人間の愛情は職業のいかんによって決定されるものでなく、運転手と令嬢との関係が、その純粋なることにおいて、かの媒酌による無恋愛結婚、財産結婚に比べて、どれだけ倫理的であるかも知れない場合もあることを考慮せねばならないと思います。

いかなる種類の労働者にせよ、それを侮蔑する者は汎労働主義の落伍《らくご》者であるのみならず、デモクラシーの背反者です。運転手と令嬢との情事を批評しようとする者は、運転手という職業に標準をおくことなく、もっぱらその恋愛の純不純について批判を下すべきであると思います。

只今は初等および中等程度の学校の入学期ですが、私は中等学校の入学試験を見て、教育の民主主義化はまずこの制度の廃止より始めねばならないと思います。高等学校や高等商業学校の入学試験は久しくわが国の青年の難関とするところですが、今日では中等教育においてすでにわが国の少年男女がこの難関に苦しみつつあるのです。東京においては、小学においてさえ入学試験を課する所があります。いずれも入学のための試験というよりは、入学を撃退するための試験になっています。すなわち一般の子女の中から、ある人数を限って入学を許可し、その他の者には中等教育の自由を阻害する不平等極まる制度です。この意味から高等学校の増設以上に必要なものは中等程度の学校の増設だと思います。

それから、今一つ教育の民主主義化について私の望むことは、小学より大学に至る各教育行程における男女の共学です。小学においては現にそれを実行している所も稀《まれ》にありますが、中等教育において、特に中学よりも劣等な女学校を存在せしめておくのは、男女の性別を両者の素質の優劣と見る階級的偏見の保存に外ならないのです。私はすべての中学において男女共学制を採用し、高等女学校を全廃して欲しいと思います。中学の教育に堪え得ない者は男女のいずれにもあります。女子のみがそれに堪え得ないと決めてかかるのはデモクラシーの思想に反します。

中学以上の教育においても私は同じく男女共学制を要求します。高等学校、大学等はもちろん、商業学校、医学校、工業学校、その他の専門学校をも女子に解放して欲しいと思います。慶應、早稲田両大学のごときは、私立大学の自由なる位置から率先して男女共学を実行するのに適していると思う私は、両大学の経営者の勇敢な民主主義的精神にこのことを訴えます。女子のみを収容する大学の増設を私は欲しません。それは全く時代遅れの教育制度です。文化生活に大切な男女協同の精神は学校時代から始めるのが当然であると思います。結婚年齢におよんで初めて男女の理解と協同生活とを期待することはあまりに疎漫な考えです。わが国に離婚が多いという事実も、一つは男子が女性を深く知らず、女子が男性を深く知らないことに基づいていると思います。

男女の理解ということは、双方の性情の長所のみならず短所をも知るに至らねば完全な理解ではありません。一、二度の見合いだけで形式的に結合される媒酌結婚ほど危険なものはなく、男も女もまだ精神的にほんとうの確実な一致点を見出さずにいるのです。結婚の初めは双方が自重してその美しい方面の性情ばかりを出すように努力するつつましやかさを失わずにいますから睦まじいようでも、間もなくその暗面を暴露する時期がきて、次第に双方の感情が疎隔し、あさましい夫婦喧嘩沙汰となり、はては離婚の結果を招来するようにもなります。そういう気の毒な境遇にある男女のいずれに聞いても、軽率な結婚をしたために、最初において相手の性情が解らなかったということを必ず悔やみます。男女交際の自由を要求する理由はここにあるのですが、しかし私の考えは、女子が中等教育を終わった年頃になってにわかに男子と交際する端緒を開くのはあまりに応急的速成的の男女交際であって、異性に対する好奇の感情や、その年頃になって自発する性的本能の強迫力やに牽《ひ》かれて、自制の意志のおよばない埒外にまで逸走し、批判も選択もすることなしに、たまたま自分の周囲に見出した異性に対して突進するというような危険が生じ易いと思います。その危険を避けるためには、あらかじめ小中学時代から男女共学の中に、男も女も多くの異性に慣れてそれを珍しく思わず、多くの異性を観察して、その長所と短所とを理解する訓練を積ませておくのが最上の方法だと思います。

またデモクラシーの社会では、すべての人間が進んでは精神的にも物質的にも最高最善の生活に均霑《きんてん》することを理想とするとともに、ひいては最少限度の物質生活を平等に保証されることを生活の出発点としなければなりません。しかるに、一方には一人百金の饗応をする階級があると同時に、一方には毎日兵営、監獄、料理屋、工場等の不潔な残飯を買って飢えを凌がねばならぬ階級があるという事実は、同じ人間生活の中に極楽と餓鬼道との極端な階級的差別を存続しているのです。残飯を食べねばならぬという悲惨な生活は最少限度以下に沈淪《ちんりん》した生活です。働いても、働いても、このような動物同様の生活に苦しまねばならないという階級の存在を見るのは、遊んでも、遊んでもその栄華の資源を絶たないという特権階級が存在するからであることを思うと、労働の共同分有とともに、資本の共同分有をも、デモクラシーの立場から要求することが至当だと思います。

（一九一八年三月、『激動の中を行く』収載）

生活の消極主義を排す

生活は向上させなければならない、増進させなければならない。精神的にも、物質的にも。人間の福祉はこの外にない。自己を充実させるといい、人格を完成するといい、人類を裨益《ひえき》するということは、ただ積極主義の生活を建てることのみを意味するのである。愛も、労働も、知識も、道徳も、芸術も、教育も、法律も、経済も、ただこの目的にのみ役立つのである。

昨日のままに安んぜず、今日のままに姑息《こそく》せず、常に未来を待ち望んで、より善く、より賢く、より楽しく、より華やかに、より堅実に、より自由に、より深大に開展していく生活を追求しつつあるところからいえば人間生活の理想は確かに奢侈《しゃし》的なものであって、決して消極的なもの、退嬰《たいえい》的なもの、みすぼらしいもの、禁欲的なもの、忍苦的なもの、粗硬なもの、醜悪なものではないのである。

人類の平等化ということが文芸復興期以来の一つの理想となっている。それは人類の一切を凡庸にまで、平俗にまで、卑賤にまで、平等に引き下げようとするのではなく、反対に人類の一切を賢哲にまで、仁義にまで、富貴にまで、平等に引き上げようとするのである。一切の人間をそれ自身の無限の欲望と無限の能力とに従って一斉に完成せしめようとするのである。

男には寛にし女には酷にし、男には精にして女には粗にし、男には厚くして女には薄くし、男には人格的待遇をして女には物質的待遇をし、男には君主的権利を許して女には奴隷的義務のみを課するという旧式な教育や因習的な道徳は、人類の平等化を裏切る意味において全く不合理であり、不自然である。

権力階級と資本家階級とのみを福祉に導いて、その福祉の維持と増大とを擁護する教育や、道徳や、法律やもまた、人間の平等化を阻害し、人間の進化の自由を偏依させる意味において、全く不合理であり、不自然である。

悪とは生活の阻害と、怠惰と、否定と、破壊との各々に名づけられる。

生活を向上し増進するために、人間は一方に精神的生活を計るとともに、一方に自然を利用し改造して、衣食住を主要条件とする物質生活の充実を計っている。

物質生活の必要のために自然を利用し改造することは正しいことである。

孔子は「衣食足って礼節を知る」といった。アリストテレスは「精神的生活は物質的生活に支持せられる」という意味のことを教えた。ソクラテスは「種々の必要の中で第一のものでかつ最大なものは食物である。これは実に生命と存在との要件である。第二は住居であり、第三は衣服およびその他のものである。われわれの都市は、どうしてこれらの大需要物を供給することができるか。思うにある者は農夫となり、他は建築者となり、その他のものは衣服を織る者とならなければならない。その上に靴の製造者やその他身体の必要品に対して供給する者とならなければならない」といった。荀子は「物の生ずる所以を願うは物の成る所以を有《たも》つに何れぞ。故に人を措《お》きて天（自然）を思えば、万物の情（功用）を失う」といって、人力をもって自然を利用すべきことを勧めた。近代における自然科学の勃興は自然を人工作用の可能的無限の中に収めて、世界の産業を今日のごとくに激変させつつある。

物質生活を合理的に増進させていくことは人間の福祉の一つの最大要素である。それには何が最も合理的であるかといえば、これと並行して精神生活を増進させていくことである。

精神的文明は人間の生活を不安にし、甚だしきは破壊する。それは現にドイツの軍国主義の原因となって、いまわしい現在の大戦争をさえ醸すに至った。

「驕る者は亡ぶ」というのは物質生活の合理的増進を呪う言葉ではない。人間を亡ぼすような物質生活の伴わない、不完全な物質生活である。孔子が「富貴は浮べる雲の如し」といって、それらの間違った物質生活に執着しないことを勧めたのは正当である。
近くは愛親覚羅氏の末路に見よ、ロマノフ家の最後に見よ。驕る者は亡ぶ、おそらくカイゼルの没落によって現在の狂暴な戦争も終結するであろう。

精神生活も、物質生活も、個人が自修自労して維持し発展すべきものである。自愛、自尊、自営、自活、自治、自衛の生活を建てることによって、初めて個人の独立ということが実現される。人間は心的にも体的にも、必ず何らかの労働に服さねばならない。「紡《つむ》がず織らず」といった野の百合も、実はその生を遂げるために、自然を素材として自己を紡ぎつつ、自己を織りつつあるのである。

「個人の独立ということは有り得べからざることのように思う。他人から自由を制限されると同時に、また他人から独立を補佐され、いわゆるもちつ、もたれつして生きていくものだと思う。独立した生活などというものは、あまりに産業的社会的事実を無視した空想ではないかと思う」という人がある。その人は「孤立」と「独立」とを混同しているのではないか。
人間は不完全ながらも団体生活をしている。フランスの新しい学者の唱えているソリダリテ(連帯責任)の生活を理想としている。だれも孤立している人間は現存しない。孤立すれば死ぬるより外はない。

　しかし個人の人格は独立すべき者である。また現に不完全ながらも内的に独立している。「匹《ひっ》夫《ぷ》の志は奪うべからず」と古人はいった。内的に独立しているのみならず、人権は外的に憲法によっても保証されている。私は憲法によって保証された人権がそれ以下の法律によって再び外的に制限されている故に、それから解放されようとしている。私はまた精神的に独立すべきものであるのみならず、経済的にも独立すべきものであることを主張している。

　相互扶助を徹底する生活は私たちの理想であるが、それは論者のいわゆる「独立を補佐する」ための相互扶助である。また立派に独立した個人がふえてこそ相互扶助といいソリダリテという団体生活も強固になるのである。

　例えば松、杉、欅《けやき》、樟《くすのき》、楓《かえで》、楢《なら》等の木が集って森という団体生活を営んでいる。それらの木は相互に枝を交えて協力し扶助し合っている。しかも、一本一本の木について見ると、松は松として、杉は杉として、その個性を保ちながら独立して生きている。同時にそれらの木は森としても独立して生きているのである。

　また例えば、一群の管絃楽の組がある。その一人一人の楽人についていえば、甲はピアニストとして、乙はギオロン弾きとして、丙は笛吹きとして、いずれも独立している。そうして同時に管絃楽の団体員として相互協力の中に独立しているのである。一本一本の木が独立していなかったら森は成り立たない。一人一人の楽人が独立していなかったら管絃楽は成り立たない。依頼と屈従とを当然とする奴隷的の個人がいかに多数にいても人間の良好な団体生活は成り立たない。一人前に独立した手腕を持った楽人たちが共通の精神と同一の楽譜とによって協力してこそ完全な管絃楽を演奏することができる。個人として独立した人間が相互扶助の精神と、特長とするところの才能や職業をもって連帯責任を尽してこそ立派な団体生活を建設することができる。

人間は個人生活をも生き、団体生活をも生きる。前者に自己の独立があって、後者にそれがないと思う人があるなら、甚だしい誤解である。団体生活に個人を隷属させるのでなくて、個人が自己の意志によって団体生活を造るのである。あくまでも個人が主である。

この故に、理想的にいえば、私人と公人との差別はなくなる。個人生活は一体のものに現れた二つの相であり、不即不離の関係である。両者を合せて個人生活といってもよい。団体生活は個人生活の延長であり開展であって、徹底個人主義の具体的表現である。

積極的に自修自労の生活を開展していくことを嫌う怠慢な人間がある。それは精神的にも肉体的にも栄養不良の状態に陥るのを苦痛とせず、自家の病的な退嬰《たいえい》消極主義の生活の醜さを反省しないで、かえって栄養の豊潤に憧れている他人の積極主義的生活を異端とか、奢侈とか、罪悪とかいう名目の下に排斥しようとする人たちである。

物質生活において不自然な禁欲主義や、極端な節倹主義や、隠居的な知足安分主義や、鎖国的な自給自足主義を鼓吹するのは彼らである。道徳においてお国自慢の歴史的国民道徳や、階級的武士道道徳のみを高調するのは彼らである。趣味において抹茶、骨董、謡曲、歌舞伎芝居以上に出ないのは彼らである。教育において女大学流を改めない賢母良妻主義を唯一のものとして強要するのは彼らである。

生活意志の薄弱な彼らよ。

彼らは姑息な現状維持論者である。悲しむべき利己主義者でなければ、憐れむべき時代錯誤の自然畏怖教徒である。彼らのある者は小さな個体的自己のあることだけを知って、他の大きな団体生活の自己のあることを知らない。自己さえ死なねば他人はいかに動物のように死のうとも自己の悲痛と感じない人たちである。また彼らのある者は自然には勝たれないと迷信して、天災地変にはもちろん、人間の禍に対してもただあきらめさえすればよいとしている。

彼らはどの社会にも散布されている。

物価を自然の理由以外に人為的に暴騰させたのも彼ら、東京市に私営乗合自動車や、公設市場の実現を拒むのも彼ら、公設質店、公設浴場、公設借屋、公設無料宿泊所等の公益事業を起さないのも彼ら、米穀を国営としたり、一切の食糧の計量を枡より秤に変更してその斤量を公定したりするような施設を断行しないのも彼ら、女子の政治的権利を法律によって束縛しているのも彼ら、都市の衛生、治水、道路改修等の設備を閑却し、例えば東京の下谷、浅草、本所、深川諸区のごとき浸水危険の多い土地を毎年のごとく風雨に暴露して、人と家屋の莫大な被害を冷視しているのも彼ら、臨時教育会議や救済事業調査会やに一人の女流教育家すら加えないで安心していられるのも彼ら。

本年八月の食糧騒動があった以来、減食を奨励している女学校が多数にあり、下田女史の実践女学校では無菜日をさえ実行している。また物価暴騰のために、東京の女子師範学校ではこの春から副食物に一度も魚類や肉食を用いないということが新聞に出た。また東京市内の官立私立の大病院では食糧騒動後の外米奨励を曲解して一般の入院患者に外米の重湯や外米の御飯を食べさせている。

これらは物質生活に対して、不自然な禁欲主義や、極端な節倹主義や、間違った消極的経済主義やを彼らが実行する的確な証例である。

彼らはいうであろう、「戦時気分の中にこれくらいのことは忍ばねばならない。欧州の食糧制限を見るがいい」と。

私は決してそういうふうな戦時気分の利用を考えない。わが国と欧州とは事情が非常に違う。ドイツはもちろん、英仏においても実際に一時は食糧に窮した。それで食物の制限を公定した。無肉日をも実行した。しかし節食をしただけで決して減食はしなかった。肉を食べない日を一週に一度設けたが、魚類も野菜も食べた。副食を廃したのではなかった。麺麭はまずくなったが、毎日の食事が決して空腹を忍ぶ種類の物でなかった。美食は廃されたが、栄養食としては相当の価値を保有していた。その上に、今は英仏の食物の制限は非常にゆるやかになった。食糧が次第に都合よく補給されつつあるからである。

日本はそれと事情が大分に違う。食糧は決して不足していない。ただ買い占めのごとき人為的理由や運輸機関の不足で配給がいきわたらないだけのことである。金銭さえ不当に出せば必ず買い得るのであるから、減食とか無菜日とかの乱暴な手段を取る代わりに、一方に、その配給を潤沢にして暴騰した価格を相当なところまで低下させる工夫をするとともに、一方に賃金とか、俸給とか、学資とかいう金銭の供給をも倍加する工夫を講じるのが賢い手段である。

欧米を模倣して二食主義や無菜日を定めるのは、軽率とも、不真面目とも、乱暴とも、言語道断である。教育者は一般日本人の平生の食物を何と見ているのであろうか。米国人は蛋白質《たんぱく》だけでも一日に平均百六十匁を取るのに、日本人の平生の食物は十日間にもそれだけの蛋白質を取り得ないといわれる。このように日本人の平生は粗食なのである。殊に男尊女卑主義はこの点にも顕著に影響して、日本の女子の粗食は昔から男子よりも甚だしい。したがって女子の体質の不良は妙齢の女子が結核症によって死亡する率の世界一であるのでも証明されている。

二、三年前まで東京の女学校の食費は七円内外であった。その三食の献立を見るたびに、私はこの食事で心的にも体的にも理想的な女になれというのは堪えられない重荷であると思わないことがなかった。今は増されて十円内外になっているのであるが、物価の暴騰が依然として続く今日、一日に三十幾銭の費用で以前だけの賄の供給されないことは解っている。たとえ三十幾銭がことごとく食物に用いられて女学生の口に入るとしても、その栄養価値は欧州における一般女子の平生の食物のそれの幾割にも当らないのに、ましてそれらの食費は、どの学校の寄宿舎でも賄いに要する諸経費に割かれるのである。

世界の人間なみに平生の食事を取っていない日本人の中の、最も粗食者である女子に、さらにこれ以下の粗食に甘んじることを強要する教育主義は人間の虐待でなくて何であろう。

健康な人間が食べてもまずい外米を、病人に食べさせる病院も非常識の至りである。病人には食事の進まない者が多い。少しでも美味の快感を与えて食欲を持続させるのが重要な療法の一つである。それも施療病院とでもいうのならあるいはやむをえないかも知れぬ。大学、順天堂、赤十字社という類の大病院がかなり高額な入院料を支払わせておきながら、飢饉時代と同じ忍従を患者に強制するのは、非人道的行為をもって論ずべき事件である。

私は成金階級の無法な奢侈に対して、一方にこういう無法な禁欲主義が一般社会に行われるのは、日本人が生活の積極的意義について深刻な自発的考察を経てこないからであると思う。日本人にも戦時気分というようなものがあるなら、その気分の中に、何よりも反省すべきものは、この生活意志の微温と浅薄とであろう。

（一九一八年九月九日、『激動の中を行く』収載）

平等主義の実現

日本人が現に経験している急激な生活の変化は、久しく弛緩《しかん》した日本人の生活意志を緊張させ、その熱情を沸騰せしめるとともに、その理知を尖鋭に導きます。確かに東方の夜は明けました。ここに日本人は、世界文化の大勢と歩度を揃えて、新時代の理想の日の出に、新しい道徳と秩序とを創造し、伝統以上の華々しい転換を行おうとするのです。急激な変化と見えるのは、この転換期を善用して破天荒な進化を示す可能性を持った国民にとって、少しも怪しむべきことのない、順当な文化過程の推移であると思います。私たちは現代人として自己の位地を正視することに明敏でなければなりません。日本人は只今こういう好い機会に遭遇しているのです。

世にはただ表面の急激な変化に喫驚して、その底に流れる人間性の自発的要求を透察せず、今にも混乱無秩序の澆季《ぎょうき》に入るがごとくに杞憂《きゆう》し、わが国がさながら恐るべき一大危機にでも臨んでいるかのように悲観して、私たちが順当な推移として喜ぶところの現象を呪詛《じゅそ》し、甚だしきはこれを抑圧しようとさえ試みる人たちがあります。しかしそれらの人たちは、古来の文化行程が保守と進歩との対抗反発によって興奮され精錬されて推移するのが常態であって、何の曲折もなく円転として気楽に代謝作用の行われるものでないことを反省しないという誤謬《ごびゅう》に陥っています。混乱ではなくて、古い秩序と新しい秩序との交代が急激に行われるのです。それは一つの目覚ましい交響楽です。今この新生の楽音を理解しない凡俗の耳には、それが騒然たる不協音としてのみ聞えるのでしょう。静止を安定と誤信し、無事を泰平と曲解する現代の落伍者《らくご》には、いかなる新興の生活もただ不快にのみ感ぜられるに違いありません。

私はここに述べたように、すでに日本人の未来を楽観しています。それで私が文筆によって述べるところはすでにこの楽観の範囲を出ないものです。私は私たちが概して順当な推移と大観している現状の中で、できるだけ必要な取捨増減を敢えてして、無駄を省き、不合理を去り、障碍物を除き、新しい力を加えて、その推移を快適にしたいと思います。世界の先進国に比べて、久しく文化の遅滞していたわが国は、むしろ拙速の嫌いがあっても逡巡《しゅんじゅん》するところなく、正大な変化をこの上さらに促進することが急務です。私は同じ時代に生れ合せた人びととともに、お互いの一生の間に、お互いの可能を尽くしたある程度の文化生活を体験したくてなりません。私は、このように期待している日本人の生活の改造が避け得べき障碍を避けず、加うべき努力を加えなかったために、少しでも遷延することを恐れます。

早く「知識を世界に求め」るとともに「中外に施して悖《もと》らざる」道徳の中に生きることを自負した日本人が、この愉快なる新興の機運に、今さら国情の相違を云々して、世界の文化運動から事ごとに除外例を求めようとする退嬰《たいえい》的態度は、国辱をもって非難すべきはもちろん、日本人自身の自卑自屈を反省して恥じ入らねばならないことだと思います。これは傷ましい頽廃《たいはい》期にある国民の間にだけ容認される態度です。私は日本人の生活能力の無限を確信して、このような亡国的態度に反対します。

ある論者は、欧州諸国が数世紀を費やして建設した文化を半世紀にして学ぶことは早計だといいます。改造の推進を妨害するものは、かの国情の相違を云々する保守主義者の迷妄よりも、この類の似非進歩主義者の誤解の方に多いと思います。その人たちはどうしてそのように、日本人の改造運動をすべて欧米の先蹤《せんしょう》に追随するものとして受動的に考えねばならないのでしょうか。「外より入るもの、内に主《しゅ》なくんば留まらず」と淮南子《えなんじ》はいいました。日本人は主体です。外国の文化は栄養です。世界に求めた知識は日本人の自主的生活を強健にすることの外に意義はないと思います。かくして日本人自身の生活を建設するのである限り、欧米の歴史的推移に費やした時間を、わが国もまた襲踏せねばならないという理由は少しもありません。他国が二世紀を経験したから日本もそれに従わねばならないというなら、日本の文化は永久に他国よりも二世紀だけ遅れていねばならないことになります。私はこういう形式主義的な議論が真面目くさって唱えられるのを歯がゆく思います。善は急げです。私はできる限り何事も「即時に」と望みます。

先頃、警視庁からいろいろの人に往復葉書を寄せて、警視庁のなす事は何より先に手を着けたら好いかと質問された時、私はこれに答えて「治安警察法の第五条および第十七条の撤廃運動を、即時に警視庁から始めて頂きたい。進歩した頭脳を持って、今日の人間の内心の要求を透察するのに敏感な官吏は、何事にも、国民の要求を待つまでもなく、進んで先手を打って、人類改造の名誉な事業に魁《さきがけ》をされたい」という意味のことを述べましたが、この「先手を打つ」ということは警視庁にだけ註文することでなくて、日本人全体の今日の態度として必要であろうと思います。私たちは欧米の先例のあるかなきかにかかわらず、それが人類改造の理想に合して、現在に必要な新しい文化内容となるべきものである限り、できるだけ率先して即時にわが国から実現の端緒を開こうと心がけねばなりません。国際労働会議において、わざわざ印度や支那と同列の三等国に成り下がって、労働者の待遇の上に、東洋の君子国が欧米よりも酷薄な待遇をしているという実状を世界に暴露し、これを理由に労働時間の除外例を求めるのに極力運動して、英国政府の代表委員バーンス氏を味方に依頼し、氏から「日本の労働者の劣弱な体質は現代の器械の前に欧米の労働者と同じ能率を挙げることができない」という声明をして貰って、日本の労働者の人格に関する侮辱を意としないようなことはあまりに善を行うに卑怯な態度であるばかりでなく、潑剌《はつらつ》たる新興の意義に乏しい醜い態度だと思います。

わが国の急激な変化として最も顕著なものは、有産階級に対して筋肉労働者と俸給生活者を先頭とした一般無産階級の対抗運動であることは何人も認めるところですが、これは欧米と国情が違うといって為政者と資本家とが温情主義を唱えている矢先に、欧米と同じ性質を持った階級闘争が次第に形成されつつあるのだと思います。世間にはこれを浅薄に解して外来思想の影響だとし、日本人の自発的要求でないと思惟する人たちがあります。さりとて頻繁に起る同盟罷業やサボタージュを無視することもならず、これに対して温情主義または労資協調主義の無力の暴露した今日、やはり欧米の資本家や企業家がとった工場閉鎖や雇用解除の手段を襲踏するとともに、治安警察法と軍隊との威圧を求める外に策の出る所を知らない有様です。

学者のこれに対する議論はと見ると、只今のところ、はなはだ不徹底な程度に停滞しているように思われます。有産無産両階級の「和衷協睦」に信頼する社会改良主義でなければ、労働組合の公認によって労働者の勢力を堅めしめようとする社会主義論に止まっているように見受けられます。何にしても二つの階級の存在を認容した範囲の解決案です。たとえ和衷協睦が成り立っても、それはいつ破裂するかも知れず、また労働組合が政府と企業者とから完全に独立することができたにしても、それだけ二つの階級が闘志と陣容とを充実して階級闘争を激烈にする結果となるでしょう。また労資が協調するにしても、対抗するにしても、無産階級の大多数は消費者として常に高価な物を買わされ、非常な迷惑を被らねばならないでしょう。それでは決して徹底した解決案とはいわれないと思います。

私は階級闘争を一概に嫌う者でないことを明言しておきます。その表面だけを見れば、労働価値の掠奪と回復とを目的とするようですが、無産階級が奮起して経済上の専制階級と争うに至ったその底には、多年の屈従から覚醒して、平等に人間としての生存権を要求する人格的精神が潑剌として動いています。一たび生存権の尊厳に気がついた以上、生存に必要なあらゆる要求が権利として提出されるのは当然です。今は何人も正義の前に敬虔《けいけん》な奉仕者である限り、これらの人格的精神から発した権利の要求を拒むことができません。ただそれを拒むことの許されるのは、無産階級が生存権を行使する口実の下に、有産階級の生存権を侵害し凌辱《りょうじょく》するまでに労働専制の反動時代を生じた場合だけであると思います。

現状のままで放置するなら、階級闘争はますます殺伐な状態にまで押し進むことを疑いません。そうして、次第に団結されたる多数の暴力は、団結されたる少数の暴力を駆逐して、今日の資本専制の恐怖時代に代えるに労働専制の恐怖時代をもってすることも自らあり得べきことであると想像します。私が階級闘争をできるだけ速かに絶滅させたいと思うのはこれがためです。いずれにしても文化生活を裏切って社会をいっそう暗黒に逆転させることであるからです。そうして私の楽観主義は、ここに階級闘争の彼方へ突破する近路を夢想せずにいられないのです。

階級闘争の発生するのは階級意思が存在するからです。階級意思を絶滅することは階級を絶滅するに限ります。あるいは階級意思は人間の本能を根底として後までも残るでしょう。しかし階級さえ絶滅することができたならば、階級意思は一朝にして稀薄となることを私は予想します。たとえ、階級意思は残っていても、階級がなくなってしまえば階級闘争の起こる機会は消滅します。

私は階級意思に代えるに人間平等の思想をもってし、利己主義に代えるに人類相互の愛をもってし、黄金万能主義に代えるに人格の円満なる開展によって文化価値の創造に参加する文化主義をもってし、特権思想に代えるに勤労によって自ら衣食する汎労働主義をもってすることの自覚を、どの階級にも促したいと思います。この自覚は知識においても現在の優強者である資本家たちに何よりもまず望まねばなりません。この自覚が資本家側に多少でも発生すれば、今日のように労働者の勢力が国際的正義の声援を背後にしてますます増大する時に、資本家はその敏感と打算性とだけをもってしても、進んで久しく固守した特権階級を放棄し、人類共同の連帯生活に成員の一人として融合し、在来の不労所得を挙げてその連帯生活の保障に提供することのいかに気安きかを悟らずにはおかないでしょう。華族の特権を自発的に放棄する人のあるように、有産階級の聡明な人たちが何人に強要されることもなく、その所属の階級から我と我が解放する英断が実現されないとは限らないと思います。私はひそかにこのことを祈る者です。

私はこれを必ずしもいい加減な夢想であるとは思いません。ある人は欧米にもまだ先例の創められないことがわが国に起ころうはずはないというでしょう。私が善い事ならば先手を打つようにというのはこれがためです。人間は覚悟一つでいかなる歴史的惰性をも一変しうる者です。自由意志の偉大は突如としてその奇蹟を示します。経済上の不良な階級を絶滅することも決して不可能なことではありません。日本人は五十年以前に武士という政治上の頑固な特権階級をさえ一朝にして容易に絶滅した絶好の実証を持っています、それはほとんど何らの抵抗もなしに春の雪の融けるがごとくに崩壊して、民衆の中に同化し去ったのでした。日本人は欧米の資本家のように深刻な利己的執着を持たず、大勢のわれに非なることに気がつけば、潔く自己を投げ出して団体の諧調の中におくことを拒む者でありません。生活意志の比較的淡泊なのは欠点でもありますが、階級闘争を速かに絶滅させるためには、この国民性が非常に都合好く役立つであろうと思います。

人類が生存権の平等を要求する時、その権利の確保せられる第一条件は、勤労をもって自ら衣食するのみならず、勤労をもって人類の協同生活に奉仕する義務を平等に分担することでなければなりません。ここにおいて、女子は男子の寄生生活から、資本階級は労働者の寄生生活から独立せねばならないことは当然の論理的結果です。かくして階級闘争が避けられる限り、わざわざ欧米の先蹤を追うにおよばないと思います。

もしこういう階級絶滅の福音に感動して、資本家の良心が徹底民主主義的に覚醒するとしたら、これまで階級を死守するために用いられたあらゆる用意と努力は、自己とその所有とをいかに合理的に人類共同の連帯生活へ貢献しようかという目標に向かって集中されねばならないでしょう。少なくも即時に民衆に対して、その現に経営しつつある営利事業を挙げて、数年の後を期し、労働者および従業員の自治に委ねることを誓約するごとき英断に出づる人たちが現れるであろうと想像します。そうしてそれらの模範的先覚者たちは、自己もまた精神的にか、体的にか何らかの能力をもって、労働者または従業員の一席につき、文化生活の勤労を民衆の一人として平等に分担することに安定の道を発見するでしょう。不労所得によって労働者に寄生することの不安と不倫とに責められる良心の苦痛に比べるなら、私たち無産階級の者が、日々額に汗しつつ働いて得た物資によって、乏しきながらも自主的の生活をすることが俯仰《ふぎょう》して天地に愧《は》じず、いかに公明正大の気分に満ちた快潤な生活であるか知れません。

私は正月の初夢を説く積もりで、こういう空想を書きました。ユートピアが訳され、サン・シモン流の唯心主義の社会主義が説かれる時に、私もこれだけのことを思い切って述べて見たくなったのです。同じ資本家階級の代表者でも、このことは武藤山治氏などの耳には全く入らないのでしょうが、聡明な資質の松方幸次郎氏あたりにはあるいは何らかの暗示となるであろうと期待します。

（一九二〇年一月、『女人創造』収載）

質の改造へ

この正月は講和条約によって世界の戦争〔第一次世界大戦〕が終熄して後の第一の正月です。血《ち》腥《なまぐさ》い戦争は済みましたが、世界は決してまだ平和克復の状態をもって安定を得てはいません。世界はその理想とする平和を実現する基礎工事を急いで、人類生活のあらゆる体系に改造の運動を起こしています。思想的にも、政治的にも、経済的にも、社会的にも、家庭的にも何という急激な改造の台風が吹き荒れていることでしょう。この世界の一大転換期は日本にも大河の決潰するような勢いで押し寄せてきました。いかに国情が違うといって高く留ろうとしても、またいかに未開国であると卑下して除外例を求めようとしても、この大勢に逆行することはできなくなりました。日本人も人間として欧米人と同じ霊性を持っています。世界の大勢の刺激に触発されて、欧米人の要求するものと同じものを要求するに至ったのです。

　私たちの周囲には、変革を求める急進的な運動と、それを食い止めようとする保守的運動とが続々として発生しています。これに関する議論の盛んなこともまた確かに騒然たるものがあります。もし今日において、この現状の中にぼんやりとしているなら、私たちは現代の生活からいつの間にか落伍《らくご》して魯鈍《ろどん》な時代遅れの人間とならねばなりません。身は一九二〇年の正月を迎えながら、生活は過去の思想と様式とに停滞するに至るでしょう。もしまた、この現状に気がついていても、何がしかの自主的な理想を持って行動しなければ、現代の混乱に巻き込まれていたずらに右往左往するばかりで、その混乱を大胆に乗り切ることができないでしょう。これを考えると、この正月は決して呑気な正月ではありません。

人によっては、日本の現状をもっぱら破壊的な混乱状態と見て、一概にこれを呪詛《じゅそ》しかつ悲観するでしょう。しかし私はこれをもって大いに新しく建設するための混乱状態であると見てこの中に価値を認め、できるだけ楽観的態度をとっている一人です。世界も日本もこの大勢で推移するならばきっと順当に発展します。私たちは最も望ましい時代に生れたことを喜ばねばなりません。因習思想の中に氷結していた前代の人たちにこういう望ましい時代が急転直下して到来しようとは夢にも想像しなかったのでした。

私たちは現にこういう環境の中に生きています。この時に私たちのなすべきことは、この現実を正視するとともに、この現実の中にある最も秀れた資質を持った未来の生活の芽を培養することであると思います。これらを思うと、社会のすべての人が、片時もぼんやりとしてはいられません。私たちがほんとうに現代人として生きようとする限り、私たちは互いに重大な責任を分担すべき位地にあるのです。今日の哲学は、世界をもって人類の協同生活を実現する地上の天国と解釈し、各人はその協同生活の一員として平等に参加する権利を持っているとともに、その生活に必要な勤労を平等に分担する義務のあることを教えます。私たちは当然私たちの権利および義務として、目前の改造運動に対し自主的に貢献しなければならないのです。

この正月はただ「時」の正月ではなくて、私たちの思想の正月であり生活の正月であると思います。私たちは新しい生活を建造する大任を分担しているのです。私たちがもし現在にも未来にも希望と興味とを失っているような、疲労した、怠惰な魂の持ち主であるなら、もっぱら過去の迷信と因習との中に隠居して、この人間の一大改造期に目を閉じる外はないでしょうが、私たちにはみずみずしい魂があります。童女が正月の喜びをその鞠《まり》に現わすように、私たちも未来をめがけて躍り上がる自らの若々しい心を抑えることができません。この感想の初めに「この正月は特別の意義をもって私の心を興奮させかつ緊張させます」と述べたのはこの意味からです。

私が人類の改造運動に参加するという意味は、一概に男も女も屋外に飛び出して、労働問題や普通選挙問題の衆団的運動に参加するというのではなく、まず何よりも自分自身の思想と日常生活とを、改造運動の精神によって改造することをいうのです。改造は個人の改造と社会組織の改造と二つの面を持っていて、同時に二面を実行するのは望ましいことですが、もしいずれが先に急務であるかというなら個人の改造であると思います。

昔の人は幾本かの矢を一所に束ねて結合された衆団の力の堅固なことを誨《おし》えましたが、しかし軟弱な矢を幾本集めても結合の力を生じるはずがありませんから、何よりもまず一本一本の矢の強いことが大切です。世界の文化は個人の陶冶を基礎とします。自分自身の改造が最も切迫した緊要の問題となります。私は個人自身を改造することによって世界人類の改造に参加しようと思います。この点は、最初からもっぱら他人を指導したがる人たちや、自己を空しくして社会奉仕を唱える人たちとは意見を異にしています。

私たちは現在の環境の中にいて、どれだけ自分自身が自由にかつ合理的に新しくなっているかを反省しなければなりません。私が前段に「現実を正視する」といったのは、何よりも自己の現状を正しく知ることであるのです。

私たちは人格的に独立した一個の主体であるのですが、果たして自律的に行動しているでしょうか。私たちは自分自身を目的としないで、何らかの自分以外の勢力の手段とはなっていないでしょうか。国家も、家庭も、黄金も、すべて人類共存の機関であるのに、反対に個人がそれらのものに従属してはいないでしょうか。私たちは口頭において人爵を蔑視し、営利主義の不道徳を非難しながら、その内心では、機会さえあったら自分も位階勲等に誇り、資本家の栄華を模《ま》ねようとする欲望を持ってはいないでしょうか。私たちはそういう奴隷思想や階級思想から解放されねばなりません。

また人類は人格的に平等であって、性別は優劣の差を生ぜず、生殖の一事を除けば男か女かを考慮する必要のないにかかわらず、ある人は婦人としての立場からのみ何事をも考え、ある人は男子としての立場からのみ何事をも考えるというような偏頗《へんぱ》な人生観に固着してはいないでしょうか。性別的思想に囚われて物事を観察することの非なるは、資本家がもっぱら資本階級的思想から、労働者がもっぱら労働階級的思想から立論するのと同様です。何事も、ひとしく人間としての立場から考察しない限り、とうてい公平な軌範的立論を成すことはできません。

例えば階級思想の束縛から私たちが自由になっていたら、女中一つでも只今のような待遇では家におけないはずであり、女中も居つかないはずです。八時間労働の精神は家庭にも適用されねばならず、賃金の増額も同じく家庭内の労働者に均霑《きんてん》されねばなりません。概して女中の方が女工よりも過度に多い時間を働いて、――いずれも十五、六時間労働でない者はありません。――その賃金は不当に少額を給されています。半期ごとに賞与というようなものも工場労働者や会社員のように支給されるのではないのです。こういう目前の不公平から改造して、女中を奴隷視することなく、一人の人格者とし、独立した職業婦人と見て、主従の差別を立てる階級的待遇でなく、人間として対等の関係におき、正当な報酬を毎月支払うとともに、労働時間の制限を実行して、規定以外の時間は女中の自由に一任すべきものであると思います。家庭の改良を唱える指導者たちがただ物質的の倹約ばかりをいって、肝腎の精神的な改造、すなわち女中の待遇のような、家庭の民主主義化におよばないのは遺憾です。

また私たちが性別的思想から解放されていたら、婦人のみの団体行動、女子のみの学校教育というようなものは回避しなければならないはずです。人生は男女協同の組合です。教育も男女協同、家庭も社会も政治も男女協同の精神と様式とをとるのが正当だと思います。この意味から私は婦人会というものにあきたらず、婦人を除外した普通選挙を不備として攻撃し、女子のみに家庭の責任を帰している賢母良妻主義にも反対している一人です。

それから私たち婦人の特に反省せねばならぬことは、不労所得によって法外の濫費を繰り返していることです。今日世界の資本家の受けている道徳的の非難は、よく考えて見ると多数の女子もまた甘受せねばならない非難だと思います。多数の資本家は労働者に寄生して、その労働の成果を大部分横取りしながら自己の物質的生活に濫費しているのですが、女子は男子に寄生し男子の財力によって不当な衣服調度の粧飾に濫費しています。それらの女子は労働しないで奢侈《しゃし》な物質的生活をすることを女子の特権のように考えているのです。資本家の大部分が道徳的に腐敗して、不労遊惰な生活をするのを自分たちの階級の特権と心得ているのと相似た心理であると思います。

こういうふうに自己の現実を正視してくると、幾多の不合理や、不道徳や、迷信やを発見します。このままでは新しく押し寄せてきた改造の機運にとうてい追随していかれないことに気がつきます。遅まきながら婦人の幻滅時代がきました。私たち婦人は大急ぎで自分自身の改造に着手しなければなりません。

只今わが国に唱えられているところの改造は、まだ概して形式の改造や量の改造に止まっているようですが、私たちは進んで精神の改造や質の改造を心がけたいと思います。例えば労働問題にしても、賃金の額を改める、労働時間を改めるという程度の改造が要求されているのですが、人間の能率を高める意味の改造が行われなければ、勤勉な職工と怠惰な職工とが同一の時間、同一の賃金で働きながら、その成績が同一でないという不公平が生じます。各学校の昇格運動にしても同様です。形式だけが大学となっても、その学生の実力がそれに伴わなければ、実力のある大学との権衡が不公平になります。改造は人類の生活をより公平にすることであるのに、形式と量との程度に止まる改造は、かえって社会をより不公平にします。どの職工も時間と賃金との量だけが平等になり、どの学校も大学という形式だけが均一になれば、それがために人間の質が道徳的に、知識的に、作業的に堕落し悪化します。私は量と形式の改造をも必要とする者ですが、それと同時に精神と質との改造をいっそう緊要であると考えます。

最近にラッセルの『改造の原理』が松本悟朗氏の筆で翻訳されました。改造の意義を知るには誠に好い手引きであると思いますから、その一読をお勧めします。

（一九二〇年一月、『女人創造』収載）

むしろ父性を保護せよ

人生は男女の協同から成り立つ。男女が一切のことを連帯責任を自覚し、その責任を公平に分担していくなら、そこに男女相本位のむつまじい社会が実現するに違いありません。男子が特に威張ることもなければ、女子が特に卑下することもないはずです。また男子はよけいに生活上の責任を負担して、女子は少なくその責任を負担するという不公平もないはずです。したがって家庭の労務にしても男女の性別によってその負担に不公平のあるべきものとは思われません。私は「男子の本務が社会にある、女子の本務が家庭にある」というような偏頗《へんば》な議論に反対します。

子女の養育にも、教育にも父母の双方が公平にその親たる愛と勤労とを尽くすのが正当です。父は主として屋外に働く者で、母はもっぱら家庭の労務に当らねばならないということを主張する男子があるなら、その男子はあまりに父性の責任を粗略にしています。そういう男子がある以上、フランスの女権論者のように、父性の保護を唱える必要があります。それは父性の退化、父性の頽廃《たいはい》です。男子は従来の習慣があまりに内を外にして、子女に対する親の責任を女子にのみ強要していることの怠慢を反省しなければなりません。またそういう習慣に甘んじて、子女に対する親の責任を一手に引き受けている女子もまた甚だしい僭越《せんえつ》を敢えてしていることを覚らなければなりません。子女は父母の平等なる愛護の中に鞠育《きくいく》されるのが正当です。それが家庭教育の極致です。それでこそ子女の完全に育っていくことが期待されます。母のみがその責任に当たることは変則であり偏頗です。ただし賢母の下から比較的多く立派な人格が出るのは事実です。それなら賢父と賢母とが協力して子女を鞠育したらいっそう立派な人格が現るべきはずです。只今の社会はそれと反対に、はなはだ聡明でない母のみに家庭における責任を押しつけようとし、多数の女子はそのことの不条理を反省せず、わが身にとって過重な負担であることを知らずに、愚かにも、家庭の一切の労務を引き受けることが女子の天職であり特権であるかのごとくに迷信しています。

親としての責任は人間の創造にあります。人間が子女を生みかつ育てるのは、単に種族保存という生物学的の責任を果たすのみではなく、文化生活の継続者であり併せて開拓者である新しい人類を創造するためです。この偉大なる事業を片親のみで負担しようとする女子は甚だしい僭越を敢えてする愚者であり、女子を駆って独りこの重大なる責任に当たらしめようとする男子は、父性の義務を抛《なげう》って、この偉大なる事業を裏切る怠け者であると思います。そうして、愚者も、怠け者も、人類の協同生活の円満なる成立と発達とを妨げていることは同一です。

一体に今の男子は家をあけ過ぎます。もとより経済組織や社会組織が善くないところから、男子がそういう外出を余義なくされるという事情もありますが、一つの重大な理由は、男子の父性が非常に麻痺しているとともに、子女に対する鞠育の労務を女子とともに分担することの責任観念が鈍磨しているからです。ほとんど全部の男子が父性の敏感と努力とを欠いています。その証拠には、母に代わって仮にも乳呑児を抱いたり寝かせつけたり、襁褓《おしめ》の世話をしたりすることを男子の恥辱と感じる父が無数にあります。彼らは乳呑児のために母がいかに毎夜安眠不足を続けているかを知らないのです。たとえ知っていても同情するところがなく、一夜でも母に代わって、子供たちに寝物語をしてやろう、夜中に蒲団を踏み脱ぐ子供を幾回も見廻ってやろうというような奇特な実行を示しません。子供の病気する場合などに夜の目も寝ずに看護する者は概して母ばかりです。もし男子が父性の責任を解して、一日に必ず二時間でも子供と一緒にいたり、毎夜母の心づかいと勤労との半分を負担したりする熱心があるなら、どれだけ子女の養育と教育の上に好い効果が挙がるか知れないでしょう。母親も過労のために気力を失うことなく、その父親の協力によって余された時を利用して、男子と同じだけの思索にも、労働にも、また享楽にも能力を分配して人間らしく生きることができるでしょう。

このことは現代の社会制度の中でも男子の心がけ次第で決して行われがたいことでなく、昔から極めて少数の父は、子女の養育について、母と協力して私のいうような細事にまで労力を分担しています。分担しなければその父の愛情が満足しないからです。こういう子煩悩な両親がそろっている実例は、明治大正の教育を受けた若い夫婦の間に少しずつふえていく傾向があります。私の友人の間にもかなり多くの実例を発見します。私たち夫婦の家庭にしても二十年近くそれを実行しています。こういう両親の間に育てられる子供は、どれだけ幸福だか知れません。父親が母と同じだけの愛情と労力とをもって子供に奉仕するほど美しく温かい家庭はないと思います。これまでのように、父が毎日家をあけて子供に接近する機会が少なく、接近するにしても父は厳なるが好い、母のみが愛をもって育てるというふうでは、子供は父の人間性に触れずにしまいます。同じ親でありながら、あまりに子供に触れ過ぎて愛に溺れる母と、あまりに子供に触れないで愛に欠ける父とが対立している家庭は、決して理想的の家庭とはいわれません。

世間では、父親が小学へ行く幼ない子供の送り迎えをしたり、母に代わって乳呑児に牛乳を呑ませる世話をしたり、子供を膝にのせてあやしたりするのを見ると、ひそかにその子煩悩を嘲り、女々しい男子のように侮蔑する習慣があります。何という非人間的な習慣でしょう。人間の解放を求め社会の改造を志す者は、そういう習慣から速やかに脱するようにしなければなりません。私が今こういうことを述べると、非人間的な習慣の手に久しく父性を腐敗させているほとんど全部の男子は、私の真意を曲解して、これを女子が母たる責任を回避するわがままな心術から出たところの要求のように罵られるでしょう。また私の真意を了解される少数の男子は、私の説の実行の不可能を理由として一笑に付されるでしょう。前者に対しては、母としての私が、自分の子女の養育と教育とについて、いかに平生多くの苦心を費やしているかを実際に見て頂けば解ることだと思いますが、後者に対しては少しく述べておかねばなりません。

私は人類生活の改造について、経済組織の改造よりも労働組織の改造に重きをおく者です。私は文化主義の実現を目的とする生活でなければ人類の合理的生活とはいわれないものであると思い、その文化生活の実現に貢献する一切の精神的および筋肉的の活動をことごとく「労働」の名目の下に総括して考えています。そうして一切の人間がこの労働を分担することは権利であるとともに義務であると信じている私は、第一に必要な物質的生産の労働に、成年以上の男女が——芸術家も、学者も、官吏も、教育者も、商人も、その他すべての職業の者も——ことごとく公平に毎日二、三時間ずつ従事して、これによって正当な物質的生活資料の分配を受け、衣食住の保障を得ながら、さらに他の時間を家庭のため、社会人類のため、学問芸術のため、政治のため、教育のために労働するような労働組織の中に、全人類を包容したいと思っています。そうなれば、人類はことごとく労働者です。社会に不労遊惰の習慣が全くなくなり、一切の人間が物質的生産に必要な労働を分担するのですから、男子も女子も今日の賃金労働者や俸給勤労者のように、終日または終夜、屋外の労働に服する必要がありません。したがって一切の人間が八時間労働はおろかわずかに二、三時間の筋肉労働を工場や田畑で取りさえすれば、その他は家庭の労働にも服し、また図書館や研究室の労働にも服し、また美術館、劇場、音楽会等へ出入して芸術を享楽することもできるでしょう。

　これが私の理想とする汎労働主義の生活です。孟子のいわゆる「賢者と民と並に耕して食う」社会です。人類をこういう労働組織の中におくのでなければ、徹底したデモクラシーの生活を実現することも、男女相互本位の協同生活を実現することもできません。資本家階級と賃金労働者階級と、専制階級と奴隷階級と、不労遊惰階級と労働過重階級と、有産階級と無産階級とが対立して、おのおの利己主義の下にいがみ合っている現在の社会制度が維持される限り、ほんとうの人道平和の生活は建設されないのですから、人類がこの現状に不満を感ずる以上、どうしても私のいうような労働組織によって生活改造の血路を開くことに落ちつく外はなかろうと思います。私の直覚はこのことの可能を期待せずにいられません。

私が近年女子の労働を主張するのもこの意味から主張するので、従来の女子があまりに家庭の一方に偏した労働をして、人生に必要なるあらゆる労働の分担について怠けているのを修正しようとするのですが、今はまた男子たちに対しても、その労働があまりに屋外に偏して、家庭における父性の労働から遠ざかっていることを反省して頂くことは正当な要求であろうと思います。女流評論家の中には、女子が屋外の労働に服する近頃の傾向を見て「家庭の危機」であるというふうに速断し、母性の保護を唱道する人のあるのを見受けますが、私はむしろ反対に、只今は父性の保護を要求すべき時であると感じます。女子が経済的独立のため、もしくは政治的独立のために屋外の労働を敢えてするのは、従来の遊惰な寄生生活から解放されて、自治的気分の中に人格者としての進歩を示そうとするのですから、それを祝するとも決して呪うべきではありません。この傾向を抑圧して、いつまでも女子を家庭に押し籠めておこうとする男子こそ、そのわがままと父性の頽廃とを非難さるべきであろうと思います。

父性の責任からあまりに離れ過ぎた男子に反省を願うことは、女子とともに子女の養育を分担されたいという意味ばかりでなく、家庭以外に多くの時間を費やしつつある現在の男子は、飽くことなき黄金万能主義により、酒精と醜業婦とに接近する習慣により、陋劣《ろうれつ》なる政治運動により、花柳病の保菌者たることにより、常にその父性のみならず、高貴なる人間性全体を悪化させつつあるからです。一人で五か所以上十余か所の会社銀行等に重役となって、営利と虚栄とのために外出がちの忙しい日送りをしている大紳士の家庭から、しばしば倫理的に不良なる子女や心理的に低能な子女を出すことの悲惨な実例はそもそも何を語っているでしょうか。父性の悪化が家庭におよぼす影響は家庭にある母の無能無知であるのと相まって、子女の精神と肉体とをどれだけ害しているか知れません。

私は現在の母の無能無知を遺憾ながら承認します。しかし母は知識的に愚かであり創造的に無能であるだけです。母はまだ父ほど倫理的に甚だしく悪化していません。全国の囚人の九割強までが男子であるという事実から推しても、女子が積極的に悪性な社会的習慣に染んでいないことが想像されます。もし家庭の危機を叫ぶなら、私は父性の退化と悪化とを理由として叫びたいと思います。只今の女子は以前の女子とちがい、日を追うて昨非《さくひ》を自覚し、母性の醇化《じゅんか》を計ろうと望むのみならず、一個の独立したる人格者として自己の改造を計ろうとする傾向を持っています。論者が女子に対して母性の退化を憂うる熱心があるなら、それよりもまず父性の復興について男子の反省を促すことの方が急務であろうと思います。

（一九一九年九月十六日、『女人創造』収載）

人間性の教育

わが国の教育は非常に改善されたというにかかわらず、私のように現在の教育に囚われない立場にいて、しかも自己と子供との教育を切実に感じている者の目には、いろいろと遺憾な点を多く発見します。なかんずく最も重大な欠点は、人間に最も大切な愛の本能と創造の本能が萎縮していることです。

私はこの二つの本能を人間性と名づけます。これらの本能を持っているということ、そうしてこれらの本能が無限に開展していくということ、これが他の生物になくて、人間にのみある重要な特性だからです。人間性があるので初めて人格が成立します。人が人間性を閑却すれば、生物学的生存があるばかりで人格的生活がなくなります。人格の価値は要するに人間性の価値です。人間性は自由闊達《かったつ》にかつ円満豊麗に開展し活動する本能です。これあるがために人間に自律独存の生活が実現されます。またこれあるがために人間の文化生活が進展し増大していきます。

人間性を抑圧する社会では、人間がすべて奴隷化し機械化します。人が人に仕えるか、人が貨幣によって代表される物質に仕えるか、いずれにしても個人としての独立を失わずにはいません。

同時に奴隷化し機械化した人間には、優雅がなくて粗野があり、批判がなくて付和があり、自信がなくて妄動があり、発明がなくて模倣があるのはやむをえない結果だと思います。

そうして、今日の教育が実に人間性を抑圧している教育です。女子教育のみならず、一般に教育がそうです。家庭教育と学校教育とがいずれも人間の独立を促すことの代わりに、人間を自己以外の何物かに隷属させることばかりを目的としています。

試みに男子でいえば、小学時代からすでに何かの職業につくことの準備として勉強するという自覚を促されます。すなわち「大きくなったら何になる。軍人になる。役人になる。教師になる。商人になる」という職業的意識を促されます。それが中学以上になるとますます顕著になっていきます。殊に徒弟学校、商業学校、工業学校、商船学校、士官学校、師範学校というふうな専門学校というふうな専門学校になると、極端に職業的専門教育のみが施されます。

女子教育も同様です。女子は小学教育から早くも妻として、母として、家庭婦人として、男子と家族制度とに隷属するための薫陶のみが強要されます。裁縫や家政やに多くの時間を割かれるというだけでも奴隷の教育ですが、修身科というものが全く女子の精神的独立を阻害して、男子の隷属物たるに都合の好いような、忍従的、犠牲的、退嬰《たいえい》的、寄生的の特殊道徳を教えるようになっています。

それですから、今日の教育は、その効果が挙がれば挙がる程、男子は貨幣価値をもって換算される職業の奴隷となってしまいます。資本家はできるでしょう、企業家はできるでしょう、軍人、官吏、教師、実業家、会社員、筋肉労働者はできるでしょう。しかし貨幣以上に超然として人格的に独立した男子を養成することはできません。

女子もまた、文部省の要求する通りのいわゆる賢母良妻型の婦人はでき上るでしょう。しかしそれは要するに、幼にしては父母に従い、長じては良人《おっと》に従い、老いては子に従うところの、人格的独立を持たない一種の奴隷婦人に外ならない者です。

男子と女子とに非常な人格的優劣があると思うのは間違いです。優劣があるのは、奴隷としての教育に比例する差等があるばかりです。男子は貨幣の奴隷であり、女子は男子と家族制度の奴隷であって、奴隷たることは同じです。ただ高等な奴隷教育を受けた男子は高等奴隷となり、低級な奴隷教育を受けた女子は低級奴隷となっているという優劣の差があるだけのことです。

私のいうことを疑われる人たちは、試みに今日の学校教育を御覧になるがよろしい。そこには全く愛の教育が施されていないとともに、創造の教育も全く施されていないのです。この二つの欠点を併せて点検するのに便宜なものは小学および中等学校の唱歌です。現在の唱歌というものが何たる俗悪な言語の集合でしょう。その中に芸術的価値を持った作物がほとんど一篇もないということは、今の学校教育に創造本能の欠乏している有力な証拠です。多数の教師たちはその俗悪な唱歌に無関心でいることができるのです。同時に、その唱歌にはそれがやがて自然の愛、男女の愛、朋友の愛、社会の愛、世界人類の愛にまで開展すべき、純粋にして高潔であり、素朴にして温か味のある愛情の表現が全く欠けているではありませんか。

それらの非芸術的な唱歌はいちいちここに実例を引証するまでもないでしょう。もし実例を必要とする人たちがあれば、小学と女学校とにおける現行唱歌のいずれを参照されても、私の感想を裏書きしないものはないのに驚かれるでしょう。おまけに、それらの唱歌はほとんど皆、文部省の監督範囲にある教育者たちの制作したものばかりです。私はそれらのものを制作して唱歌の名を自負しうる教育者たちの芸術的鈍感に呆れざるを得ません。

男子の教育では、中学以上の学校に全く唱歌を欠いています。家庭においてはいっそうこういうことのない無味乾燥な家庭が大多数を占めています。琴や三味線の邦楽を女子に教える家庭があるにしても、その唄は徳川時代における遊蕩《ゆうとう》生活の遺物であって、私たちの要求する高華な愛情の表現は毫末《ごうまつ》もなく、教育のためにはかえって排斥すべき性質のものが多いのです。ある家庭には洋楽と共に新曲の唄が歌われるにしても、その唄が詩としての価値を備えているかというに、百篇の中に辛うじて一、二篇を挙げ得ることも覚束ないくらいです。只今のわが国の状態では、このように音楽と詩とが極端に分裂しています。

愛の本能と創造の本能とが最も好く一致して具体化さるべき唱歌がすでに右のごとくである以上、現在の学校において人間性の開発を促すべき機会はないといわねばなりません。学校の修身科が学生に蔑視せられもしくは嫌厭《けんえん》せられている理由は、説明するまでもなく、明治の教育を受けた人なら何人も一たび実験して合点されているはずです。人間性の自由を全く殺しているものが修身科であると断言しても、異議を述べる人はなかろうと思います。

人間性を開発することは芸術主義の教育でなければよくすることのできないものです。しかるにわが国の学校では、芸術らしいものを教えられる機会が全くありません。小中学と女学校とに図画の教課はあっても、それは山本鼎さんのいわゆる「国定臨画帖を模写する」教課であって、自然の愛を教え芸術の創造を教える立派な教育になっていません。第一にそういうことの解る芸術気質の人物を図画の教師にも他の教師にも発見することがはなはだ困難です。国語科というものはあっても、古文や現代文の断片を講義する教課であって、文学趣味を教えることを目的としていません。国語科が文学を教えないというのは花屋が花を売らないのと同じけしからん矛盾ですが、わが国の教育界の事実だから仕方がありません。このことは大学の国文科に入っても同様です。大学の国文の教師といわれる人たちに一人の文学者もいないのが恥ずかしいことながら覆うことのできない事実です。殊におかしいのは、国文の教課がどの学校においても現代文を課しながら現代の文学を教えないことです。小説や詩歌を読んだり書いたりすることはかえって学校が厳重に禁じています。女子高等師範や某私立大学の作文の教師に口語文は危険思想を誘致するといって絶対に排斥するような固陋《ころう》な人物が幅をきかせているのですから、文学などは思いも寄らないのが当然かも知れません。東西の両帝国大学の国文科から、中途で退学された谷崎潤一郎さんを除いて外に一人の小説家も出ていないということだけでも、わが国では高等教育においてさえ創作本能の虐待されていることが思われます。

大学ではまだ外国文学科や哲学科において世界の芸術に触れることができますから、国文科以外の出身で、有島武郎、芥川龍之介、菊池寛、里見弴、久米正雄、江口渙諸氏のような小説作家を現に出していますが、大学以外の専門学校では文学上の創作でもできるような人物を出すべき誘因を全く欠いています。専門学校にそれを望むのは方角違いだといってしまえばそれまでですが、私は教育というものをそのようにある目的の準備として専門化してしまうべきものでないと考えています。教育は準備でなくて生活そのものです。小学教育は幼年時代の生活であり、中学や高等女学校は少年時代の生活であるのですから、その中にその当時の生活内容のすべてが体験されねばなりません。殊に愛と創造とは生活の原動力であり、また中心目的である以上、一日もそれの生活を欠いては魂のない教育といわねばなりません。

創造といっても学生にことごとく文学を課せよという意味でなく、芸術気質を持った教師が学生の芸術気質を刺激する心がけをどの学科の上にも適用して欲しいと思うのです。芸術気質とは、どの学科に対しても自力創造の本能を主として働かせるとともに、その創造の享楽を最上の目的とし、それに伴う功利的な欲望を第二第三のものとして軽視する気質です。すなわち専門の芸術家が体験する純粋創造の法悦と同じ境地に没入することは、いかなる学問技術の上にも、すべての人びとが、深いと浅いとの差別はあるにせよ、一様に到達することのできるものであると信じます。その境地に到達してこそ学生は学生の生活を励むことも楽しむこともできます。課業が強制でなく、苦痛でなく、ほんとうに生き甲斐のある生活そのものとなります。只今のように教育の目的が脱線して、男子には職業生活の準備、女子には家庭奉仕の準備という低級な範囲にある限り、勉強は試験勉強に終始し、学生の脳髄は模倣暗記の機械となり、学校教育が自由闊達な青春時代の生活そのものでなくて、いやいやながら功利実用のために引きずられていく苦しい筋肉労働の一種に堕落してしまいます。

この創造本能の抑圧については、近頃わが国の教育者も気がついて、しきりに教育の芸術化ということを唱えられるようになりましたから、追々に改善されていくことであろうと思いますが、しかしこの欠陥を修正するために、何よりも教師自身の頭脳を芸術的に改造しなければなりません。教師が創造し暗示すべき何物をも持っていないで、学生の創造力を啓発誘導しようとすることは不可能です。私は小学教育において、現に芸術主義の教育の実行として自由作文というものを課せられていることを知っています。その主張は非常に好いことですが、それには教師の実力が従来よりも幾層か優れていなければならないということが閑却されているために、人の子を過つことにおいて、他律的な課題作文と同様の危険を示しています。教室において特に干渉せずとも、教師の一顰一笑《いっぴんいっしょう》までが小中学時代の学生に対する有力な暗示となることはもちろんです。教師がまず自身に豊富な創造力を持っているといないとで、その学生の自由作文が課題作文と同じく平俗な程度の表現にしか役立たないことになります。仮にでき上った学生の自由作文が優秀な創造力を示していても、教師にそれを批判する能力が乏しければ薫蕕《くんゆう》を混淆《こんこう》し、もしくは石を目して玉と推賞する過失を重ねずにいません。私は最近一、二年間の教育雑誌の上で、小学生徒の作文の実例に優劣を付している教師の批判に、私たちの鑑賞眼と全く反対なものの多いのを見て、特にこの感を深くしています。

作文、唱歌、図画のような純粋創造に属する教課がすでに芸術気質を失っているとすれば、その他の学科において今もなお専制的、模倣的、他律的な教育の施されていることはいうまでもありません。

愛の教育の欠乏に至ってはさらに甚だしいものがあります。中等程度の男女の学校において現代小説の繙読《はんどく》を厳禁しているという一事でも、いかにそれらの教育が人間的情味の欠けた、乾燥しきったものであるかが想像されます。日本の一般の男女は学校教育と家庭教育との範囲に正直に止まっている限り、一生涯、一度も愛情について教えられるところがないのです。女子でいえば、恋愛の意義を教えられずして、恋愛の後に来るべき結婚と育児法とを突然に教えられ、何の理由もなく、夫婦相和せよ、舅姑に対しても良人のごとくに柔順に奉仕せよ。妊娠時の衛生はかくせよ分娩時の手当はかくせよと強制されるのです。愛の教育を仮にも加えずにおいて、円満なる夫婦生活を作れということは、基礎なしに家屋を建てよというに等しい乱暴な教育だと思います。

おまけに近頃は、性欲教育ということが主張されます。倫理学、衛生学、優生学等の見地から少しも異議を挟むべき余地のない主張ですが、愛の教育を第一に施さずにおいて性欲教育を課することは、燐寸《マッチ》をすって火薬の有所《ありか》を示すようなものです。私はそれの反対暗示の危険を怖れずにいられません。私はそれを主張せられる教育家の真摯なる態度を尊敬しながら、なおそれよりも重要な愛の教育の欠乏に考察のおよばないことを惜しみます。

愛の教育を等閑にしている社会において、華族や富豪の家庭婦人が自動車の運転手と特殊な愛情関係を生じたからといって、それを当事者のみの過失であるように非難することはできないと思います。そういうことを第一に非難する人たちは教育者ですが、それが教育者自身の職責を尽さなかったことに原因しているのをなぜ反省されないのでしょうか。

しかし私は決して教育者ばかりを責めようとする者ではありません。今日は教育者自身が創造の生活から遠ざかっているごとく、同じく愛の生活からも遠ざかっているのです。小学や女学校において、男女教員の間の友愛がいかに甚だしく欠乏しているかは何人も知るところです。友愛がすでにそのように乏しいのですから、たまたま両者の間に恋愛関係の生じるような特殊な場合があれば、それは何の批判も同情もなしに、教育界からも社会からも、野合として蔑視され、醜《しゅう》交《こう》として攻撃され、教育者にあるまじき道徳上の罪悪として、そのことは直ちに免職をもって処分されずにおきません。私は不幸な当事者たちから訴えられてそれらの実例をいくつも知っています。それを聞くたびに、愛の生活を第一義としている私たちは、この点において教育者の生活がいかに野蛮なものであるかを顰蹙《ひんしゅく》せずにいられません。

それから教育者が全く寒巌枯木の非人情主義に終始しているかというと、反対に放縦無恥な行為の秘密に行われるのは教育界や宗教界に多いといわれます。教育者も人間です。あまりに周囲の圧迫が峻厳《しゅんげん》であればやむをえず虚偽の生活に本能の満足を求める結果になります。愛の自由のないところには愛の精神もなく、愛に似て愛でない肉欲主義に本能の解放を求める教育者の私生活には大いに同情すべきところがあると思います。

教育者のみを咎《とが》めてはなりません。社会に愛の教育が不足していることを何人にも反省して頂きたいと思います。例えば今日の社会に重大な勢力を持っているのは政治家です。しかるに写真を介して見る原敬氏の顔にも、加藤高明氏の顔にも、私たちの要求しているような自由闊達な愛の表現を認めることができるでしょうか。私たちはこの二大政党の首領の頭脳に、その生活を世界人類の生活にまで連帯されるような偉大な愛はもちろん、私たちの一篇の詩、一首の歌にでも破顔することのできるような人間的情味が躍動していようとは思われません。しかも日本人はそのような人間性の多少を政治家の評価には入れていないのです。冷静な政治的頭脳――それは策略をいかに利用して、権力をいかに民衆と反対党の上に張ろうかとする商量を最上の内容とする頭脳――の優れているという点をもって、政治家の唯一の資格としているに過ぎません。このように社会に愛の要求が不足し、したがって愛の教育の要求が不足しています。

愛の本能と、創造の本能、この二つのものを自由闊達に開展させるのでなければ、日本人の生活は世界の進化と協同することができません。政治問題、社会問題、労働問題、経済問題のすべてがこれらの本能を基礎としなければ、はなはだ調子の低いものになろうと思います。

（一九二〇年三月、『女人創造』収載）

女教師たちに

私は平生、女教師たちに対して多大の尊敬と親愛とを捧げています。女教師たちは日本婦人の中の少数の選良です。一般の婦人は小学ないし女学校の程度で教育を打ち切ることを余儀なくされているのに、女教師たちだけは、自己の完成のためのみならず、他人を指導するという聖職のために、私たちの知らない高級な教育を受けておいでになります。一般の婦人は家庭に固着すべく強要されて、男子と平等な教育を拒まれているのですが、女教師たちはその自由意思で、どのような高等教育でも自修することを大ぴらに許されています。女教師たちは教室以外の時間をことごとく読書と研究とに費やしたからといって、褒められこそすれ、「けしからん事だ、女らしからぬ事だ」といって非難される恐れがありません。こういうふうに教育の自由を持っていられるというのは、何よりも幸福な人たちだと思います。

そのうえ、人間の職業もたくさんあるのに、人の師となって、精神的方面から直接に未来の文化の創造に当られるということは、何たる神聖な、また何たる偉大な職業でしょう。私は親となることの幸福と光栄とを十分に感謝している一人ですが、親と教師とは目的を同じくしていながら道程を異にしていて、教師は全く親と異なった活動の領域と独特の存在理由とを持っています。親と教師とは最も親密な関係において交差していながら、互いに侵し難い領域を持って独立しています。親の感化力は数人のわが子に限られているのに、教師の感化力は血族関係を超えて多数の子女におよびます。また親の指導の外にどうしても教師の刺激を頼まねば子女の順当な啓発を期待し難いものがあります。こうして親と教師との職責は明白に区別されています。すべての教師が親を兼ねることはできますが、すべての親が教師を兼ねることはできません。それですから女教師は婦人の中で特別の聖職についていられる選良だと私は申すのです。同じ婦人に生まれながら、私たちは親たる光栄の上にさらに教師となる二重の光栄を荷うだけの優秀な資格を持っていません。

私は女教師の生活を以上のように理想化して、尊敬し、親愛し、かつ羨望しています。しかし女教師たちの実状に目を移す時、私は女教師たちがその各自の職業の意義と尊貴とについて、どれだけ徹底した自覚と自重とを持っていられるかを懸念します。また同時に、社会の期待と待遇とが女教師たちの徹底した自覚と自重とを、どれだけ促進し擁護しているかを危ぶみます。

有り体にいえば、只今の社会は女教師たちのために決して良好な環境ではありません。男尊女卑主義の道徳、習慣、制度が、一般の家庭婦人に対してのみならず、女教師たちの上にも圧力を加えています。女教師たちは精神的にも物質的にも男子の教師に比べていっそう菲薄《ひはく》な待遇を与えられています。社会が女教師を軽視しているばかりでなく、同僚の男子が事ごとに侮蔑の感情と態度とをもって女教師に対しています。女教師たちがこういう環境におかれている以上、日当りの悪い痩地に捨蒔にされた種と同じく、自由豊満な発達を妨げられているのはやむをえません。私はそのことに十分同情を寄せているのですが、しかし一面に女教師たちの自発的活動の甚だしく鈍っていることについても多大の遺憾を感じます。女教師が軽視される原因は環境の不良ばかりでないと思います。

私はどの小学、どの女学校にも、正しい理想の下に常に新しい感情と思想の修養を励み、自己の創造進化に敢為の努力を続ける、若々しい気象の女教師たちがきっと一人や二人あることを認めてひそかに推服しているのですが、その他の女教師たちを想像すると、概して教育者たることの自負を閑却し、社会の進歩から精神的に落伍《らくご》して、ただ学校の機械となり、俸給を目的とする職業婦人となって、愛も、創造も、見識も、高尚な享楽もない平凡順俗な動作を繰り返していられるに過ぎません。理想としては、何事につけても日本の婦人の中に先覚者となり指導者となって、最新の思想と、最高の熱情とを代表すべきはずの女教師たちが、かえって現在のように社会から孤立し落伍していられるようでは、社会はもちろん、学校の内部における男子から、一種の侮蔑をもって待遇されても、十分に抗議する訳にいかなかろうと思います。

私は最近一、二年間における各種の女教員大会で女教師たちの揚げられた現代的気焔に感服しながら、なお非常に不安に思うことは、その気焔がどれだけ徹底した聡明な個人的覚醒からやむにやまれずして自発しているかということです。

女教師たちが今日のように活動の威力を失っていられることは、私たち婦人のために指導者を欠いているのと同じです。私は女教師たちの間から女教師たち自身のために現状打破の運動が翕《きゅう》然《ぜん》として起こってくることを祈ります。

（一九二〇年三月、『女人創造』収載）

女子と高等教育

二十世紀は婦人と児童の世紀であるといわれるくらいに、今は先進の文明国でこの両者の権利が正当に尊重されようとしています。女子と高等教育の問題も、久しく蹂躙《じゅうりん》されていた婦人の権利の一つを回復することに過ぎません。

人がもっぱら現在の生活を維持していこうとする生理的欲望を生活の中心とする野蛮な境遇から離れて、次第に、より善く生きよう、合理的に生きようとする精神的欲望を中心とするように進化すれば、そこに新しい社会制度を建設する理想が生じて、これまでの社会制度の中にある不用なものや有害なものに気がつき、いちいちそれを改廃しないでいられなくなります。現代はこの理想の自覚の最も顕著な時代であり、併せてこの理想の実行の最も勇敢な時代であると思います。

これまでの社会は専制と偏頗《へんぱ》との社会で、自由と平等との思想が常に抑えつけられていました。何事も、国際的差別、人種的差別、階級的差別、性的差別等によって甚だしく左右されることを免れませんでした。階級的差別について例をいえば、道徳、宗教、学問、芸術、政治、経済という類の、もとから万人共通の普遍平等性を持つべきものまでが、社会における少数階級である貴族およびその他の権力者に支配されて、その階級の利益を擁護する手段のようなものに堕落しているのです。性的差別についていっても、第一、道徳の上に男子と女子とで非常な相違があって、女子には女大学流の禁欲的、奴隷的、圧制的、非人間的の苛酷な徳目が強要されるにかかわらず、男子にはほとんどその反対の濫行が寛仮《かんか》されているのです。ここに私の述べようとする教育のごときも、実にこの性的差別によって深大の禍をのこしている一つの事実です。すなわち女子には男子と同等の教育を施すべきものでないという独断説が、さながら決定的の真理として久しい間世界の女子を支配したために、女子は何の理由もなく能力の劣った第二次的人間のように取り扱われて、男子と同じく人格者として男子とともに平等に学び、平等に感じ、平等に知り、平等に行ない、平等に享楽することの権利を奪われ、ただわずかに、男子に対し半妾半婢の奉仕者、および出産と育児の器械として役立つだけの奴隷的、機械的の低級な教育が許容されているに過ぎません。これでは男子の利益を特に擁護するための教育であって、女子自身の人格を完成するための教育でないのはもちろん、かえって女子の人格を破壊し、頽廃させているところの教育であると思います。

人格者としての尊貴が一部の生理的差別——すなわち性的差別によって等差を生ずるものでないことは、もはや今日において疑うべくもない真理です。人間は男女という性的差別にかかわらず、平等の人格を持っています。したがって人格の完成を補導することを目的とする教育が、性別によって一方には厚く、一方には薄いというような偏頗な措置を取るべきでないことは自明の理であって、それは現代の進歩した新しい道徳が、性別によって等差を設けないのと同じ性質のものだと思います。

しかるにわが国では家庭にも、社会にも、特に教育界にも、女子を男子と平等に教育することを拒む風が、今日もなお頑固に勢力を張っています。それは人間なみの教育を男子が不法にも独占していた時代の遺風であって、何らの合理的基礎をも持っていないものです。要するに、ただ何の反省もなく「女子に学問をさせたくない」という男子のわがままな気分と、それに迎合し妄従する無知な母親や女教師の感情から維持されている時代遅れの風習に過ぎません。

この風習に強いて理由をつけようとする人たちは、あるいは女子の精神的能力が男子よりも劣っているということを歴史的に証明しようと試み、あるいは生理的に同様の断案を下そうとします。しかし歴史的に見て女子に偉大な人格者が乏しかったからといって女子の精神的作業の能力が男子のそれよりも劣っていると思うのは間違っています。昔から一般の女子は男子の十分の一も教育されていないのです。少しも磨かれない玉が光を放たないからといって、それを石であると断じ去るのは軽率であり、非論理であると思います。私は反対に、女子は久しく韜晦《とうかい》していただけ優秀な人格の可能性をよけいに保っているのですから、男子に許されているような順当な教育さえ施せば、あらゆる方面に女子から立派な人間を出すことができると予想して、女子の未来を楽観している一人です。

生理的に反対論を述べる人は、女子の脳の小さいことや重量の少ないことなどを云々しますが、これらのことが男女の素質の優劣を決定するものでないことは最近の科学が次第に証明しつつあります。すなわちスイスの生理学者にして大学教授であるヘルマン氏のごときは、多数の女子について多年実験した結果「頭蓋骨および脳髄の構造如何をもってしては未だ精神の作用に差等ありと適確に判断を下す訳にはいかぬ」といい、「よし一歩を譲って、かかる差等が今しばらくあるとしても、文化の進展に従い、人間の諸機関にも自然に変化を来すものである」という進化の理法を極力主張しています。わが国においても、河田嗣郎、米田庄太郎二氏のごとき、男女の素質の平等を主張せられる新進の学者たちが少なくありません。これらはいずれも最近に起こった実験心理学に基礎をおいて論ぜられる人たちであるのを私は心強く思います。

今一つの反対論は、女子の天職は家庭にあるという説で、文部省の良妻賢母主義と呼応するものですが、これは俗耳に入り易い説であるために、今もって大多数の女子自身までがこの説に妄従して社会の勢力となっています。女子の天職を家庭のみに制限することがすでに現代の実際生活と矛盾していて、第一に経済関係が女子を家庭に留めておかず、現代に発生した幾多の女子の職業が屋外の労働を女子に要求し、これがために女子の独立自営心を目覚めしめて、その屋外の労働につくことを女子自身においても要求するに至りました。今なお家庭に留っている女子が多数あるとしても、その家庭の基礎を堅実にし、愛と聡明と幸福とに満ちたものとするためには、家庭の協同経営者である男子と同等の教育を必要とするというのが現代の人間の理想です。まして、今日は家庭生活の支持者たるばかりでなく、世界の一人、国民の一人、社会の一人としての生活に必要な教育をも、それぞれに修めねばなりません。これらの教育は、男子には必要であるが女子には無用であるという訳のものではないと思います。

日本の現在のような女子教育が時代遅れであることはもはや多く弁ずるまでもありません。一世紀以前においてドイツの女子教育革新論者の先駆であったランゲ女史は従来の女子教育の重要な欠点を挙げて、それは「十六、七歳までに女子の教育を完成させる仕方である。かかる主義は女子の天職についての過てる見解から出たのである。すなわち女子は男子のために、男子の需要に応じ教育すべしという主義である。この時弊を矯正するには、早く完成する締切主義を廃《や》めて、実に幾層の学力を加える主義、すなわち女子は男子に関係なく、女子自身のために精神上倫理上に独立した人格を作るために教育されて、文化上の職責を全うしうるように修養すべしという主義をもってせねばならぬ」といい、また前世紀における英国の女子教育の欠陥を指摘したハンナ・モール女史は、「当時の女子教育は外観のためにするもので、外面的の座作進退《ざさしんたい》の熟練および交際術のために施されたるに過ぎないのであるから、真の教育よりはよほど遠ざかったものになっている。何人も彼らの精神を開発して明確な知識と判断力とを与うるものを授けることに考えおよばなかった」といいましたが、これらの非難と希望とが一世紀後の現在のわが国に全く当てはまっているではありませんか。

以前から私の主張している女子の高等教育は、すべての女子に大学教育を授けようというような突飛な非実際的な意見でもなく、また多くの女子大学を設けて欲しいというような浅薄な意見でもありません。私の意見をいえば、家庭、学校、社会のいずれにおいても、男女を平等に教育することを教育の根本精神とし、性別によって偏頗な教育を施さず、学校教育についていえば、小学より大学に至るまで男女共学をもって原則とし、高等女学校といい女子大学というがごとき特別の学制を廃して、男女共学の中学、高等学校、大学を設け、その天分の許す者には男も女も平等に大学教育を施すようにして欲しいと思うのが一つ。たとえ小中学の教育やその他の職業教育の程度で学校だけは終わるにしても、それらの学校教育が、他日社会の実生活に参加して後にますます倫理的経済的に独立した人格の完成を実現しうるだけの、高等な精神生活の基礎を築いておくものであって欲しいと思うのが一つ。また教育は家庭教育と学校教育との二種に限られたものでないから、女子自身が、人格の修養と訓練を必要として、事情の許す限り自ら進んで独学自修するだけの誠実と勇気とを持って欲しい。そうすれば男子にも独学によって大成した人たちのあるように、女子もまた心がけ次第でそれらの男子たちに匹敵しうるだけの知識や思想や感情を養って、優秀な人格者となることができると思うのが一つ。この三つの意義が私の女子に望む高等教育の内容であるのです。

　これを約していえば、女子教育の意義を高めかつ拡めて男女平等主義の上に立たしめ、男子の便宜と需用に応じる家庭専用の良妻賢母主義より独立して、男子の教育と同じく人格の完成を目的とし、家庭と学校とが男女共学の学制を採用するとともに、女子自身が自修自学の必要を自覚しかつこれに努力すること、これが私の希望する女子の高等教育の意義です。私は一概に学科を高めることをもって高等教育だとは考えません。高等教育とは学者を作ることでなくて、愛と聡明と力行とに富んだ美しい堅実な人格を作ることだと思います。有島武郎さんの最近の感想文の中に「世界が美しいものとなるためには、自己が美しくあらねばならぬ。世界が善いものとなるためには、自己が善いものであらねばならぬ。世界が価値を増進していくためには自己の価値が増進しつつあらねばならぬ」といわれましたが、この意味の自己の修養と訓練とが男女の性別を超えて、人類に共通して必要な真の高等教育でなければなりません。老子は「大道は夷《たいら》かなり、しかも民は径《こみち》を好む」といいました。高等教育を論じて大学教育に拘々《こうこう》たるようなことは枝葉です。径《こみち》を好むものだと思います。大道的な高等教育の意義さえ徹底して解れば、大学の開放のごときは自然にその中にあります。

（一九一八年二月、『女人創造』収載）

解説　もろさわようこ

『激動の中を行く』について

去る日（一九七〇年三月二五日）、朝日新聞の「百年の名著」欄に、与謝野晶子著『激動の中を行く』を、私はつぎのように紹介しました。

与謝野晶子は歌人として知られているが、彼女の文筆活動は、短歌の世界ばかりでなく詩・童話・小説・古典解釈・エッセーなどにも広く及んでいる。『激動の中を行く』は、晶子第八冊目のエッセー集、一九一九（大正八）年八月刊行されている。一五冊ある（注＝共著はのぞく）彼女のエッセー集の中で、本書がもっとも評価高いのは、大正デモクラシーの内包していた自由とヒューマニズムに立脚した理想主義が、本書に多角的に示されているからであろう。

晶子は一九〇一（明治三四）年、二三歳のとき、第一歌集『みだれ髪』を刊行、禁欲と忍従を最上の美徳とした体制側の女性道徳をおそれげもなくけとばし、日露戦争に際しては、反戦詩「君死にたまふことなかれ」をうたって、体制側の御用学者とわたりあっている。婦人向けジャーナリズムがはば広く成立した大正期に入ると、その文筆活動によって、婦人界における進歩的なオピニオン・リーダーともなっている。

婦人公論誌上において、晶子・平塚らいてう・山川菊栄が、「母性保護論争」をおこなったのは、本書刊行の前年である一九一八(大正七)年。このとき晶子は、経済的独立の中で五男五女(注＝本書刊行の年さらに一女出産)を生み育てている体験をとおして、「生殖奉仕によって婦人が男子に寄食することを奴隷道徳であるとする私たちは、同一の理由から国家に寄食することをも辞さなければなりません」と、母性保護を国家に求めることを否定した。これに対しらいてうは、母性は社会的・人類的ないとなみであるから、国家の保護は当然であると主張、婦人の経済的独立と母性保護をめぐり、両者の間に論争があった。ここに加わった菊栄は、婦人問題の基本的な解決は、現体制のもとではおこなわれ得ないことを指摘、社会構造に対する視野を欠落させている晶子・らいてうの論争を批判した。

らいてう・菊栄ともに、年齢的にも文筆活動上でも晶子の後輩である。婦人解放への志を同じくする、資質すぐれた後輩二人の批判は、晶子にすくなからぬ衝撃をあたえたはずである。加えてこの論争と前後して、国外ではロシア革命が成立、国内では米騒動が発生している。また同じ時期、第一次世界大戦が終り、国際的にも激動期である。社会のさまざまな矛盾激化を前にして、晶子は従来の個人主義的な方法では、問題に処し得ないことをさとったのだ。つねに前むきにことに対する晶子は、この時点で、新しい自己創造をこころみ、その思索の成果をあつめて本書は成立している。序文で晶子はいう。「私自身の今後の生活を、私はどういう理想と様式とによって改造しようとするかという問題について、私が自ら省察し、自ら解答を書いて、私の覚悟と要求を述べたものが、この小著の主要な内容です」。

晶子はこのとき四〇歳、人生の円熟期である。偽善と俗物性をきらい、愛情を情熱的に生き、家族の経済生活をになってとおした上、自己の個性の発現もおこなってきた体験をふまえ、自由とヒューマニズムを思想の核として、婦人問題や社会問題全般にわたって考察したエッセーは、いまも古くはない。

「日本人は個人の魂から深海の魚のように自覚の眼をなくすることのみを強制されてきました。個性の尊貴とか人格の自由独立とかいう普通教育として最も大切な部分は、日本のどの学校においても教えられずにきたのです」と、教育の問題点を指摘する晶子はまた、「昔から宗教、学問、芸術のいずれでも官営の一種に決まってしまえば、いずれもその本質の腐敗を招かないものはありません。（中略）殊に官営のよろしくないことはその官権をもって反対の思想を暴力的に圧伏することです。思想の自由を奪うに至っては思想の統一でも尊重でもなく、反対に思想そのものの発展を願わない者のする残忍不法な行為です」と、権力の横暴をするどく告発している。そして女たちを新しくするための基礎条件として、自我発展主義・文化主義・男女平等主義・人類無階級的連帯責任主義・汎《はん》労働主義の五つの主義が総合されなければならないとも説く。

詩人的直感で問題の本質をみごとにとらえているエッセーは、円熟期の晶子における思索の頂点を示し、本書を近代の名著たらしめている。

だが晶子は、時代の推移の中で次第に現象にひきずられ、満州事変当時になると、「皇室の統制のもとに生活していることの幸せ」を言い、「決死して出征する軍人」をたたえるようにもなっている。自由・平等・反戦を本書において強調し、「君死にたまふことなかれ」の作者でもある晶子の、このいたましいころびざまは、すぐれた直感をたしかな理論でうらうちして、持続的に問題と対峙しなかった者の限界を示す。それらのいきさつをもあわせて、いま本書をあらためてかえりみることは、これからの状況において、同じようなつまずきを避けるためにも必要なのではなかろうか。

本書を私が編集することになったのは、この記事がゆかりとなっています。『激動の中を行く』を復刻したいと相談をうけたとき、晶子の思索の精華をあつめて一書にすることにし、他のエッセー集からも、今日の問題に生きてはたらく発言をとることにしました。

晶子の一五冊あるエッセー集はつぎの順で刊行されています。（［……］内は刊行年）

『一隅より』［一九一一（明治四四）年］
『雑記帳』［一九一五（大正四）年］

『人及び女として』［一九一六（大正五）年］
『我等何を求むるか』［一九一七（大正六）年］
『愛・理性及び勇気』［一九一七（大正六）年］
『若き友へ』［一九一八（大正七）年］
『心頭雑草』［一九一九（大正八）年］
『激動の中を行く』［一九一九（大正八）年］
『女人創造』［一九二〇（大正九）年］
『人間礼拝』［一九二一（大正一〇）年］
『愛の創作』［一九二三（大正一二）年］
『砂に書く』［一九二五（大正一四）年］
『光る雲』［一九二八（昭和三）年］
『街頭に送る』［一九三一（昭和六）年］
『優勝者となれ』［一九三四（昭和九）年］

これでみるとおり、彼女のエッセー集の大半は、大正期に刊行されています。そして、今日においてもなおきくべき示唆多いものは、『激動の中を行く』を中心に、その前後、すなわち大正デモクラシーの高揚期に刊行された『心頭雑草』『女人創造』『人間礼拝』などにあります。ために本書にあつめられたものも、そのおおかたは、これらの書にあるものです。

第一部〔新編第三部〕は、社会・思想・教育などに関するものを、第二部は婦人問題を、第三部〔新編第一部〕は、晶子の日常のおもいやこころのつぶやきなどを、ここからききとれたらと、雑多な感想類をあつめてみました。各部とも一、二の例外はあっても、その発表順にならべてあります。

大正期、晶子の評論活動がめざましかったのは、この期に婦人向けジャーナリズムが大きく成立し、その要請があったこととも無縁ではありませんが、それら外からの要請とともに、一九一二〔明治四五〕年、約半年ヨーロッパに生活したことが、晶子の視野を広げ、帰国後、すすんでオピニオン・リーダーたらんとした、彼女の積極性もまたみのがせません。このことはつぎのことばからもうかがえます。

「欧州の旅行から帰って以来、私の注意と興味とは芸術の方面よりも実際生活に繋がった思想問題とに向かうことが多くなった。私は芸術上の述作を読む場合にも芸術的趣味の勝ったものよりは生活的実感の勝ったものをよけいに好むようになった。忙しい中で新聞雑誌の拾い読みをするにも、芸術上の記事を後回しにして、欧州の戦争問題や日本の政治問題に関連した記事を第一に読むという有様である。

これは私の心境の非常な変化である。私は最近一両年の間に、日本人の生活を、どの方面からも改造することに微力を添えるのでなければ、日本人としての私の自我が満足しないのを朧げに感じるまでに変化しているのであった。」（「鏡心灯語」）

ヨーロッパに第一次世界大戦がはじまったのは、晶子が帰国してから一年へたのちです。この大戦によって、戦略物資の供給国となった日本は、漁夫の利を得て、いちじるしい経済発展を遂げ、独占資本主義が確立されてゆきます。大正デモクラシーといわれる思想潮流は、高度資本主義に変質してゆくこの社会構造とかかわって勃興しています。

大正デモクラシーは民主主義のほか、その指導的な思想潮流として、白樺派にみられる人道主義的な理想主義や、新カント派哲学の文化主義・人格主義がありました。晶子は本書の諸エッセーにみられるように、ヒューマニズムを基調とした文化主義・人格主義に大きく共鳴、またユートピア的社会主義の立場でことを論じています。ために、その論旨はたぶんに観念的であり、飛躍もみられますが、事の本質に対する指摘は、予言者的なするどさで的《まと》を射ています。

たとえば本書第一部〔新編第三部〕にある「平等主義の実現」は、一九二〇（大正九）年の『太陽』新年号に発表されたものですが、その論旨にある「五十年前に武士が自ら武士階級を捨てたように、資本家は自ら資本家階級を捨てるがよい。そして将来の工業を労働者の自治に任せるがよい」ということにふれ、森鷗外は、「学者の気が付かぬところに女は直覚的に気がついた。しかし女だけに、労働者の自治などと出来ぬことを言う。資本と器械（工業）を労働者にまかせたら、直に工業はゼロになるだろうと思います」（臼井吉見著『大正文学史』）と言っています。

晶子の言った「労働者の自治」について、鷗外は否定的なみかたをしていますが、今日においては、どちらが事の本質に迫っているかはおのずとあきらかです。晶子が、ユートピア的社会主義の範囲を出られなかったのは、資本主義上昇期にいわばその申し子のようなかたちで思想形成をおこなってきた彼女の限界です。

晶子の処女歌集『みだれ髪』が世に出たのは、二〇世紀のはじめ、一九〇一（明治三四）年です。同じ恋愛至上を生きた明治二〇年代の女たちが、抑制と諦めの中で、「ああ、わが身はすでに死せるなり、残るはただ君を慕ふ心あるのみ」と霊肉二元の世界にひき裂かれ、家族制度の束縛の中で悶え苦しみ、その恋はすべて悲劇的な末路を辿っているのにくらべ、晶子が霊肉一元の世界で、恋の勝利をたからかにうたいあげることができたのは、社会の近代的成熟度と無縁ではありません。

明治三〇年代の社会の主なうごきをみますと、日清戦争の勝利によって、東洋における植民地を持つ唯一の国となった日本は、幕末以来、朝鮮・中国とならんで欧米列強から圧迫されていた国から、欧米列強とともに、朝鮮中国を圧迫する国に転化、帝国主義への傾斜を急速にすすめています。

『みだれ髪』の出版されたと同じ一九〇一（明治三四）年には、国家資本によって重工業の基幹産業である八幡製鉄所が開始され、その製鉄原料は中国の大冶鉱山の利権を奪って確保されています。安部《あべ》磯雄《いそお》・幸徳秋水《こうとくしゅうすい》・片山潜《かたやません》らによって日本社会民主党が結成され、即日禁止されたのも同じ年の五月。その年の暮れには、田中正造による足尾の鉱毒民救済の直訴《じきそ》事件などもあり、さらに、幸徳秋水著の『廿世紀の怪物帝国主義』が出版されるなど、資本主義の進展によってもたらされる矛盾の激化の諸相を象徴する出来事が目立つ年でもありました。

このころの女たちの主なうごきをみますと、一九〇〇（明治三三）年公布された「治安警察法」が、一八九〇（明治二三）年公布の「集会及政社法」を継承、いっさいの政治活動からなお女を締めだしていますが、女たちの社会的な進出は、日清戦争後の資本主義の進展とともにすすみました。一八九八（明治三一）年には、日本銀行においてはじめて女子事務員を採用しており、また各新聞社でも婦人記者の採用がみられます。津田梅子による女子英学塾、吉岡弥生による東京女医学校の設立があったのも一九〇〇（明治三三）年。専門技術を持つ女たちの育成が女たちによってもくろまれはじめており、電話交換手に女が進出したのもこの年であり、娼妓の「自由廃業」をみとめた大審院判決があったのも同じ年です。

翌一九〇一（明治三四）年には、日本女子大学校や東京女子美術学校の設立があり、一方、日本帝国主義の大きな側面である軍国主義に同調、奥村五百子が愛国婦人会を創設したのもまたこの年です。民法による隷属身分の規定や、治安警察法による政治活動からの締めだしなど、法的措置による封建的な束縛がありはしても、明治三〇年代に入ると、市民的な解放へ向かう女たちの状況もまた耕やされはじめています。

堺《さかい》の町の商家の娘鳳晶子《ほうしょうこ》は、たぐいまれな詩人的資質によって、この時代の先端的な風潮を直感するどくうけとめ、近代的な解放への身じろぎを、その官能のうずきの中で素直《すなお》にうたいあげ、また、女に課せられていた禁欲をきっぱり拒絶したのです。歌の師でありまた恋人でもある、鉄幹・与謝野寛《ひろし》（一八七三～一九三五）のもとへ、「狂ひの子われに焔の翅かろき百三十里あわただしの旅」と家出して走ったのは晶子二二歳のときでした。寛には妻子があったのですが、『みだれ髪』は、その妻子をのけて、晶子が妻の座についてからまもなく出版されています。

官能なまなましい歌のほか、なおかずかずの大胆な肉体讃歌が詠まれている歌集の出現は、保守派の人々には、ショッキングなことだったのでしょう。春画にひとしいと酷評されましたが、自由を求めて身悶えている若い人たちからは熱狂的な共感で迎えられました。

晶子の恋愛讃歌は、彼女において創《はじ》められたものではなく、北村透谷の恋愛至上主義に発源を持ち、これをうけついだ島崎藤村が、処女詩集『若菜集』（一八九七年）において、ロマンティックな恋愛詩をかずかずうたいあげ、その流れをうけて開花したものです。『みだれ髪』は、「早熟の少女が早口にものいふ如き歌風」（斎藤茂吉）と評され、「肉体的・冒険的な飛躍の情熱のみがあって、恋愛の知的・精神的なヒューマニスティックな飛躍の感動がうたわれていない」（窪川鶴次郎）とも指摘されています。

一八九五（明治二八）年、堺女学校補習科を卒《お》え、商家の娘として帳場格子《けっかい》の中に坐り、日々の売り上げを帳面づけするかたわら、文学書をひもとき、情感だけをたよって歌作にいそしんでいた晶子です。おごりの春の肉の美しさを誇っていた彼女は、強烈なナルシストだったようです。

激しい自己陶酔にあるときは、知的・精神的なものより、官能的なものへの傾斜が大きくなり、封建的なものにきびしくとりまかれている状況の中で、その解放は、「早口」「早熟」となって発現したのでしょう。

私的体験を手がかりに人間の生きる真実をまさぐり、封建道徳をかえりみなかった晶子は、天下りの国民道徳をもまた、きっぱり拒否する人でした。日露戦争に徴兵された弟をおもい、「旅順口包囲軍の中に在る弟を歎きて」とサブタイトルのついた「君死にたまふことなかれ」の反戦詩は、彼女の恋愛歌がそうであったように、ひたすらな内なる情念をありのままにうたいあげており、人間的真実に溢れたみごとなものです。

「親は刃《やいば》をにぎらせて／人を殺せとをしへしや」と、戦争の本質的な悪を、あざやかに指摘した彼女は、「旅順の城はほろぶとも／ほろびずとても、何事ぞ」と、国家権力とは無縁に、自己の勤勉において生きぬいて来た商人の誇りをいい、支配層の特権を、「すめらみことは、戦ひに／おほみづからは出でまさね」と指摘、「安しときける大御代も／母のしら髪はまさりぬる」と庶民の苦しみをのべ、「暖簾《のれん》のかげに伏して泣く／あえかにわかき新妻を／君忘るるや、思へるや」と、私生活の擁護をつよくうちだしています。

これに対して「乱臣なり賊子なり国家の刑罰を加ふべき罪人なり」と、威丈高《いたけだか》にわめいたのは、ときの御用文学者大町桂月《おおまちけいげつ》です。しかし晶子はおくせず「ひらきぶみ」でこたえました。

「私思ひ候に、〝無事で帰れ、気を附けよ、万歳〟と申し候は、やがて私のつたなき歌の〝君死にたまふことなかれ〟と申すことにて候はずや。彼れもまことの声、これもまことの声、私はまことの心をまことの声に出だし候とより外に、歌のよみかた心得ず候」

樋口一葉の作品が封建女性への挽歌であるとすれば、与謝野晶子の歌は、近代女性への生の讃歌であるとされています。だが、晶子が生の讃歌をたからかにうたい得たのは、恋の勝利と、彼女の歌が、歌壇に清新な風をおくった明治の三〇年代であり、日露戦争後の明治四〇年代に入ると、国家権力のきびしい締めつけと、よりすすんで来た資本主義社会の矛盾の激化は、私的・個人主義的な感情の解放を、ロマンティックにうたいあげる高揚を許さない「冬の時代」となっています。

このころ晶子もまた、恋の陶酔はすでにすぎ、年子《としご》にひとしい子産み・子育てと、経済のための仕事に追われる生活の中で、きびしく生きています。

「小さなる三角の箱に住むように額のみ打つあなう世の中」「沙原に投げ出されしあわれなる男とぞ思う女とぞ思う」。晶子がこのような失意の歌を詠むようになったのは、歌壇的に、不遇になったころからです。晶子は、大正期に入ってから評論に、古典の新釈に、また自由主義的な教育を目的とした文化学院の学監につくなど、社会に幅ひろい活動をしましたが、歌は彼女にとっては拠るべきふるさとであり城でもあったのです。そこで置き去られてゆくことは、やはり淋しかったのでしょう。「われ賞めする」ナルシシズムもこのころは晶子からあくぬけしており、歌壇的な孤独の中で同じく孤独な夫との結びつきをより深めていったようです。

すでにみてきたとおり、晶子の評論活動における問題への接近は理論による認識ではなく、するどい直感力によって事の本質をとらえ、生活実感を手がかりに発想しています。感性による認識は、感受性がにぶり、生活の場での問題意識がうすれるとき、その認識もまた新鮮さを失なってゆきます。晶子にこのことがみられるようになるのは、年令的には、彼女の五〇歳ごろからであり、それは大正デモクラシーの凋落と軌を一つにしています。このころ生活的には、長男は結婚、末女もすでに小学生となっており、苦しく追われつづけて来た子産み子育ての時期も、ひとまず山をこえています。

大正デモクラシーは、一九二〇（大正九）年の戦後恐慌の中で凋落してゆき、資本主義の矛盾激化のもとに、具体的な実践をともなった労働運動・社会主義運動の勃興をみるようになりました。晶子ははじめ、これらの運動のカンパ要請などにも応じていたとみえ、つぎのようなことばがあります。「子供たちの月謝や日用品を後まわしにしてそれらの人びとに寄付することが度重なると、今度は子供たちに済まない気がする。私が自分の経済生活の実状をその人たちに話すと〝それでは書物でももらいたい〟といわれるから、比較的不用な書物を割《さ》いて差上げていると、もう昨今ではその書物もなくなってしまった。」（「人口増加の問題」）

そして晶子は、破壊的な言動はあっても、社会的に視野広い展望をもたない上、内部抗争の中で、七花八裂の仲間われをくりかえす人たちに、次第に好意を失なっていきます。「今のわれわれの無産者中の新人たちは、この順序と教養とを無視してただせまい自己の立場からと経済方面の旧勢力破壊の目的からとのみ立言し行動する。私とても共通の無産者心理から、それに同情はするのであるが、その軽率と偏見とを遺憾とする感情もまたおさえがたい。」(「思想上の限界」)

昭和初年、世界大恐慌によって追いつめられた日本資本主義は、その脱出口を侵略戦争に求め、ファナチックな民族主義をひろめ、軍国主義を高揚してゆきました。ために、戦争反対勢力をきびしい言論統制と思想弾圧の中で窒息させてゆきます。「大逆事件」に象徴される思想弾圧は、明治末から大正期へかけ、「冬の時代」とよばれる受難時代を社会主義者にもたらしましたが、昭和「一五年戦争」下の弾圧は、社会・共産主義者ばかりでなく、自由主義者にまで「暗い谷間」の時代をもたらしました。

晶子の最後のエッセー集『優勝者となれ』は一九三四(昭和九)年に出版されていますが、なかに流浪の兼好法師に、当時の晶子のおもいを托したのでしょう、つぎのことばがあります。

「いやな世態である。しかしそれは悪い変化だけを見て思うのだ。流転が人界の相であるとするなら、より善い変化も必ずあるに違いない。保元以来天下は武人の専横に帰しているが、永い未来には、反対に武人と武器とを蔑視する時代も実現するであろう。今は誰れも実際の大勢に抗し難く、自分のような世外の者でも間接には武門のお蔭をこうむって、こうした気楽な行脚《あんぎゃ》をしているのであるが、いつかは武門が影をひそめて、朝廷と民とが一体となる御代があるはずである。僧はこう思ってはかない希望を遠い未来につなぐのであった。」（「鰹」）（傍点原文のまま）

『源氏物語』に少女の頃から魅せられ、その現代語訳をライフワークとした晶子には天皇への詩的憧憬は、ぬぐっても消えない母斑さながらに彼女の心情に宿っていたようです。「君死にたまふことなかれ」について、「乱臣賊子」と言われたとき、うけてこたえた「ひらきぶみ」には、つぎのような個所もあります。「堺の街にて亡き父ほど、天子様を思い、御上《おかみ》の御用に自分を忘れし商家のあるじはなかりしに候。弟が宅へは手紙ださぬ心づよさにも、亡き父のおもかげ思はれ候。まして九つより「栄華」や「源氏」手にのみ致し候少女は、大きく成りてもますます王朝の御代なつかしく、下様《しもざま》の下司《げす》ばり候ことのみ綴り候今時の読物をあさましと思い候ほどなれば、「平民新聞」とやらの人たちの御議論など、ひと言ききて身ぶるい致し候」

「ひらきぶみ」を書いたのは晶子二〇代のとき。その後、晶子は本書にみるように思想を発展させ、その生活実感をもとにしたラジカルな発言は、明治・大正期の社会主義者たちからも、大きく共感され、「大逆事件」における紅一点、管野すがは、晶子を、「紫式部よりも一葉女史よりも、日本の女性中一番好きな人に候」と言い、大正デモクラシー期には、社会主義者堺枯川（利彦）が、晶子に、婦選獲得運動の団体を組織するようにすすめてもいます。

しかし、晶子のラジカリズムは、心情的なものであり、資本制社会のメカニズムに対し、明晰な論理的把握をしていませんから、資本の繁栄をあらゆるかたちでバックアップしている天皇の役割に対し認識を欠き、やがて、皇室中心の民族主義に足をすくわれていったのでしょう。

近代人晶子が持っていた天皇尊崇のメンタリティは、日本の近代の構造と無縁ではないようです。日本の近代は、半封建的寄生地主制の上に、資本制工業を発展させており、個人生活は、家父長的家族制度の封建的な束縛をうけています。近代天皇制は、これら前近代的な諸制度と深い相関関係のもとに成立しています。ですからこの構造に対するきびしい認識を欠いた場合、その近代精神にもまた、前近代的なものが内包されたのです。

大正期、ヒューマニズムの香り高い詩を書いていた高村光太郎が、太平洋戦争下に、戦争詩を積極的にうたいあげ、その近代精神の質のもろさを指摘されていますが、女たちの近代的解放のパイオニヤ的業績を大きくのこしている晶子にも、このことは言えるとおもいます。なしくずしにころんでいった晶子のあしあとを辿りますと、年令や環境からくる社会的関心のおとろえとともに、天皇制と対決し得なかった晶子の近代精神が、ファナチックな民族主義に触発され、「先祖がえり的退化」をしていったことがみられます。

ファナチックなものは、その側面に幻想的なロマンチシズムを強烈に宿します。晶子はじめその夫寛、高村光大郎など、明治・大正期のロマンチシズムや理想主義の詩人たちが、昭和期の民族主義に酔っていったのは、詩人の非合理な情感にうったえるものがそこにあり、心情の尾てい骨に前近代をしるしづけていた彼らをめくるめかせたからなのでしょう。

晶子の夫、寛は一九三五（昭和一〇）年、六二歳で没しました。

晶子の死は一九四二（昭和一七）年、夫の没年と同じ六二歳でした。寛との間に「折ふしに男の心まよはずばいやが上にもめでたきものを」の風波はあったとしても、相愛の結婚生活をつらぬき、一三子（うち一子は生後まもなく没し、一子は死産）を生み育て、一家の生活を主として彼女の筆一本で支えとおし、女たちの上に、封建的な束縛が大きな矛盾としてあった時代、市民的な場で自立して生きぬいた彼女は、女たちの解放への道を先んじて歩んだ一人であり、女たちの市民的な解放運動には常に同調者としてこころをよせていました。彼女が『青鞜』創刊号によせた、「そぞろごと」と題した詩、また第一回全日本婦選大会によせた「婦選の歌」は、いまなお解放への途上にある女たちに対するはげましのことばとして朽ちていません。

「劫初《ごうしょ》よりつくりいとなむ殿堂にわれも黄金の釘一つ打つ」。歌壇における自己の位置を晶子はこのように詠みましたが、女の人間的な解放を主体的に生きた彼女は、女の歴史においても「黄金の釘一つ打」った人でもあるといえます。

民主主義のなかみが真摯に問われているいま、大正デモクラシー期の晶子のすぐれた思索の遺産を、ここであらためて検討し、発展的にうけついでゆくことは、激動期といわれる七〇年代を私たちが生きるにあたり、むだなことではないと思います。

与謝野晶子をとおして女たちの反戦を考える

与謝野晶子が「旅順口包囲軍の中に在る弟を歎きて」とそえ書きし、「君死にたまふことなかれ」の詩を発表したのは、一九〇四（明治三七）年の『明星』九月号。のちに一三児を生んだ晶子も、このときはまだ二児の母、二六歳だった。

「君死にたまふことなかれ」をくりかえしのフレーズにした八行五連の詩は

「親は刃《やいば》をにぎらせて
人を殺せとをしへしや
人を殺して死ねよとて
二十四までをそだてしや」

と、人殺し以外の何ものでもない戦争の実態を、するどくまず指摘、つづく第二連において、血なまぐさい武力と関わることなく、勤勉・努力・才覚で、代々菓子屋を営み、平和に生ききってきた商人の誇りをつぎのようにうたった。

「旅順の城はほろぶとも
ほろびずとても、何事ぞ
君は知らじな、あきびとの
家のおきてに無かりけり」

そしてさらに支配者の特権を、

「すめらみことは、戦ひに
おほみづからは出でまさね」

と、憶せずきっぱりと指摘している。

「安しときける大御代も
母のしら髪《が》はまさりぬる」

と、支配の側からたてまえ的に言われていることとはことなる母の心労を言い、さらに結婚まもなく夫を戦場へ送った、嫁の立場の若妻の悲しみを、

「暖簾《のれん》のかげに伏して泣く
あえかにわかき新妻を
君忘るるや、思へるや」

と、訴えて詩はむすばれている。

当時、二〇三高地の要塞堅固な旅順は攻めるにむずかしく、占領までに五ヵ月近い戦闘がおこなわれ、日本側における戦闘参加者一三万人のうち五万九千余人の死傷者が数えられている。その戦闘ただなかのとき、きっぱりと反戦をうちだした詩が発表されたのである。

この年、小学校においては国定教科書による教育が実施され、そこにはあるべき軍国の女像として、

「何のために軍《いくさ》には出で候ぞ。一命を捨てて、君の御恩に報ゆるためには候はずや」

と、わが子に死ねと叱咤《しった》する「水兵の母」が国語読本にのせられている。

また、女たちのうごきをみると、戦争協力を目的とする愛国婦人会（一九〇一年創立）は、日露戦争に対応する檄文《げきぶん》を、開戦前すでに全国の会員に配布（一月二七日）、上流支配層の女たちは開戦まもなく（二月）、出征軍人家族慰問婦人会を結成している。基督教婦人矯風会においても、一箱慰問袋一〇〇個詰め六万箱を戦地に発送（四月）、出征兵士家族援助を目的とした女子義勇団も佐賀市はじめ各地に結成されている。

戦争協力へ世論がわきたち、女たちもまた熱いうごきをしているなかでの「君死にたまふことなかれ」の発表である。もちろん反撃はただちにあった。詩の発表された『明星』は、晶子の夫鉄幹が主宰する詩歌誌であったが、当時の有名な総合誌『太陽』一〇月号誌上に、「明星の厭戦《えんせん》歌」として、大町桂月が「国家観念をないがしろにしたる危険なる思想の発現なり」ときめつけ、「乱臣なり賊子なり国家の刑罰を加ふべき罪人なり」と、まこと激越に糾弾している。

これに対し晶子は『明星』一一月号に、「ひらきぶみ」をのせて答えた。

「私思ひ候に、（注＝出征兵士を送るとき、人びとが）〝無事で帰れ気を附けよ、万歳〟と申し候は、やがて私のつたなき歌の〝君死にたまふことなかれ〟と申すことにて候はずや。彼れもまことの声、これもまことの声、私はまことの心をまことの声に出だし候とより外に、歌のよみかた心得ず候」

と、さらりと言い、王朝文学を少女期より愛読していたがゆえに「王朝の御代なつかしく」と、天皇への親近感を言い、当時、社会主義者たちの非戦論が展開されていた『平民新聞』に対しては、「『平民新聞』とやらの人たちの御議論など、ひと言ききて身ぶるひ致し候」と、社会主義者とは関係ないことを強調している。

たしかに晶子は『平民新聞』に拠《よ》る人たちとは関係なく「まことの心をまことの声」にしてうたいあげているが、その反戦思想に『平民新聞』に拠った人びとの影響をすくなからずうけていると私はみる。

日本における反戦運動が表だって大きくみられるのは、日露戦争からであり、運動の中心になったのは社会主義者たちである。開戦へと大きく傾斜したマスコミに抗《あらが》い、『平民新聞』は幸徳秋水、堺利彦らにより、日露開戦の前年一一月創刊され、創刊宣言をつぎのようにかかげている。

「一、自由、平等、博愛は、人生世ある所以の三大要義也。
一、吾人は人類をして博愛の道を尽さしめんが為めに平和主義を唱道す。故に人種の区別、政体の異同を問わず、世界を挙げて軍備を撤去し、戦争を禁絶せんことを期す。」

また『平民新聞』系の人びとによって非戦論大演説会がひらかれているが、そこではつぎのように語られてもいる。

「軍隊や軍艦は、へいぜい殺人の方法を研究しているものである。かれらはけっして犬を殺すことを研究しているのではない。そこで、その研究をついに応用してみたくなる。生兵法大傷《なまびょうほうおおきず》のもとはこのことで、まさに千載一遇の機がそら来たとばかり、戦争をしかけるのである」（西川光二郎）

「平和が人道であるならば、平和を宣言して、それがために一国が亡びてもよいではないか！」（安部磯雄）

「われわれがますます人道を信ずるならば、一国本位の排他的な狭い倫理を打ち破らねばならぬ。われわれが第一に考えねばならぬ問題は、日本国民ということではなく、人類の一員だということである」（木下尚江）

なお、木下尚江は当時『毎日新聞』に「火の柱」という反戦小説を連載（一九〇四年一月〜三月）、世人のすくなからぬ注目をあびていた。

晶子は「愛にみちた直感において真理と一体化する」女の資質をたぐいまれなほど豊かにそなえたひとである。「君死にたまふことなかれ」は、弟への愛にみちた直感において、そのことばがつむぎだされているが、真理と一体化して、率直にうたいあげることができたのは、当時のこれら反戦運動の存在と無縁とは考えられない。

日露戦争に際し、内村鑑三は宗教者の立場から絶対的反戦論を展開、戦後にはつぎのようにのべている。

「戦争は戦争のために戦われるのでありまして、平和のための戦争などとはかつて一回もあったことはありません。日露戦争もまたその名は東洋平和のためでありました。しかしこれまた、さらに大なる東洋平和のための戦争を生む。戦争は飽きたらざる野獣であります。そして国家はかかる野獣を養って歳に月にその生血を飲まれつつあるのであります」

これらの指摘は、その後の日本の歩みのなかであざやかに立証され、福祉予算が大幅にけずられ、軍事予算が突出してきている現在に対しても示唆するところなお大きい。

日露戦争のおりの反戦は、男たちにおいては、その思想を拠りどころに発言されているが、女たちにおいては、その情に拠って発言されている。晶子につづいて大塚楠緒子《なおこ》が発表した「お百度詣《まいり》」は、国家よりも夫の無事をねがう妻のおもいをつぎのようにうたう。

「ひとあし踏みて夫思《つま》ひ
ふたあし国を思へども
三足ふたたび夫思ふ

女心に咎ありや」
（『太陽』一九〇五年一月号）

明治期、短歌と詩によって、状況にインパクトを与えた晶子は、大正期に入ると、評論において、オピニオン・リーダーの役割を果たしているが、大正デモクラシー高揚期には、「愛国婦人会に属する婦人たちのごときは、国家が他の国民に向かって開戦するような場合に、一も二もなくそれに服従して戦時の御用婦人を勤めることをもって無上の栄誉としています。彼らは戦争が法外の暴力であり大袈裟な殺人行為であることについては何らの反省もとらず、何らの苦悶をも感じない」ときびしく言い、さらにシベリア出兵に反対、「戦争を野蛮時代の遺物と見、軍備の撤廃をもって遠からぬ未来の理想とする一人です」（以上『心頭雑草』）と、きぜんと反戦を言っている。

その晶子が、昭和に入り、「満州事変」のおり、夫が「爆弾三勇士をたたえる歌」をつくっているのにあわせ、「爆薬筒を抱いてとびこんだ勇士の心を歌をよむ心にしたい」と語るようになり、さらに四男が太平洋戦争に出征するおりには、「水軍の大尉となりてわが四郎み軍《いくさ》に往く猛《たけ》くたたかへ」と詠むようになっている。

晶子のこの転びざまには、もっとも貧しい人たちの場に立って社会構造の矛盾をとらえ得なかった市民層の女たちの限界があざやかに反映している。

かつて私は、晶子の残した評論集一五冊の中から、すぐれた評論をえらんで一冊に編集したことがある。そのおり、昭和に入ってからの彼女の評論が、かつての感性のかがやきを失い、世俗に妥協したあたりさわりのないものに堕していることを知り、よそごとでない感慨にとらわれた。

感性のかがやきは肉体の衰えとともに衰えるのが、まぬがれがたい人間の宿命である。肉体は衰えてもその感性を衰えさせないためには、知性によって感性を磨きつづけるたえざる努力がいる。このことを怠るとき、人はむざんな老残をさらすことになる。一九四二（昭和一七）年、六二歳で没した晶子は、老残というにはまだ早すぎる年齢ではなかろうか。

大正の末、男たちの普通選挙権とひきかえにつくられた治安維持法は、昭和に入ってから思想・言論の弾圧に猛威をふるい、日露戦争当時のように、反戦の文筆、言論活動をまったく許さず、天皇制・軍国主義をほめたたえる以外は、そのマスコミ活動を許さなくなる。

国策に従わなければ文筆・言論人として生活できない状況下、中産階級としての生活を維持するため、なしくずしに転んでいった文筆・言論人は与謝野夫妻ばかりでなく、戦後、反戦・民主主義を説いた人びとにもすくなからずいる。

女にも参政権をと立ち上がった女たちは、その理由の一つに「世界の平和を確保し、全人類の幸福を増進せんがために」をあげ、一九三四（昭和九）年の第五回全日本婦選大会までは、反戦をうちだしている。しかし、戦争への道が深まってゆくにつれ、女たちの社会的な進出を戦争協力路線の中に求めるように変わっている。

参政権を持たなかったがゆえ、敗戦までの政治や戦争に対しては、女たちは大きく免罪されたが、参政権を得、有権者数が男より二五〇万人前後も多い、いまの女たちは、戦後政治のあり方に対し、決して免罪される立場にいない。反戦を言いながらなしくずしに戦争協力へ転んでいった先輩たちのつまずきをふたたびくりかえさないためには、日露戦争のとき言われた反戦の原点を、平和憲法を拠りどころにしてうけつぎ、くらしの場から平和創造のうねりを大きくつくりださなければ、私たちは、人類滅亡の核戦争にまきこまれる危険に、いま大きく立たされている。

（初出は「婦人と暮らし」一九八四年一二月号。『オルタナティブのおんな論』［ドメス出版、一九九四年］より転載）

与謝野晶子の肖像写真。所蔵＝鞍馬寺

与謝野晶子年表

一八七八（明一一）年　一二月七日、大阪府堺市甲斐町の老舗駿河屋の鳳宗七、つねの三女として出生。本名しょう。

一八九五年　堺女学校補習科卒。

一八九六年　堺敷島会に入会、前年より作歌を始める。

一八九九年　浪華青年文学会に入会、機関紙『よしあし草』に詩歌投稿。

一九〇〇年　東京新詩社に入社（五月）。『明星』二号に六首の歌が掲載される。西下した与謝野寛（鉄幹）と初対面（八月）。再度西下した鉄幹と親友山川登美子と三人で京都永観堂付近を散策（一一月）。

一九〇一年　寛と京都旅行（一月）。上京し、渋谷村の鉄幹宅で新生活を始める（六月）。『みだれ髪』刊（八月）。秋、木村鷹太郎の仲だちで、妻・林滝野と別れた寛と結婚。

一九〇二年　入籍（一月）、長男光出生（一一月）。

一九〇四年　歌集『小扇』（一月）、『毒草』（五月）刊。次男秀出生（七月）。『明星』九号に「君死にたまふことなかれ」を発表。

一九〇五年　山川登美子、増田雅子と詩歌集『恋衣』を刊行（一月）。

一九〇六年　『舞姫』（一月）、『夢の華』（九月）刊。

一九〇七年　選歌集『黒髪』刊（一月）。長女八峰、次女七瀬出生（三月）。

一九〇八年　『絵本お伽噺』(一月)、選歌集『白光』(六月)、『常夏』(七月)刊、『明星』廃刊(一一月)。
一九〇九年　森鷗外等の雑誌『スバル』創刊(一月)、三男麟出生(三月)。『佐保姫』刊(五月)。
一九一〇年　江南文三との歌文集『花』刊(一月)。三女佐保子出生(二月)。女性向きの書簡例文集『女のふみ』(四月)、童話集『少年少女』(九月)刊。
一九一一年　『春泥集』刊(一月)。四女宇智子出生(二月)。随想集『一隅より』刊(七月)。寛渡欧(一一月)。
一九一二(大正元)年　『青海波』刊(一月)。『新訳源氏物語』刊(二月~一九一三年六月)。小説集『雲のいろいろ』刊、渡欧(五月)。欧州各国を歴遊し一〇月単身帰国。
一九一三年　寛帰国(一月)。四男アウギュスト(のち昱と改名)出生(四月)。小説「明るみへ」朝日新聞に発表(六月~九月)。
一九一四年　『夏より秋へ』(一月)、寛と共著の『巴里より』(五月)刊、童話集『八つの夜』(六月)。『新訳栄華物語』三巻刊(七月~一九一五年三月まで)。
一九一五年　寛と共著の評釈『和泉式部歌集』刊(一月)。五女エレンヌ出生(三月)。『さくら草』『与謝野晶子集』(三月)、『麗女小説集』二巻(四月)、随想集『雑記帳』(五月)、童話集『うねうね川』(九月)、歌論書『歌の作りやう』、選集『傑作歌選別輯、高村光太郎・与謝野晶子集』(一二月)刊。
一九一六年　『朱葉集』、小説『明るみへ』(一月)、評釈『短歌三百講』(二月)刊。五男健出生(三月)。随想集『人及び女として』(四月)、『舞ごろも』(五月)、『新訳紫式部日記・新訳和泉式部日記』(七月)、『新訳徒然草』(一一月)刊。
一九一七年　随想集『我等何を求むるか』(一月)、『晶子新集』(二月)、随想集『愛・理性及び勇気』、選歌集『摘英三千

首』(一〇月)刊。男児寸出生(一〇月)、二日で死去。
一九一八年　自作百首の木版刷『明星抄』(三月)、随想集『若き友へ』(五月)刊。
一九一九年　随想集『心頭雑草』刊(一月)。六女藤子出生(三月)。童話集『行って参ります』(五月)、『火の鳥』、随想集『激動の中を行く』(八月)、歌論書『晶子歌話』(一〇月)刊。『晶子短歌全集』三巻刊(一〇月〜一九二〇年一〇月)。
一九二〇年　随想集『女人創造』(五月)、イタリア語訳『青海波』刊。
一九二一年　『太陽と薔薇』(一月)、随想集『人間礼拝』(三月)刊。西村伊作、石井柏亭らと文化学院を創立し、学監と教授兼任(四月)。自選歌集『旅の歌』(五月)、『与謝野晶子選集』(八月)刊。雑誌・第二次『明星』創刊(一一月)。
一九二二年　『草の夢』刊(九月)。
一九二三年　『晶子恋歌抄』(一月)、随想集『愛の創作』(四月)刊。関東大震災により源氏物語の訳稿数千枚を焼失。
一九二四年　『流星の道』刊(五月)。
一九二五年　『瑠璃光』(一月)、随想集『砂に書く』(七月)、自選歌集『人間往来』(九月)、童話集『藤太郎の旅』(一一月)刊。寛、正宗敦夫らとの『日本古典全集』刊行はじまる(一〇月)。
一九二六(昭和元)年　『新訳源氏物語』刊(二月)。
一九二七年　第二次『明星』廃刊(四月)。東京市外下荻窪に転居(九月)。
一九二八年　寛と満州、蒙古を旅行(五月)、歌集『心の遠景』(六月)、随想集『光る雲』(七月)刊。

一九二九年　『晶子詩篇全集』(一月)、『与謝野寛集・与謝野晶子集』(現代短歌全集第五巻)(一〇月)、寛と共著の『霧島の歌』(一二月)刊。『女子作文新講』五巻刊(二月～四月)。
一九三〇年　雑誌『冬柏』創刊(三月)、寛と共著の『満蒙遊記』刊(五月)。
一九三一年　随想集『街頭に送る』(二月)、張嫺女史訳『与謝野晶子論文集』を上海の開明書店より(六月)刊。
一九三三年　寛の満六〇回誕辰祝賀会開催(二月)、『与謝野晶子全集』一三巻刊(九月～一九三四年七月)。
一九三四年　随想集『優勝者となれ』(二月)刊。
一九三五年　三月二六日、寛、肺炎で没、六三歳。坂西志保の英訳『みだれ髪』刊。
一九三六年　『短歌文学全集――与謝野晶子編』刊(一〇月)。
一九三七年　『新万葉集』の選者となる。『現代語訳源氏物語』刊(二月)。
一九三八年　盲腸の手術のため入院(四月)。『現代語訳平安朝女流日記』刊(四月)。『新々訳源氏物語』六巻刊(一〇月～一九三九年七月)。肺炎で入院(一二月)。
一九四〇年　脳溢血で倒れる、病臥(五月)。
一九四二年　一月、病状悪化し衰弱、狭心症を伴い一時危篤状態に陥ったが奇蹟的に回復。五月、再び悪化し、尿毒症併発。二九日没。多摩墓地の夫のかたわらに葬られる。法名「白桜院鳳翔晶耀大姉」。九月、一九三五年以降の歌集『白桜集』が平野万里編で刊行。『落花抄』刊(一一月)。

(参考文献＝与謝野光・新間進一編集『与謝野晶子選集』第五巻年譜、与謝野道子『どっきり花嫁の記』年表)

編者について

もろさわようこ（両澤葉子）

一九二五年、長野県生まれ。太平洋戦争末期、出身地に疎開してきた陸軍士官学校生徒隊本部で筆生として働く。戦後、新聞記者、紡績工場企業内学院教員、婦人団体機関誌編集などを経て執筆活動にはいる。

主な著書『おんなの歴史』『信濃のおんな』（毎日出版文化賞受賞）『おんなの戦後史』『おんな・部落・沖縄』『わが旅……』『おんなろん序説』（以上、未來社）、『わわしい女たち』（三省堂）、『解放の光と影』『女・愛と抗い』『オルタナティブのおんな論』『大母幻想』『南米こころの細道』（以上、ドメス出版）、『もろさわようこの今昔物語集』（集英社）、『いのちに光あれ』（径書房）、『沖縄おんな紀行』（影書房）。編著『ドキュメント女の百年』全六巻（平凡社）など。

著作・講演のほか、「自由・自立・連帯」の交流施設「歴史を拓くはじめの家」（一九八二年）を出生地の長野県佐久市望月に、「歴史を拓くはじめの家うちなあ」（一九九四年）を沖縄県南城市に、「歴史を拓くよみがえりの家」（一九九八年）を高知県高知市に開設。三〇周年を経て「志縁の苑」に改組。これらの活動が評価され、二〇〇五年に信毎賞を受賞した。

新編 激動の中を行く
与謝野晶子女性論集

一九七〇年一〇月一日　初版第一刷発行
二〇二一年三月三一日　新版第一刷発行

著者　与謝野晶子
編集・解説　もろさわようこ

発行所　新泉社
〒一一三－〇〇三四　東京都文京区湯島一－二－五　聖堂前ビル
電話　〇三－五二九六－九六二〇
ファックス　〇三－五二九六－九六二一

印刷・製本　萩原印刷
編集協力　河原千春
装幀・組版　納谷衣美
装画・本文イラスト　中井敦子

ISBN978-4-7877-2100-6 C0036